漆环念

著

叒风

（完结篇）

长江出版社

ZHU FENG

目 录

第一章　我会跟你一起飞 / 1

第二章　网友见面"见光死" / 24

第三章　陆容的"悲惨"人生 / 44

第四章　服务包开通后的次日 / 53

第五章　进击吧！霁温风，巅峰之战 / 64

第六章　到底是谁找谁 / 78

第七章　陆容：我只想过平静的生活，可是…… / 89

第八章　上线！ / 97

第九章　全员恶人组高端财富论坛！ / 120

第十章　备战，学生会竞选 / 133

目录
ZHU FENG

第十一章　半路杀出个杜米黄 / 154

第十二章　决定命运的时刻到了 / 167

第十三章　学生会长的新剧本 / 206

第十四章　办公室二三事 / 220

第十五章　一场严肃认真的探讨 / 227

第十六章　"他" / 239

第十七章　霁家大宅闹剧不少啊！ / 250

第十八章　校园新势力 / 264

第十九章　陆容惊天逆风翻盘 / 272

第二十章　生死事件 / 285

Chasing the wind

第一章
我会跟你一起飞

陆容找上了两个"蜘蛛人":"这个灯带是怎么回事?我挑选的明明是紫色,出来怎么是绿色?!"

蜘蛛人收拾着自己的工具箱:"染色了吧?"

陆容:"……不行,这跟我说好的不一样,你们得给我重新调出紫色。"

"这个灯带不是我们制作的,我们也不懂怎么调颜色,你问卖家吧!"蜘蛛人摆摆手,他们真的只干体力活,任何带脑子的活找他们都不好使。

陆容打电话到活动公司,全是忙音,根本没有人接电话,他们已经下班了。

"你们有没有公司员工的电话?"陆容追上拎着设备箱要离开的蜘蛛人。

蜘蛛人:"有,但他们一下班就关机,你明天再打吧!"

陆容陷入了绝望。

这时候他的手机响了,是方晴来催债了:"儿子,我们一小时以后就到了,一切都OK(好)吧?"

陆容望着眼前一点儿都不OK的绿色:"I'm fine.(很好)"

方晴收线,自豪地冲霁通竖起了大拇指:"我家儿子英语杠杠的!"

霁通哼了一声,给霁温风打电话:"儿子,礼物准备得怎么样?"

霁温风把南瓜马车套到容容的脖子上,小心翼翼地爬上了马车,容容突然叫着人立起来,马车砰的一声垮掉了,霁温风摔到了草坪上。

霁通精神崩溃:"什么声音?!"

霁温风赶紧挂掉电话,用眼神谴责掉链子的容容。容容用"含情脉脉"的大眼睛无辜地回望他,默默地走远一点儿,继续甩着尾巴吃草坪上的草。

秦深开着车,顾逸君在副驾驶座上用手机写报告。陆容那么可怜,顾逸君想赶紧在后台提交家访意见,这样就可以把卡里的钱转给他了。

没想到系统中家访意见倒是通过了,(8)班银行卡里的那笔助学金,却不翼而飞了。

顾逸君:"……"

正巧秦深的手机中来了一条短信,叮的一声。

秦深在开车,问顾逸君:"什么短信?"

顾逸君歪着脑袋瞄了一眼:"你们(1)班银行卡转进三千块钱……等下,这是我们(8)班的补助金吗?"

秦深:"我们班的补助金早就发下去了。"

顾逸君觉得陆容的补助金可能被挪用了,赶紧打电话给教务处长诸仁良汇报此事,并提出强烈谴责。

起先,顾逸君气势汹汹,直到诸仁良回了句话,他变得一脸蒙,然后他委屈地小声辩解几句,最终被吼得狗血淋头,默默挂掉了电话。

秦深:"怎么了?"

顾逸君:"学校把我额外申请给陆容的补助金发给了……霁温风。"

秦深紧急刹车,两个人都倾身向前。顾逸君起先以为是车祸,发现是秦深踩了刹车，勃然大怒："你疯了吗！"他都快被安全带勒死了。

秦深锁紧了眉头："他们才疯了吧！"

丰田停靠在了路边，车厢里气氛压抑，秦深把车窗摇下，点燃了烟。过了一分钟，他抓起手机，顾逸君按住了他。

顾逸君："你跟他们说也没用。他们是认真的。霁先生捐了钱给学校，他们想有点儿表示。"

秦深："可那是PKS[1]补助金啊！"

顾逸君："发给霁温风的时候不会叫这个名字。"

秦深一度想跟诸仁良打通电话把他骂得狗血淋头，但他毕竟在南城工作了几年，很快冷静下来，并且想出了一个点子。

秦深："把钱打给霁温风的监护人，没问题吧！"

顾逸君："理论上来说……哦，你可真是个小机灵鬼！"他想起霁温风的监护人是陆容。

顾逸君兴奋了两三秒，脸上又出现了挣扎的表情："不过这样会不会……侵犯霁温风的权益？毕竟这钱是学校拨给他的，我们不能擅自替他做决定。'劫富济贫'是很酷，但一般做这件事情的都是大盗……"

秦深是数学老师，没有那概念："他拿了钱也会上交给陆容，我们只是帮他们节省了工序，确保这笔钱会原原本本地到陆容手里。据我所知有些地方发工资就是这样的。"

顾逸君踌躇了半晌，还是做出了决定："算啦，你把钱给霁温风，我把钱给陆容，这样就好了。"

秦深眼看他打开微信，把钱转给了陆容："你又是哪儿来的钱？"

顾逸君伸手搭住了他的肩膀上："秦老师，下半个月能请我吃饭吗？"

秦深："……"

陆容调试了一会儿灯带，无论如何调不出除了绿色的其他颜色。他

---

[1] PKS：专给学习好、生活需要帮助的学生。

上网搜了一下看看这种遥控器出了故障如何维修,唯一一条有用的说要重新编码。陆容虽然尝试过很多职业,但 IT 技术人员这种门槛太高的显然还不在他的考证范围之内。他绝望地关上电脑,下楼给自己拿了瓶微醺,走到后院里坐在台阶上大口喝起来。他可能没有办法给方晴和霁通一个合格的蜜月礼物了。

陆容心中充满着挫败感,担心他会被赶到地下室去住。

这个时候,顾逸君突然转给他三千块钱。

陆容嘴角扬起了微笑,啊,这下他又对未来充满信心了。

猝不及防,霁温风也给他转了三千块钱。

陆容眉头一皱,觉得事情并不简单。

陆容走到后院,霁温风正抚摸着容容。容容冲他打了个响鼻,楚楚可怜地望着他。

霁温风刚才跟白助理的整个助理团进行一番深入的交流。助理团查阅了很多关于赛马的资料帮他找到了问题:"可能容容只愿意驮人,不愿意拉车。"

霁温风觉得他没办法在那么短的时间里改变容容的习性,把它从一匹赛马变成一匹拉车的马,这意味着他没法给方晴和霁通一个合格的蜜月礼物。霁温风心中充满着挫败感,甚至觉得会被赶出家门,一个人处理"百亿"元家产。

这个时候,陆容在背后叫了他一声。

"喂。"陆容拿出了手机,"为什么突然给我发钱?"

霁温风冷冷地道:"随手发的零花钱,提醒你看到我的时候不能叫'喂'。"

陆容:"这个钱是哪儿来的。"

霁温风无所谓地说道:"班主任给我发的,说是什么助学金之类的……"

陆容点点头,把霁温风的红包转给了邓特,又把顾逸君的转账退了回去。

今年的助学金暂时就这样吧,明年,明年他再战!只要助学金一天不是直接发给邓特，他陆容就不会停止战斗！

顾逸君收到了退款：陆容，你……

陆容：霁温风交公粮了。

顾逸君：哦！

城市的另一端，秦深数落顾逸君："我告诉过你的。"顿了顿，他再强调一遍，"我告诉过你的。"

顾逸君靠在椅背上："好了好了，知道了。"

陆容搞定了助学金，抬眼看向霁温风。好像他们两个同心协力的时候，什么问题都能很快解决。

陆容："容容不肯拉马车吗？也许我可以帮你劝劝它。"

霁温风看了他一眼，淡淡一笑："你那个绿光，也简单得很。"

陆容眼前一亮："你会编程？"

霁温风："呵呵，我会编程。"

如果说他们霁家有什么传家宝，那就是代代都是程序员。

霁通当年一个人到 M 国可什么都没有，只凭着自己至今没有秃顶的头脑，和一双会打 0 和 1 的手，从无到有创造了现在的霁氏。

霁通也许很少陪伴霁温风，但是他毫无保留地把这门吃饭手艺传给了儿子。

霁温风的本质根本不是霸道总裁，而是程序员。

他还在念中学的时候，就跟几个志同道合的朋友组了个小工作室，开发了一款独立游戏，在游戏平台上拿过周销售冠军，年仅十五岁就收入上千万。

霁温风上楼拿了笔记本电脑和电工箱，下楼到屋子里席地而坐，拆开了遥控器找到了关键线路连上了自己的电脑，开始编程。

时间一分一秒过去，时针渐渐逼近 12 点，霁温风十指如飞地敲击着代码，在电脑屏幕上写下一行又一行的代码……

陆容走到后院，接近容容。

昨天他还没仔细看这匹白马,现在站在不远处接近这美丽的生灵,陆容脸上少有地露出高兴、不含杂质的笑容。

他去后院里抓了一把大豆精料,放在手里,接近容容,嘴里发出声音,吸引它前来取食。

容容竖起了耳朵,大眼睛幽幽地望着他,犹豫了一会儿,翕动着鼻翼走近他,姿势优雅地将脑袋放到他手里,舌头一卷,吃光了所有的饲料。

陆容趁机把手放在它的脑袋上,一下一下梳理着它漂亮的毛发:"容容乖,快把马车拉上。"

容容仿佛能听懂人话似的,警惕地往旁边走了两步。

果然跟霁温风所说的一样,这匹马,可以驮人,但似乎不愿意拉车。

陆容意味深长地冲它一笑:"你可真是个小机灵鬼。"他转身走进了屋里。

容容扬着脖子目送他远去,打了个响鼻:只要它霁容容不想拉车,谁都不可以让它拉车!

容容低下头重新开始优哉游哉地满后院吃草,陆容回来了。

因为霁通和方晴要回家,烧饭阿姨的悠长假期也结束了。得到雇主家今晚就到的消息后,阿姨火速从老家回来,带来了一笼山林野鸡、山里猪肉要拍主人家的马屁。

陆容记得这些鸡全关在西面绿篱底下呢!

容容迎风闻到鸡的味道,抬起了头,嘴里还嚼着草。

在它大大的眼睛里,倒映出陆容左手抓鸡、右手拿菜刀的身影。

容容倒退了两步,鬃毛竖了起来,尾巴在身后不安地晃来晃去。

陆容冲它邪魅一笑,把刀架到了鸡的脖子上。

容容人立起来,飞奔过去乖乖拉起了马车。

陆容放下了刀,还有吓晕了的鸡,满意地点点头:"果然名字中带容的都是识时务的俊杰。"

霁温风调试完了灯光,抱着笔记本来到后院:"刚才什么声音?"

他好像听见容容发出了丧心病狂的惨叫声。

陆容已经把南瓜马车和白马组合完毕，微笑着冲他展示。

霁温风大喜过望："你是怎么做到的？"

陆容乖巧地道："你先上去试试。"

霁温风钻进了马车，自言自语着："怎么有股奇怪的味道？"

陆容闻言，微笑着把菜刀藏到了背后："什么都没有，你太敏感了。"

霁温风驾着南瓜马车在后院里头遛了一圈，容容乖巧得很，一点儿都不勉强。它非但不尥蹶子，连响鼻都不打，霁温风喂它糖，容容都表示"不吃不吃这是我应该做的"。

霁温风十分嫉妒，明明这是他的马，为什么更听陆容的话？

霁温风："这一定是你和它的名字相同，所以它跟你同名相惜……"

就在这个时候，他看到了角落里瑟瑟发抖的鸡。

一阵风吹过，陆容拿着菜刀微笑着站在他身边："然后呢？"

霁温风紧急刹车："……你们名字里带容的果然是天生的小天使，勤奋、聪明又美丽……"

陆容微微一笑："你也不赖。"

霁温风："我比你差多了呢！你还是先去前面验收一下吧，我怕出了什么差池。你的满意就是对我工作最大的褒奖……"

陆容噙着小狐狸的笑意瞟了他一眼："我的老板大人，你今天怎么嘴这么甜呀？！"

说着他朝前院走去，准备验收霁温风的工作成果。

霁温风目送他离开，和容容一人一马通通放松下来，瘫在原地，面前走过一只鸡。

霁温风弱小可怜又无助地抱住了容容的脖子：刚才要是说错一句话说不定现在已经"人头点地"了呢……

方晴和霁通飞过国境线的时候还在吵嘴。

方晴："我儿子才是最爷们的，他会使唤人。"

霁通："我儿子不但会使唤人，还会写程序。"

方晴:"呵呵,我的容容三岁起就有女孩儿喜欢,而且他挑选礼物的眼光和某些只会写程序的可不一样。"

霁通:"更正一下,小风哥不但会写程序,还会看报表,他会继承霁氏集团。你如果看过言情小说,你就会知道,没有什么比霸道总裁更爷们的了。"

方晴眉头一皱,觉得事情并不简单:"我倒还真没有看过什么言情小说……你怎么知道言情小说怎么写的?"

霁通松了松领带,努力坐直:"只是茶水间的小妹偶尔讨论的时候听了一下。"

方晴:"是吗?"

虽然霁通和方晴在落地前还在为了自己的儿子跟对方吵架,但当他俩到了家门口的时候,简直不敢相信自己的眼睛。

他们的别墅外立面装上了灯带,不断变化着颜色,组合成 happy honey day(蜜月快乐)的字样,让他们的欧式庄园看上去就像是 DSN 城堡。

方晴尖叫了一声捂住了自己的嘴,忍不住蹦了两下。

"还有马车!"霁通看着霁温风驾着南瓜马车出场,简直喜极而泣,拉着方晴就跳上了车厢。

霁温风彬彬有礼地帮他们关上车门。陆容站在不远处,按照李南边给的歌单开始外放 Let it go(《冰雪奇缘》主题曲),拿着话筒介绍道:"欢迎来到霁通先生和方晴小姐的梦幻城堡,准备好出发了吗?去往幸福的单程旅行。"

方晴、霁通:"啊!"

BGM(背景音乐)响起,灯光闪烁,城堡外面展示着他俩的结婚照片。南瓜马车绕着喷泉广场徐徐前进,头顶绽放出炫目的礼花……

方晴和霁通看着这童话般的一切,紧紧握紧了彼此的双手。

方晴泪流满面:"我们错了,他们很懂……"

霁通用手帕擦去自己的泪水:"但我真的好喜欢这个礼物……"

陆容和霁温风隔着老远对视,微微一笑。

· 8 ·

这场独家定制蜜月游行，最后在保安科扰民的电话声中，顺利落下了帷幕。

方晴和霁通游行回来，方晴道："你们真的非常出乎我们的意料。"

他们养了两个男孩，两个都很"不走寻常路"，确实很出人意料。但那又怎样？

方晴和霁通张开了双手："你们真是太棒了！爸爸妈妈爱你们！"

陆容和霁温风无比嫌弃地接受了他们的拥抱："欢迎回家。"

陆容有一个最关心的话题："这次礼物是我们一起做的，那么最终你们的礼物到底送给谁呢？"

霁通和方晴早就想过这个问题了，笑着对他说："你们的礼物是一起完成的，所以我们的礼物也是送给你们俩的。"

方晴说着，从霁通手里接过了大大的首饰盒，当着陆容的面打开，把里头的项链交到了他的手上。

陆容、霁温风："……"

时间倒回到婚礼那天。

方晴丢了项链，"甩锅"给陆容，霁通让他赶紧找回来。当时霁通说："容容，等我们结完婚以后，我会送你一条小风哥喜欢的项链的。不过你得先把你拿的那条还回来，限时一小时好吗？我们还要出外景。"

回忆结束。

陆容："……"他们俩居然还记得，那是很久以前的事情了！

霁温风："可这关我什么事？我的礼物在哪里？"

方晴骄傲地伸手介绍："我们给他挑选的，是你喜欢的款式。"

这就是他们商量的结果：送容容一条小风哥喜欢的项链，皆大欢喜。

陆容："……"

我的家人全是神经病怎么办？

飞机还是高铁？

方晴和霁通回来的第二天，四个人聚在餐厅里一起吃早饭。

霁通把玩着一张灰色的邀请函，面带犹豫之色。方晴好奇地问："那是什么？"

霁通："是我的三十五周年小学同学会。班长打电话叫我去，就在下礼拜，但我拿不定主意……为了三十多年前凑巧一起念过书的同学赶去H市，感觉很徒劳。"

方晴往沙拉上淋着酱汁，随意地道："如果是我，我就去。我在学校既是校花，又是校霸，所有人都管我叫老大，我想死我的小伙伴们了。"

霁通嫉妒地看了她一眼。从小就是死宅男的他在学校可没有那么威风，从小学到初中到高中直到大学，他都是很不起眼的那一类。

"说起邀请函，你们也有两张。"方晴从包里抽出两张G城DSN三日套票，推给霁温风和陆容，"我们在外面度蜜月，丢下你们在家里学习，心里很过意不去。我们答应过的，等度蜜月回来以后，就换你们去玩。"

霁温风微笑着拿过套票："谢谢阿姨！"

陆容瞄了一眼，抢过票推了回去："我们没有时间，周末只有两天。"

方晴觉得这完全不是问题："你们可以请一天假，星期五或者星期一，再捎上周末，这样保准来得及。"

陆容："我们要认真学习以后要考研。"

方晴做了个鬼脸，学着陆容的口气："认真学习以后考研……"

陆容："……"

这个时候，霁温风在陆容耳边发出了魔鬼的声音："G城的衣服特别便宜。"

陆容毅然决然拿下了票："我……"

霁温风倒是提醒他了，那可是G城，流着蜜与奶的应许之地！G城不但衣服很便宜，奢侈品定价也比这里便宜不少，很多代购就是GS两城之间跑发家致富的。

陆容打开网络店铺，开始搜索 G 城代购的店里都在卖什么，看看有什么货物可以引入南城大学……

他突然眼睛一亮：正品球鞋！

品牌球鞋在 G 城比定价低，相当于打八折！

陆容眼中闪着发财的精光！

他早就想做球鞋代购了！南城大学虽然学习气氛浓厚，但也有不少人把心思花在鞋上。

但陆容就心安理得地穿着普通球鞋，成为人际交往圈的边缘人物，享受着他闷声发大财的平静生活。

他虽然自己并不卷入众人攀比之中，但他知道正品球鞋需求量巨大，市场很大。李南边现在掌握了全校同学的学习服务业务，他们开展新业务的获客成本极低，要是在这个基础上推广球鞋代购业务，只要东西是正品、价格又有优势，不愁做不起来。

他给李南边下达任务：内测正品球鞋市场。

李南边："老大，你找到了货源和渠道？"

陆容："是的。"

李南边："好的，我问问核心客群有没有需求。"

半天之后，李南边拉了一张清单给他："都已经付了定金。"

陆容看着二十双球鞋以及官网价格，心里估算了一下，这一趟起码能赚四五千块钱吧！

雾温风看着陷入算计不能自拔的陆容，嘴角浮起一抹微笑："这一定会是次令人难忘的旅行。"

陆容："没错。"

两人定下去 DSN 游玩的行程，雾温风陪陆容去办理通行证。

陆容早就在网上查了所有的攻略，备齐了所有的材料，两人到了最近的海关大楼，提交了表格，留下了地址，工作人员保证他们一礼拜之内会收到卡证。

完事之后,霁温风去停车场取车,陆容站在门口等他。

霁温风不一会儿就打着电话经过海关大楼,陆容坐上车,听见霁温风对对面的人说:"……蒋叔,我爸下个周末需要用飞机吗?没有行程?那再好不过,我和容容下周五要去G城,你先提报一下飞行航线申请。"

陆容系安全带的手一顿:"我们要飞着去G城?"

霁温风挂掉了电话:"不然呢,走着去?"

陆容扬起了营业笑容:"我看到最近有消息说去G城的高铁开通了,不如我陪你坐?你刚回国,还没有体验过我们引以为傲的高铁吧?"

霁温风眯起了眼睛:"比起体验高铁,一般的'灰姑娘'不是会更愿意体验私人飞机吗?"

陆容的表情一僵。

霁温风戳中了他的心事,逼问道:"那么,你为什么不愿意坐飞机去,嗯?"

陆容高傲地目视前方:"我不是'灰姑娘',你认错人了,我不跟陌生人说话。"

霁温风:"我总会搞清楚这件事的。"

因为他们在海关大楼前赖着不走,交警过来贴条,直视前方的陆容赶忙提醒霁温风。

霁温风只有M国驾照,没有本国驾照,为了防止他被抓进去,两人针对交警查车设计了一整套应对措施。

陆容一声令下,霁温风立即熟练地放低靠背,整个躺平,往自己身上蒙上一层中老年风格的竹席车垫,与跑车融为一体。

陆容则搭在车窗边上真诚地说道:"警察叔叔,我爸患有严重的前列腺炎,他去海关大楼里上厕所马上就会回来,你看我们的车子都没有熄火,请你不要贴罚单好吗?"

交警露出一脸怜爱的表情:"尿频尿急尿不净?"

陆容点点头。

交警伸出三根手指:"最多给你们三分钟,海关大楼门前禁止停车。"

陆容甜美地笑道:"谢谢叔叔!"

等交警走远，霁温风按着电动按钮缓缓升起来，阴着一张俊脸质问陆容："前列腺炎？"

陆容紧张地盯着后视镜："总比痔疮好，快走！"

霁温风回到家里，偷偷摸摸找上了方晴。他再三确认陆容不在附近以后，严肃地询问她："方姨，陆容是不是不爱坐飞机？"

方晴一脸嫌弃地挥了下手："何止是不爱。他有恐高症，去三楼都不敢往下看。"

别墅东面有个三层挑空的客厅，陆容基本上都从西边上楼。陆容现在就刚刚走上西边楼梯，霁温风居高临下看着他的身影，说道："那我确实应该跟他一起坐高铁去 G 城。"

方晴："你最好这么干，跟他一起坐飞机简直是场灾难。他小时候，我们有一次抽中了大奖，是 B 市双人游，飞机上他一直抓着我的手不放，还要我对他解释飞机飞行的原理。在我跟他说这是魔法后，他一直哭，给他讲什么都哄不好，后来我不得不假装他是隔壁那个人的儿子。"

霁温风眼前一亮。

方晴想起陈年旧事，面容散发出母性的光辉，变得温柔慈爱："至少我的容容那时候还会哭泣，真可爱……"不过她想到现在的陆容，立刻严肃警告霁温风，"现在他连哭都不会，只会紧紧抓着你的手。坐高铁去吧——去 G 城有高铁了吗？"

"有，不过我决定坐飞机去。"霁温风玩味地看着陆容的身影，后者正敲开霁通的书房。

霁通正在打电话，见陆容进来忙收了线，局促地请他坐下。

虽然他现在已经跟方晴成功举行了婚礼，但是他还没有跟陆容培养出太多感情，陆容看他的眼神就像是一个不苟言笑的老岳父，霁通面对陆容总是很紧张。

陆容交叉着双手在他对面的位子上落座，高深莫测地一笑："别紧张，只是有点儿小事想跟你聊聊。"

霁通反省："我最近的确有点儿忙，因为出去度蜜月积压了很多工作，导致现在全公司上下都在等我签名，没有太多时间陪你妈……哦，我不是抱怨度蜜月拖累了我的工作进度，没有这回事，度蜜月是我自愿的，我很高兴。但是没有太多时间陪你妈，我就不高兴了，非常不高兴。"

陆容："……"

他上次见到霁通的时候，霁通的"求生欲"还没有这么强，婚姻真是男人的坟墓。

陆容把口袋里的邀请函推了出去："霁叔叔，我觉得你应该去参加同学会。"

"你是为了这件事情来的？"霁通伸手想去接那张请帖，快要接触到时又缩了回来，等一下，也许这是方晴派遣陆容来考验自己。

他立刻坚贞不屈地摇头："我不会去的，美好的周末当然要留给家人。"

陆容："……我不是我妈派来的。我只是站在个人的立场上提出这个建议。"

霁通松了口气，老实跟他说："我刚才仔细考虑过这件事，我觉得我没有什么必要再回到我的同学们中间。虽然我们都是儿时的玩伴，但很明显，现在我跟他们都已经过上了截然不同的生活，就算见面也聊不到一块儿，倒不如彼此保留一些美好的回忆。"

陆容："霁叔叔，小时候你是你们当中的孩子王吗？"

霁通脸色一僵。

陆容鄙夷地一笑："呵呵，当然不是，你是每次考试都考100分，却身材矮小四肢纤弱的书呆子霁通，别说孩子王了，他们甚至都不带你一起玩。"

霁通局促地推了下眼镜："你……你怎么知道？"

陆容："我还知道你因为最早在班上戴上了眼镜被叫作'四眼田鸡'。"

霁通："……"

霁通被提起了伤心事，摘下眼镜按了按太阳穴，又重新戴上，凝视着陆容的眼睛。

最后他冰封般的表情出现一道痛苦的裂纹："不，远远不止，他们甚至管田鸡叫霁通。"

他永远也忘不了他的小伙伴出去钓龙虾的时候说"先抓几个霁通来扒皮做饵"，或者夏天一到他们指着窗外的水塘说"霁通又开始呱呱大叫"的场景。

陆容拿着请帖诱惑道："你应该去，知道为什么吗？因为他们最看不上的霁通，现在是有名的富豪，娶了个像明星一样漂亮的老婆，而他们都是一帮失败者，老婆唠叨、孩子成绩不好。厂子要裁员，他们这个看门的第一个被裁掉——如果成功不是为了衣锦还乡，那就毫无意义。他们甚至会跟你借钱。想想吧，他们低声下气问你借钱！你可以尽情享受他们的殷勤，最后还拒绝他们。"

霁通被甜蜜的复仇所诱惑，夺过了他的请帖："我……"

陆容发出了魔鬼的声音："记得坐你的私人飞机。"

"小儿麻痹症患者"霁温风

霁通刚刚送走了陆容，又迎来了霁温风。

霁温风在他面前的椅子上一瘫，跷起了二郎腿："下周五把私人飞机借给我，我带容容去 G 城。"

霁通："……"

霁温风看霁通明显不情愿的脸色，捡起他的同学会邀请函看了一眼，扔在桌子上："陆容不会劝你去参加小学同学会了吧？"

霁通："……"

霁温风："我猜他还怂恿你坐飞机去。"

霁通发出严正声明："这是我发自内心的决定。"

霁温风："说真的，老爹，我想借一下私人飞机，你可以坐头等舱去。"

霁通心意已决："你怎么不自己坐头等舱去？"

霁温风："去飞机场排队过安检？一点儿排面都没有。这是容容第

一次跟我一道长途旅行，我要是连架私人飞机都拿不出来，人设崩塌。"

霁通教育霁温风："你为什么要在容容面前臭显摆？我们是一家人。我提醒过你了，别在容容面前摆阔，这会让他自卑，胡思乱想，觉得他跟你不一样。容容也是我的孩子，他也应该坐我的私人飞机出去摆阔，而不是被你领着坐私人飞机炫耀，我不允许这种事发生。"

霁温风看了他半晌，冷笑了一声："你就是想坐私人飞机去你的同学们面前摆阔。"

霁通："……"

父子俩陷入了沉默的对峙，然后同时眼睛一亮。

霁温风问："你现在头脑中想的和我想的是一件事吗？"

霁通："我们应该再买一架私人飞机。"

霁温风陷入了回忆："上次我们在私人航展上看中的那架……"

霁温风回过神来，敲了敲桌面："尽快落实一下。"

霁通："你打算赞助多少？"

霁温风思索了三秒钟："四千万元。"

霁通："起码一半一半吧，我知道你最近在炒股。"

霁温风："那你知道炒股不是印钞票吧？"

这话霁通就不爱听了："难道你爹我就是印钞票的吗？你最多能拿出多少？我最近手头有点儿紧。"

霁温风："四千万元。"

霁通："六千万元。"

霁温风："五千万元首付30%，两年分期付款，我正是创业期需要活钱，不能大笔投资在易耗品上。"

霁通："成交！"

霁通抓起了电话准备订购，冲着霁温风的背影道："不过周五私人飞机归我。"

霁温风："你都愿意出大头，我还能不识相地跟你抢吗？"说着他带上了门，在网上买了两张去G城的头等舱机票。

"你在这里做什么？"陆容突然阴恻恻地出现在霁温风身边，警惕地瞥了一眼霁通的书房门,他怀疑霁温风刚才也进去把霁通策反了。

"买票。"霁温风镇定自若地拿着手机在他面前一晃,"毕竟因为某人的三寸不烂之舌,我爹要坐着他的私人飞机去向他的小伙伴们装酷了。"说罢霁温风转身离开。

陆容:计划通过。

直到礼拜五,陆容跟着霁温风去机场,才发现计划没有通过。

"这是什么地方?"陆容站在出发平台,脚像是在地上生了根。

霁温风拎下行李箱,把后备厢盖上:"宋叔,你可以走了!"

陆容反应过来他还有机会逃脱,撒开丫子想要追上老宋的车,被霁温风一把拽了回来:"别想跑。"

陆容发狠:"你想都别想,我是绝对不会跟你一起坐飞机的……"

霁温风大声呼救:"救命啊,这里有个少年因为恐高昏倒了!"

陆容一手拖起行李箱一手拖过霁温风大步流星走进了候机厅大门。

他丢不起这个人。

霁温风:"飞机很安全。"

霁温风:"飞机的飞行原理你在物理课上都学过,发动机提供了水平推力,机翼上下侧弧线不同导致两侧气流流速不同进而造成气压差提供了上升力,它会飞符合这个世界的物理原则,物理原则恒常不变。"

霁温风:"而从大数据上来看,飞机失事的概率远低于车祸,也就是说,你要是死于交通事故,更有可能是因为车祸而不是飞行事故。"

陆容:"谢谢你提醒我,我以后不会再坐你的车,也不会再给你放风了。"

陆容自从登机开始就牢牢攥着他的衣服不肯松开。

霁温风坏坏地一笑:"你知道你说这种话一点儿说服力也没有吧?"

陆容:"你。"

"这就是你的阴谋!"

霁温风心中暗爽不已,嘴上却说:"这不是我的阴谋,我的计划

是要让你戒掉恐高症,至少可以好好坐飞机,不然你以后怎么环球旅行?"

陆容发狂:"我的一生会是奋斗的一生,环球旅行不在我的人生计划当中!"

霁温风:"那当你成为哪家公司的 CEO(首席执行官),你难道不需要漫天乱飞去参加各种商务会议吗?"

陆容:"5G 时代已经来临,我们会有全息投影这种黑科技!"

霁温风:"那难道你一生都不打算高空跳伞、玩滑翔机、坐热气球,一生都不打算蹦极、坐索道、去月球旅行了吗?你不觉得你的人生会有遗憾吗?"

陆容:"这根本不是普通人的人生配置!大多数人一生中没有体验过这些!"

霁温风轻声在陆容耳边说:"可你是我们霁家的人。"

陆容:"我不是你霁家的人,我姓陆!"

霁温风坏笑。

飞机掉转机头开始加速助跑。

从 S 城飞 G 城需要一个半小时,陆容因为有恐高症没有喝一口水,没有吃一口饭,甚至连飞机上提供的哈根达斯冰激凌都忍痛让给了霁温风。

霁温风看着面前的两份豪华午餐:"你确定两份都给我?你是头晕、想吐还是……"

陆容:"我担心吃多了跑厕所。"

霁温风:"好吧!"

霁温风吃下了两人餐,很快就想上厕所。

他拍了拍看飞机杂志的陆容:"我得去放个风。"

陆容警惕地抬起头。

霁温风:"真的一秒钟都不能放吗?"

陆容警告他:"忍着。"

霁温风："……"

霁温风重新瘫倒在座位上，过了度日如年的十分钟，跟陆容商量："不行了我憋不住了。"

霁温风在位子上辗转反侧，请求陆容："你知道有膀胱爆炸这种死法吗？"

陆容："……"

霁温风瘫在那里胸膛起伏满头大汗："等你带着我的尸体回S城，告诉我爸，把我的所有遗产都留给你，包括那架我刚买的私人飞机……"

陆容："你刚买了架私人飞机？！"

霁温风苦涩地一笑，嘴唇颤抖着说："因为……想带你环游世界……"

陆容攥紧了他的衣服："兄弟别说了我想到个办法，我们一起去厕所。"

霁温风得到了赦免，跳起来就要蹿出去，被陆容拉了回来："等一下……你不觉得我们这样去上厕所很奇怪吗？！"

霁温风："你以为我们现在这样坐在这里就很正常？从我们登机那时开始整个头等舱的人就用奇怪的眼神看着我们。"

陆容："你想不想听听我的计划？"

霁温风急死了："我想上厕所！"

陆容把毯子往霁温风腰上一围，扶着他起来："从现在开始，你是得小儿麻痹症的霁温风，走路的时候记得一瘸一拐。"

霁温风："……"

去厕所的路，是霁温风走过的最长的路。

不单单是因为他的下肢都快要麻木了，还因为他得了小儿麻痹症，得行动迟缓，一瘸一拐。

他佝偻着背，腰间盖着一块灰色的毯子，陆容扶着他的胳膊，小心翼翼地搀扶着他、支撑着他，全机舱的人看他的眼神都很怜悯，霁温风读得懂他们的眼神了：好好的帅小伙子，可惜残疾了。两侧的乘客全收

起了腿给他让道,空乘人员则非常抱歉没有注意到霁先生是半身不遂,她们这就去准备轮椅。

他们走到厕所门前的时候,甚至整个机舱都响起了掌声。

霁温风从未那么迫切地想要提那架私人飞机,再也不想坐民航机了,非常不想。

我会准备两顶降落伞

两人从厕所回来,落座以后,坐在位子上,很无聊,因为没有什么事情做,陆容低头打开了随身携带的笔记本电脑,改起了PPT(演示文稿)。霁温风被迫参与改稿,定睛一瞧:"这是什么?"

陆容假装随意地说道:"一份商业企划书。"

霁温风:"你写的?"

陆容睁着眼睛说瞎话:"学校布置的作业。"

霁温风一眼看透了他的瞎话:"我跟你是一个专业的。"

陆容睁着眼睛说瞎话:"我们班布置的作业。"

霁温风嫌弃道:"撒谎的人不配得到我的'好处'。"

……

"到底写什么了?我给你看看。"霁温风立起了显示屏,仔细浏览起PPT上的内容。

陆容写的是个正品球鞋在线交易平台的项目策划。

陆容这个礼拜一直在思考,在学校里卖正品球鞋是个很大的市场,不仅仅南城有需求,整个学生圈都有这个需求。如果他在垂直领域打造一个专门的App(应用程序)占领这个细分市场,会很赚钱。

陆容有个偶像叫纪景深,是JC通信的老总,这个人就是做两地在线贸易起家的。陆容天天在他的微博打卡签到,纪景深最近终于注意到他了,两人在网上打得火热。这次奔赴G城,陆容提前给纪景深送去了消息,纪景深约他吃饭。

国内急需一个正品球鞋的交易平台,这个项目策划就是陆容献给纪景深的见面礼。这个礼拜，陆容都在忙着四处搜集信息完善这个PPT，每天写到半夜才停下，现在抱着激动的心情做最后的修改。

霁温风浏览一番，帮他重新梳理了大纲，调换了几张PPT的位置，批注了一些细节："这样整体逻辑更完善。"

陆容："嗯。"他要对霁温风刮目相看了。

霁温风又挑剔道："不过你这个版面着实有点儿丑。"

陆容："……"

霁温风："我勉为其难地帮你改改吧！"

等霁温风把电脑交还给陆容的时候，这个PPT就好像是一个丑女去H国经历了一场换头术。

陆容忍不住多看了霁温风两眼，严肃地问："以后找你做PPT多少钱？"

霁温风双指摩挲，盘算了片刻："我一般给那些做PPT的发钱。"

他会这个，完全是看得多的缘故。他是霁氏的继承人，霁氏集团的项目汇报是他和霁通一起处理的。虽然他才十八岁，但他做霁通的B岗已经长达三年了。没办法，家大业大，活太多，霁通一个人干不完，上阵父子兵嘛！

"你求我的话，我也不是不能给你做……"霁温风考虑了一番。

陆容睨了他一眼："条件呢？"

霁温风："下飞机我也能跟你走在一起，你不能嫌弃我。"

陆容："……"

霁温风用低沉的声音道："我PPT做得超好……还能熟练运用各种插件……PS（图像处理软件）也不在话下……甚至还会拍短片……哦，我写大纲思路特别清晰。"

陆容："只能在没有人的地方。"他顿了顿又道，"而且你得发誓不再用那么恶心的语气跟我说话。"

霁温风笑容满满地坐回了自己的位子上："成交。"

这个时候，飞机突然颠簸起来，窗外明媚的阳光迅速变暗，他们一头扎进了电闪雷鸣的云里。陆容坐在位子上慌了神，脸色变得惨白。

广播叮的一声,响起了空姐温柔的声音:"各位旅客,我们的飞机因为受到气流的影响,有较为明显的颠簸。请您坐在座位上系好安全带。洗手间将暂停使用,谢谢您的配合……"

陆容攥紧了雾温风的衣服:"我们是要坠机了吗!洗手间都不让用了!"

雾温风神色凝重,抿着嘴唇不回话。

陆容从他的表情中看出了事情不妙:"我早就说过,不要坐飞机,不要坐飞机!你还跟我说航空事故概率很低!"飞机又猛地下坠了几米,陆容五脏六腑都被拎了起来,带着哭腔喊道:"我们都要死了!"

"不。"雾温风打开脚下的背包,从里头抽出一包东西。陆容定睛一瞧,竟然是降落伞。

雾温风在电闪雷鸣中拍了拍他的脑袋:"坐起来。"

陆容克服恐惧,直起了身。

雾温风动作熟练地帮他穿好降落伞:"一会儿跳下去的时候记得拉这里。"

陆容:"那你怎么办?!"

雾温风摇摇头。

陆容低下头去翻他的书包,里面已经空空如也。

"你为什么只带一个啊?!"陆容吼道。

雾温风沉痛地摇摇头:"现在说这些已经晚了,你要好好活下去。"

陆容解开自己的腰带把自己捆在雾温风身上:"我们一起跳,听明白了吗?"

雾温风专注地看着他的眼睛:"以后你要继承雾氏,还有我的私人飞机,当上CEO满天乱飞去参加各种商务会议。记得每年给自己放两个月的假期,去高空跳伞、玩滑翔机、坐热气球。等你老了,你要环游世界,坐着火箭去月球旅行……"

陆容绝望地勒着两人的腰带:"连皮带都不行吗?所以你为什么那么丢三落四只带一个啊!"

雾温风眯起眼睛灿烂一笑……

陆容一愣。

飞机在这一刻穿过了云层，外头日光大盛，机舱也停止了颠簸。

广播叮的一声响起："我们即将到达 G 城国际机场……"

空姐走过来，对拉着雾温风闭着眼睛的陆容说："不好意思陆先生，您能在自己的位子上坐好吗？"

陆容："……"他连忙坐好。

空姐："还有对面的乘客举报说您哭得太大声，可不可以请您稍微安静一点儿呢？"

陆容："……"

空姐在他面前放下一个冰激凌，冲他眨了一下眼睛："谢谢您的配合。"

陆容："……"

雾温风拿起了这趟旅程的第三个冰激凌，美滋滋地舀了一勺。

陆容甩出眼刀："雾温风！"

雾温风绝对是故意的！

雾温风瞥了他一眼："恭喜你学会一个人坐飞机了。"

陆容一愣，举起了双手。他现在正一个人坐在位子上。

雾温风轻轻跟他咬耳朵："以后你要开着私人飞机去参加各种商务会议，每年放两个月的假期去高空跳伞、玩滑翔机、坐热气球。等你老了，你要环游世界，开着火箭去月球旅行……不过你不会一个人去了。"

"去你的！"陆容气得想打人。

"看外面！"雾温风揽过他的肩膀。

陆容顺着雾温风的手指往下看，漆黑的眼里倒映出碧蓝的海港和繁华的港城。他微微睁大了瞳孔，忍不住把手贴上了窗玻璃。

雾温风轻轻勾起了唇角。

陆容微微瑟缩了一下。

雾温风："飞行是一件美好的事。"

第二章
网友见面"见光死"

到达 G 城之后,两人赶到了 DSN 附近的五星级酒店。

霁温风把通行证递了过去:"开一间房。"

陆容皱起了眉头:"一间?"

霁温风反问:"两个大男人外出旅游还用得着开两间房吗?双床房。"

陆容:"这个时候我们就是……两个大男人了?平常不都是一副使唤我的样子吗?"

服务生礼貌地对霁温风道:"收您 8089 元。信用卡还是××宝?"

霁温风把钱刷了:"省点儿花吧!地主家也有没有余粮的时候。"

他早就计划好了,到了 DSN 要和陆容同桌吃饭,同房睡觉,尽可能加深他们之间的友情。

两人到房间里放下东西,霁温风吩咐道:"晚上出去吃。"他订了家不错的馆子,陆容一定会哭着求自己下次再带他来。

想不到陆容拒绝了:"不好意思,我已经约了人了。"

霁温风："我没听错吧？你，在G城，约了人？"陆容难道不是第一次来G城吗？

陆容："我的社交圈就是那么广。"说着他从箱子里掏出一套西装，走进了卫生间。

霁温风："……"

陆容很快就换了衣服出来，在穿衣镜前整理着自己的袖扣。

他倒退两步审视着自己，抹了抹头发，又掏出一瓶男士香水往身上喷了喷。坐在床边的霁温风用奇怪的眼神看着他。

他还从来没有见过陆容费心梳妆打扮的模样。

霁温风："你要去见谁？"

陆容："一个朋友。"

霁温风："男的女的？"

陆容无奈地瞟了他一眼："是男是女重要吗？"

霁温风："……"

霁温风把广告册一摔，站起来道："这么晚了不许去！"

陆容面无表情地说："如果不去，今天晚上你我一起排排坐做作业吗？"

霁温风："……"为什么他们要在DSN乐园旁边开这么贵的套房来做作业？！

就是这么一犹豫的时间，陆容大步流星地走出了房门。

霁温风反应过来，跳下床追了上去。陆容优雅从容地走进了电梯，撑着电梯门，玩味地看着他笑，一直按着开门键。

霁温风走到电梯外，觉得此处有阴谋："你笑什么？"

陆容："你确定你要跟我一起去？"

霁温风："当然。"谁知道陆容在外面又会结交到什么过分的朋友。

陆容："真奇怪。"

霁温风呵呵一笑："我朋友很多。"

陆容："哦？"

霁温风涨红了脸，气急败坏地退出了电梯间，按上了关门键。

陆容从门缝里对他招了招手:"记得晚上去找朋友蹦迪!"

霁温风威胁道:"我不但蹦迪,我还要找人去吃饭!就去我本来要带你去的那个餐厅!"

陆容:"好的,准了,就是在外面野完不要忘记回来做作业。"

霁温风:"……"

所以他为什么要在这种时候提做作业啊?

霁温风回到房间里,自暴自弃地取出冰箱里的"肥宅快乐水"(一般指可乐),开始一顿狂喝。

他今晚要出去蹦野迪。

霁温风打了个电话约纪景深,他在G城确实有一帮狐朋狗友。

电话响了两声就被接起,对面响起纪景深总是带笑的声音:"霁公子到G城了?"

霁温风:"晚上出来吃饭,再去蹦迪。"

纪景深:"作业做完了没有啊?"

霁温风:"……"为什么每个人都要问他作业的事?

纪景深哈哈一笑:"开玩笑的,今天去不了了呢,晚餐约了人。"

霁温风:"那吃完饭呢?"

纪景深:"要回家呢!"

霁温风:"你什么时候变成这种下班回家的人了?"

纪景深:"那不是现在家里有了新成员嘛……最近他好像不是很开心,闷闷不乐的,我吃完饭得过去看看。"

霁温风一下来劲了:"什么情况,跟我说说,说不定我能帮到你。"

纪景深叹了口气:"是我在酒吧里遇到的打工的大学生,没地住暂住我那儿,还安排他在我公司里上班。

"但是不知道为什么,他最近心理压力很大,不愿意来公司上班,还跑去酒吧买醉,我得看着,懂吗?你不能让他一个人在街上乱晃。"

霁温风道:"我先挂了,有空再联系你。"

纪景深耸耸肩膀,问一旁的助理:"陆先生到G城了吗?"

助理:"到了,他说他刚到酒店,目前正在来的路上。"

纪景深点点头。他晚上陪这位陆先生吃完饭,就回家去看着刘斐。他总觉得刘斐这两天情绪不对,似乎在酝酿什么大事情。

城市另一头的霁温风穿好了衣服,匆匆忙忙跑到大堂,正撞见陆容叫了一辆出租车进城。

好啊,这么精明的陆容竟然在G城打车!他真是下了血本!

霁温风拦下后面那辆出租车,跟师傅说:"追上去。"

师傅:"没问题啦!"

陆容来到JC通信大楼下,整了整自己的衣领。

他终于要跟他的偶像纪景深见面了,这是他步入商场的历史性时刻!他老了以后名作家给他写传记,开篇一定会是这个场景——20××年秋,十八岁的陆容和JC通信纪景深合作了一个线上交易平台,他负责市场内推,这就是这个天才商人第一次步入商场……

陆容走进JC通信,向前台小姐询问:"请问去纪先生的办公室怎么走?"

前台小姐上下打量他一番:"需要预约。"

陆容:"我有预约,他约了我晚上吃饭。"

前台小姐:"您是陆先生吗?稍等。"

前台小姐背过身去打电话给纪景深的助理:"陆先生来了。"

助理:"纪总还在开会,快请他先上来坐坐!"

前台小姐:"他看上去好像只有十八岁。"

助理:"……"

前台小姐:"没错,那个约了咱们纪总晚上吃饭的陆先生,看上去是个学生。"

背后传来陆容幽幽的声音:"我听见了。"

前台小姐:"现在他还听见我们在背后议讨他。"

助理:"好的,我知道了,你先叫他上来在会客厅等一下,我跟纪

总汇报一下这件事。"

前台小姐转过头来，冲陆容扬起职业的微笑："请您上电梯到十六楼。"

纪景深走出会议厅，助理迎上去："纪总，约了您晚上吃饭的陆先生……只有十八岁。"

纪景深："……"

助理："而且他听到了我们在背后说他……"

纪景深："告诉他今天的晚饭取消。"

助理："理由呢？"

纪景深："就说我老婆生了。"

助理："……"

看不到你才华的人，不配和你坐在一起

雾温风乘坐的出租车缓缓停下，司机说道："就是这里。"

雾温风："师傅你确定是这里吗？我感觉我们在10千米之外就把那辆出租车跟丢了。"

司机："不会有错的啦！"

雾温风付了钱，无奈地推门出去，啪的一声把车门关上。

转过身后，他发现自己站在 JC 通信的大楼下。

JC 通信……不是纪景深的公司吗？

他带着深深的疑问走进了大堂，询问前台："你们纪总呢？"

前台扬起了职业微笑："请问有预约吗？"

雾温风："严格来说，JC 通信是雾氏旗下全资子公司，也就是说，我是你们的大股东。"

前台保持着不变的笑意："请稍等一下。"

她转过身打电话给纪景深的助理："有个没有预约的人想见纪总，他说他是我们的大股东。他看起来跟陆先生岁数一样大。"

背后传来幽幽的声音："我比他大两个月。"

· 28 ·

助理听出了霁温风的声音："他确实是大股东。"

前台立刻扔掉了听筒，站起来弯腰90度伸出了手掌指向了电梯："大股东您好，请走总裁专属电梯。"

霁温风往前走了几步，回头问道："你刚才说的陆先生，他现在在楼上？"

前台表情一僵，做了一次深呼吸："他也是我们的大股东吗？"

霁温风："不，现在还不是。"他顿了顿，又找补了一句，"不过未来就不好说了。"

前台眼中浮现出泪珠："请问一般在背后说大股东闲话的下场是什么？"

霁温风："你说他什么了？"

前台："我说他年纪小。"

霁温风思考了一番："以我的经验，大股东都喜欢有人夸他年轻，我觉得问题不大。"

前台破涕为笑："谢谢您！我们还是赶紧上去吧，纪总根本不知道陆先生是我们未来的大股东。"

纪景深原本打算让助理打发走陆容，没想到霁温风大驾光临。他走出办公室，目不斜视、神色匆匆地从陆容身边经过，假装无事发生。

陆容放下了手中的杂志迎了上去："纪总！"

纪景深原本还寄希望于陆容沉迷小道消息无法自拔，忘记与他的这次会面。计谋失败，他只好表现出大吃一惊的表情与陆容握手："请问您是……"

"陆容。"陆容郑重地做着自我介绍，"微博ID恶人科技就是我。"

纪景深装出一副十分惊讶的样子："哦，原来是你……我对你印象很深刻！"

"我在你的超话签到了一年多了，现在是你的超话主持人。"陆容彬彬有礼、眼神坚定地说道。

纪景深状似认真地听他讲话，实则就是没有办法把眼神从他嘴唇上淡淡的茸毛上挪开。

陆容："我期待这次见面已经很久了，这次来 G 城之前一个礼拜都没有睡着觉。我真的没有想到你会回复我的邮件，还肯定了我的策划案。一想到我要来见你我就兴奋得彻夜难眠。后来我又陆陆续续修改了我的思路，丰富了更多的细节，我已经迫不及待想跟你坐下来聊聊这个垂直门类的代购平台的具体思路了……"

陆容一边跟他一同往外走，一边喋喋不休地说着。

纪景深看电梯已经快到了，赶紧打断了他的话："陆先生，我很期待跟你就你的策划案进行深入的交谈，只是今天可能不太凑巧……我老婆要生了。"纪景深面不改色地说着骗小孩儿的话，拿出手机在他面前一晃。

陆容脸上兴奋的表情蓦然间被失望所取代，他勉强保持着彬彬有礼的模样点点头："家人更重要。"

叮的一声电梯门打开，霁温风和前台小妹一起走出了轿厢，迎面和陆容、纪景深撞上。

前台小妹："纪总，这位是……"

霁温风赶紧抢断她的话："我只是路过，你们这儿有卫生间吗？"同时他用眼神警告纪景深什么都别问，什么都别说。

纪景深的眼角余光落到了身边的陆容身上：你认识他？

霁温风微微点点头。

陆容没想到在这里遇到霁温风："你怎么在这儿？"

霁温风："我只是……"

陆容："……"

他刚刚经历了纪景深的拒绝，心情很不好，霁温风又突然在这个让他尴尬的时刻出现，陆容拨开霁温风钻进了电梯，一个人下去了。

霁温风眼看陆容走了，把纪景深堵在了电梯口，严肃地询问道："你干了什么？"

纪景深："你的朋友找上了我，要跟我合作开发平台，可他只有十八岁！等我发现已经太晚了！我不可能跟一个十八岁的小朋友一起合伙做生意！"

霁温风："这个小朋友为了来见你，这个礼拜一直在熬夜查数据，分析市场写策划，比你手下任何一个员工都努力。他甚至在自学程序代码，想把 App 也自己做了。"霁温风把陆容的新版 PPT 传到了纪景深的手机上，"你找上我爸的时候也一无所有，你当时也不过比现在的他大了几岁而已。莫欺少年穷。"

纪景深纠正道："实际上大了八岁……"他找上霁通的时候可是二十六岁。

霁温风："你不能从外表判断一个人，在拒绝他之前至少听他讲完。我给你十五分钟，去把会议室准备好。"

纪景深："是。"

霁温风走到楼下，陆容正在对面的奶茶店排队。他取了自己的奶茶，扎了个口子，西装革履地坐在位子上喝了起来，像是一个工作不顺心的普通上班族。

霁温风走进奶茶店，也买了一罐奶茶，走到了他身边："可以跟你拼桌吗？"

陆容瞄了他一眼，往旁边坐坐，两个人并排坐在一起喝起了奶茶。

霁温风："能告诉我是怎么回事吗？"

陆容沉默了一会儿："我有个计划。"他道，"纪景深是我的偶像，也是我梦中的合作对象。我跟纪景深在网络上聊得很好，可是一见面纪景深就把我排除了。"

陆容嗤笑了一声："什么老婆要生了……一看就是编的。"

纪景深连找借口都不用心。

陆容第一次感受到了混商场的不易。他在南城也算是个风生水起的个体户，到了社会上什么都不是。他已经很多年没有过这种被人轻忽的感觉了。

"你不用这么在乎他。"霁温风开导道，"社会上这种人很多。"

陆容笑不出来："你可真会安慰人。"

霁温风道:"他们即使再好,你也不应该把他们列为合作对象,知道为什么吗?"

陆容静静地看着他的眼睛。

霁温风:"因为,看不到你才华的人,不配跟你坐在一起。"

陆容一愣,收回了目光,捧起了奶茶。

两个人喝完奶茶,正准备往回走的时候,陆容的手机突然响了。他接起来听了片刻,说了几个"好"字,霁温风等他收线了问他:"怎么了?"

陆容一本正经但难掩雀跃,眼里都是光:"他找我回去谈。"

霁温风假装什么都不知道的样子:"那挺好的,我在附近逛逛。"他的任务完成了。他看过陆容的策划,写得很不错,他看了都想投点儿钱。

霁温风正转身要走,陆容握住了他的手腕:"你……你能陪我一起去吗?"说完陆容又不好意思地松开了。

霁温风受宠若惊,忍不住嘴角疯狂上扬,幸好陆容转头看着外头的车流,自顾自红着脸,什么都没有发觉。

霁温风咳嗽了两声,装模作样思考了几秒钟:"那你晚上要陪我吃饭。"

陆容这一次答应得很干脆:"好。"

霁温风立刻觉得亏大了:"还要请我喝奶茶。"

陆容:"好吧!"

霁温风:"还要陪我散步。"

陆容:"你事儿好多啊!"

陆容和霁温风重新回到 JC 通信的会议室里。这回接待的规格可高了不少,两个人座前都放着一杯美式咖啡,桌子上还放着一碟精美的小点心。

助理打印了 PPT 进来一人一份:"霁总,请。"

陆容回过头狐疑地看着他俩。

霁温风冷汗直冒，根本不想让陆容知道他和JC通信的关系！

如果陆容知道JC通信是霁氏的子公司，那陆容那么辛辛苦苦是为了什么？！这会让他觉得自己是靠着霁氏的背景才获得纪景深的尊重。虽然目前为止确实是这样，但开完这个会，霁温风相信陆容能靠自己的本事令纪景深青眼相待。他陪陆容过来是为了做陆容坚实的后盾，而不是让陆容觉得这整件事是一场闹剧。

霁温风急中生智，冲对面的纪景深一抬下巴："你们纪总在那儿。近视那么厉害应该配副眼镜了。"

助理："我没有……"

霁温风把她整个人一转，让她去给纪景深送资料。

陆容悄声警告他："你不能对助理小姐姐这么粗鲁。"他现在的感觉就像是带着自己农村的老父亲去见领导，老父亲却不停地在沙发上抠脚。

霁温风："好吧！我就坐在这里，一动也不动。"说着他用眼神示意纪景深，别透露自己的身份。

纪景深："……"

他啥也不敢问，啥也不敢说。

他霁温风就算"翻车"了又如何

陆容淡淡地入座："纪总不需要去医院了吗？"

纪景深："我丈母娘已经过去了。"说着他看了眼霁温风的脸色，"可能要生很久，所以我们还是有时间谈一谈的。"

陆容："好的，那我尽量精简一些吧！"说着他调出自己的PPT，一翻开就愣了一下，"你怎么会有这版？"

这是他在飞机上赶出来的，霁温风帮他调整了整体框架还做了美化，他都没来得及发给纪景深，打算直接现场演示的时候使用，为什么纪景深会有？

纪景深："……"要问为什么，当然是霁温风给他的了。

霁温风坐在对面冲他缓慢地摇摇头，用手刀在脖子上比了一下。

纪景深明白了，老板让他背锅。

他往后一仰，把玩着钢笔转向陆容："你确定吗？我收到的就是这一份。难道有什么不对吗？"

陆容："没有。不过最好投影到大屏幕上，这样我做报告的时候效果会更好。"

纪景深成功用成年男子的威慑力唬住了陆容，偷瞄了一眼霁温风，霁温风偷偷朝他竖起了大拇指。陆容感觉到两人之间的目光交流，猛地扫向霁温风，霁温风赶紧把自己不老实的大拇指收了起来，假装看着窗外。

陆容闻到了一丝交易的气息，但他没有证据。

陆容做了二十分钟的报告，纪景深不得不承认，他做的策划好得超乎预料了。虽然陆容只有十八岁，不过他思路清晰，市场感很强，眼光敏锐独到，对于如何搭建一个平台有非常专业的想法。纪景深觉得这二十分钟没有白花。

就是霁温风时不时给他一个"看，我的小跟班厉害吧"的眼神，让他着实非常难受。

纪景深阴险狡诈地决定找个机会灌霁温风酒，别让他那么嘚瑟。

"我觉得没有什么问题。"当陆容结束报告以后，纪景深用钢笔敲着桌面道，"就是项目预算需要再审审。"

陆容："明白。"

纪景深："这不是一笔小数目，我得跟我的上级公司请示。"

陆容："大概需要多久？这一块不是没有人做，我们有三四个竞品，都已经投入了市场，我们要抓紧时间了。"

纪景深进入了忘我的工作状态："让我想想，霁氏的季度预算会议是在……"

他意识到了什么，猛地住嘴。

陆容已经敏锐地捕捉到了重点，脸色一变："霁氏？"

霁温风："……"

陆容转头看着霁温风："JC通信是你的子公司？"

霁温风："是吗？呵呵，我也不太清楚，也许吧……子公司太多，我也数不过来啊！"

陆容面无表情地起身离开："我去一下洗手间。"

霁温风："……"

等陆容走出门，霁温风立刻对纪景深开始咆哮："你怎么回事？！"

纪景深笑着把手一摊："说漏嘴了嘛！"

他不是故意的，但是看到霁温风翻车，不知为何心里好爽。

霁温风在房间里踱来踱去："这下全完了，他一定生气了！"

纪景深："背靠大树好乘凉，他高兴都来不及。"

霁温风："你根本什么都不懂！你以为他想得到的只是一个项目，骗一笔钱？你是他最崇拜的人，他想获得你的肯定！"说着霁温风就抓起自己的外套冲了出去。

霁温风在卫生间门外遇到了洗完手出来的陆容。

霁温风不免尴尬道："我不是存心想骗你。只是……我想你的才华值得别人抛开有色眼镜，你也应该好好享受跟我无关的胜利。"

陆容看了他良久，微微一笑。

霁温风一愣："你不生气？"

陆容："我为什么要生气。JC不是上市公司，我看不到财报，也许我去网上查一查，就不用那么麻烦了。"

霁温风："你……难道不想靠自己的本事赢得这桩案子吗？"

陆容："我来之前，确实对JC通信抱有很大的期待。可是现在这一切都不重要了。"

霁温风："为什么？"

陆容轻描淡写地从他面前走过："因为我会和看得到我才华的人一起合作。"

他又不是不知好歹的人，他也不能太无理取闹不是？

刚知道纪景深是霁通的下属，陆容的确淡定不了，不过这份不淡定也没有持续多久，在卫生间里洗了把脸以后，他的情绪就稳定了下来。

他原本就是很现实的人，又刚刚遭受了社会的"铁拳毒打"，霁温风体贴的温柔和绅士的教养在此时此刻显得如此难能可贵。连他的偶像纪景深都不免戴着有色眼镜看人，霁温风却能不管陆容是什么样的人，坚定地站在他身边支持他，包容他，甚至连他的自尊心都照顾到。虽然霁温风有这样那样的麻烦之处，可是……

"且行且珍惜吧！"陆容对霁温风的评价。

陆容决定对霁温风好一点儿。

一直以来被人冷漠相对的霁温风惊讶于陆容的情绪稳定，然后笑了起来。

他看了一眼手表："走吧，去吃晚饭。"

"好。"陆容肩并肩跟他离开了JC通信。

霁温风和陆容到了原定的餐厅。

霁温风："预约两位。我姓霁。"

餐厅侍应生查了一下预约名单："是霁先生和陆先生吗？"

霁温风："没错。"

侍应生："呃……陆先生可以进去，您不能。"

霁温风看了一眼陆容："为什么？"

侍应生："他穿了西装，您没有。我们这里只招待着正装的顾客。"

霁温风："……"

霁温风想到陆容还在身边，硬生生把脏话咽了下去，把他拉到一边："你先进去吧！我去弄套西装。"

陆容情绪稳定："慢慢来，我等你。"

霁温风打了个电话给纪景深："你有空吗？给我送套西装过来。"

电话那头是纪景深翻箱倒柜的声音："同住那位……真的跑了！"说完纪景深就把他的电话挂了。

霁温风："……"

霁温风只能寻求其他解决办法:"这附近有西装店吗?"

侍应生露出了抱歉的笑容。

霁温风叹了口气,对陆容说:"你先进去点菜,我去买套西装。"

陆容淡然道:"我跟你一起去。"

"一来一回太远了。"霁温风可不想陆容到时候又累又饿。

"咱们就非得在这儿吃吗?"陆容对这种店一点儿兴趣都没有。

"你来G城不尝尝他家的菜,可是会后悔的。"霁温风说着,指了指手表,起身朝外走。

他没走几步,陆容脚步坚定地跟了上来。

"如果我孤零零一个人尝了全G城最好的菜,我才会后悔。"他淡淡地道。

霁温风脚步一顿。

这是目前为止他从他的小跟班嘴里听到最好的话了!

霁温风严肃地掏出了手机,打开了录音机,想要记录这历史性的一刻:"再说一遍。"

陆容不理他:"我查了,另一边也有不少不错的馆子,我请你吃,要不要?"

霁温风嘴角疯狂上扬:"不用穿西装吧?"

陆容:"你不穿衣服都没人管你。"

霁温风之前以为"不用穿西装都没人管你"是陆容夸张,后来走进店面以后发现这可能不是一句修辞语。

这是一间街边的小破店,打着充满本地风味的招牌,上面说这家店创始于百年前,霁温风怀疑这个店面也是一个多世纪以前沿用下来的——怎么会有这么破、这么脏的地方啊!

他们面前的塑料桌台,脏兮兮的,上面还有陈年奶茶茶渍和不知道哪个客人留下来的面包屑!所有的碗盘筷子都不是一次性的,全是塑料的,洗了无数遍,污渍深深地渗入了塑料中,与塑料融为一体,抠都抠不下来!服务生平均年龄八十岁,个个耳背还听不懂普通话,点菜基本靠吼。厨子就在他们背后不到三平方米的地方做菜,中间连个隔断都没有。

他们点完菜三分钟,菠萝包就端上来了!这些菠萝包原本就放在街边的橱窗里,他们经过的时候好像看到苍蝇在飞!

陆容看出了霁温风的僵硬与不情愿:"吃啊,你不饿吗?"

霁温风:"……"

陆容脸色一沉:"吃。"

霁温风委屈地抓起了菠萝包咬了一口。

陆容:"好吃吗?"

霁温风:"好吃!"

陆容忍不住淡笑,对大爷说:"麻烦再给他一份牛肉粉。"

霁温风有一个DREAM(梦想)

陆容和霁温风吃完晚饭,心满意足地离开小小的店铺。陆容自觉地跑了五百米,去给霁温风买地道的丝袜奶茶。

霁温风盯着陆容递到眼前的奶茶,眉头一皱觉得事情并不简单:"你今天怎么对我这么好?"有句话说得好,无事献殷勤,非奸即盗,是不是有什么阴谋诡计等着他?

他不是喜欢欠人情的性格,别人对他好,他必百倍相偿,即使是霁温风也不例外。

霁温风今天在飞机上帮他戒掉恐高症,又在JC通信帮他扬眉吐气,陆容欠霁温风两份人情。

陆容做了一番心理建设,郑重地对霁温风承诺:"我可以满足你一个愿望。"

要知道,他陆容的这句话,重逾千金。有人说过,得一百万元,不如得陆容一诺,因为陆容能帮你赚一百万元,陆容现在把这个宝贵的机会给了霁温风。

霁温风虽然不知道他得到的是校霸的"恩典",但他也大吃一惊,简直不敢相信自己的耳朵。

霁温风突然兴奋地问道:"什么都可以吗?"

陆容板起了脸:"不能太过分。"

霁温风:"不行,过分的定义太模糊了!"

陆容开始后悔让霁温风自己提要求。

霁温风理直气壮道:"自我们签完那份文件开始,你就一直不听话。我兢兢业业履行自己的职责,带你来G城玩,你要不表现得好点儿,我可就不要陪你了!"

陆容被他烦死了:"行吧,那你提愿望吧!"

霁温风机敏地抱紧了奶茶,像是怀揣着什么珍宝,生怕被陆容抢走:"我要好好想想!"

对方好不容易答应,他当然要理智地做出决定,好好利用这次来之不易的机会,哪儿能随随便便就许愿?

陆容打了个哈欠:"那你慢慢想吧!"

霁温风警觉地问:"这个愿望有使用日期吗?"

陆容想了想:"啊,在离开G城之前必须用掉。"

霁温风陷入了沉思:"三天之内啊……"

霁温风打算回去查一下。

陆容见霁温风心不在焉,问他:"现在要回酒店吗?"

霁温风:"好。"

陆容:"那我叫辆车。"

霁温风:"先走一段路,在海港消消食。"

陆容没有什么意见。他来G城最大的正事儿已经办完了,是时候好好放松一下了。

夜幕降临,华灯初上,两人走在灯火通明的海港吹着海风,陆容想起了小时候看过的G城老电影。电影里的G城有着醉生梦死的颓靡和浪漫,别地无处寻觅,仿佛在G城发生的事就应该被埋葬在G城。

就在这个时候,霁温风拽着他的袖子往前跑。

陆容低头看了一眼:"……你干什么?"

霁温风："散步。"

陆容给了他一个眼刀："你知道我问的不是这个。"

霁温风倔强地不肯放手。

陆容叹了口气，没有再跟他扯皮："好吧，就当完成你的心愿吧！"

想不到霁温风夈毛了："这根本不是我的愿望，我的愿望怎么可能是拽着你的袖子往前跑？"

陆容："那你放手啊！"

霁温风挺胸抬头坚定无比地说道："我不放。这是我作为权利人神圣不可侵犯的基本权利。"

陆容面无表情。

霁温风真的有点儿紧张，更加气急败坏地声明自己的权利来源："在飞机上，你为了哄我做PPT答应过我的。"

陆容："……我不想逛街了，我要坐车回酒店。"

霁温风："不可以。你哭哭啼啼求我陪你去JC通信的时候，答应过陪我一起散步。"

陆容："我哪里有哭哭啼啼？"

霁温风："就是有！"

陆容现在非常后悔。

他怎么莫名其妙答应了霁温风一堆"条约"还不自知？

沉默一阵后，陆容开腔："那你到底想干什么？"

霁温风："嘘，别吵，我正在想！"

作为一个未成熟的霸道总裁，霁温风对"向小跟班提要求"这件事还不怎么熟练，现在脑子里有成千上万个有趣的点子，80%的点子是五岁以下幼童的恶作剧。

霁温风就这样沉默地在海港边散步。

陆容一开始很忐忑，后来发现霁温风真的很认真地在思考这件事，以至于整个人都超然物外，渐渐放下了心。

陆容叫了辆车回酒店，一路上，霁温风都很乖巧，只在付钱的时候动了动。

回酒店以后，陆容告诉他"我去洗澡了"，霁温风哼哼了两声表示听到了，打着电话向老宋请教霸道总裁的人生经验。

陆容洗完澡钻进了被窝里，霁温风依旧心事重重地抱着电脑浏览网页，忙得不可开交，忘了有他这个人。

陆容抓着被子露出一双黑溜溜的眼睛，眼珠子一转，捏着嗓子："你不睡吗？"

霁温风："我在查资料。"他打开了好几扇新世界的大门，正如饥似渴地学习。

陆容心满意足地关掉了床头灯："晚安。"

霁温风："哼。"

陆容毫无心理负担地睡着了，留下霁温风在桌边对着电脑研究。

凌晨三点，霁温风的脸映着电脑幽幽的光，终于露出了一个奇怪的笑容。

他猛地回头，看着陆容眉头紧蹙的睡颜，心中雀跃：呵呵，他终于找到了一个让对方脸红的办法！

他真是个天才！

好想明天早点儿到来啊！

他好兴奋啊！

第二天，霁温风顶着浓浓的黑眼圈踏上了DSN之旅。

陆容："……你没事吧？"

霁温风："我没事，我们快入园！"

陆容："……"

看霁温风这么兴奋的样子，就连陆容都有点儿好奇他究竟想出了什么馊主意。

霁温风即将实现他的人生目标，但没有被成功冲昏头脑。这半个月跟陆容的相处过程让他成为"战术大师"，他怕突然暴露他的真实目的让陆容接受不了，打算偷偷实施。

霁温风拿过地图，故意道："先去哪儿呢？"

陆容第一次来DSN游乐园，目不暇接地四处观望："这些人为什么在排队啊？"

"因为他们没有一个好大哥花了大价钱买了VIP套票呀。走，我们先去玩超极速光轮。"

在霁温风释放"钞能力"的时候，陆容向来都是很乖巧的，紧紧跟在霁温风身边，天真无邪地问："什么是超极速光轮呀？"

"啊——"头顶呼啸而过的尖叫声告诉了他答案。

陆容脚步一停："……"

霁温风故意装作什么都没有发觉的样子："走啊，愣着干什么，我们去快速通道，进去就能玩。"

陆容径自走向路边的长椅，抱着膝盖自闭了。

霁温风走到他身边，明知故问："不想玩超极速光轮？那去玩冲天抱抱龙？"

不远处，高达七十米的U形过山车一个俯冲，尖叫声刺破云霄。

陆容打了个寒战。

霁温风阴险地一笑："你是不是还欠我一个心愿？那如果说，我的愿望就是……"

"不，你不想！"陆容揪住了霁温风的领子，"我有恐高症啊，你是不是人？"

霁温风长长地哦了一声，故意逗他："我以为你已经在我的帮助下成功治愈了恐高症，成长为一个能玩极限项目的男孩子了。我本来还打算跟你一起坐十次超极速光轮呢！"

陆容："为什么我们就不能去坐旋转木马？"

霁温风："那是十二岁以下儿童玩的项目。"

陆容："……"

霁温风："而且旋转木马也很晕。"

陆容再度抱着膝盖自闭：这该死的DSN游乐园，根本一点儿也不甜美！

霁温风跷起了二郎腿，假装思考了一番："这样吧，你不陪我坐超极速光轮也行，但你必须陪我玩另一个项目。"

陆容："不能是冲天抱抱龙！"

霁温风："当然。"

陆容："还有任何嗖嗖的！"他用手比着直上直下的动作。

霁温风郑重承诺："只需要你站在那里走几步，不含任何嗖嗖的。"

陆容觉得霁温风突然那么好说话，一定有诈，一时半会儿抿着嘴唇不肯答应。

霁温风注意到陆容还羡慕嫉妒地盯着路人手中的米奇棒冰，加上了砝码："你还可以得到一支米奇棒冰。"

陆容忍不住心动了："成交。"

霁温风：计划通过。

如果要别人答应一件做不到的事，先试着让他做一件更加做不到的事，他就会立刻接受真正的目的。如果他犹豫，就再多加一支米奇棒冰。问题的关键是米奇棒冰。

霁温风买了棒冰回来："走吧！"

陆容拿着米奇，两人一起朝中央城堡进发。

第 三 章
陆容的"悲惨"人生

中央城堡是 DSN 的中心。孩子们在这里进入童话中的城堡。

霁温风和陆容抵达的时候,孩子们正在和营业的白雪公主合影留念。

霁温风走到工作人员那里,指着陆容说了两句。工作人员点点头,指引他去里面付费。

陆容:"……"

不一会儿,霁温风拿着一张票出来,招呼陆容进去。陆容满脸疑惑地跟在他后面,进入城堡通道:"我不想跟公主合影留念。"

"当然。"霁温风坏笑看着他。

陆容眉头一皱,觉得事情并不简单。

霁温风将门推开,里面是一个可爱的化妆间,挂满了各式各样的可以 COSPLAY(扮装)服装和道具……

神仙教母热情地向他鞠躬:"欢迎光临!"

陆容抓住了门:"不!"

陆容转身想跑，然而霁温风一掌撑住了门，用身体挡住了他的去路："不COSPLAY，就去坐超极速光轮。"

陆容气愤："你……"

"看来你已经做出了决定。"霁温风往前走去，"走吧，说实话我还是更倾向于坐十次超极速光轮。"

陆容："等等！"

陆容狠狠瞪了他一眼，进了化妆间。

霁温风：计划通过。

这就是霁温风挠破了头思考一整夜的最终结果。

陆容离开后，霁温风等在门外。

一个神仙教母走了出来，霁温风焦急地问："好了没？"

神仙教母："我们还在努力，请您耐心等等。"

霁温风重新坐了回去。

又过了十分钟，里面传来一声痛呼。

霁温风站起来疯狂敲门："陆容，怎么了？"

神仙教母出来把霁温风按住："他没事，只是那套衣服有点儿小，拉拉链的时候不小心拉到了肉，我们得给他换个造型。"

霁温风哦了一声："好的，反正我也不喜欢那套装扮。"

霁温风等了近四十分钟，化妆间的门终于开了。正在门前踱来踱去的霁温风猛地扑到了门边上，陆容一脸无奈地站在房间中央，那杀气腾腾的眼神好像在说：等我出去，我就把你们通通杀了！

陆容原本就皮肤白皙，长相秀气，此时紧张地站在屋子中央，因为个子高挑越发显得耀眼！

霁温风眼中闪烁着光芒！

"他个子太高了，所以他只能扮××。"神仙教母遗憾地道。他们本来觉得这个小男孩的气质可以胜任这个角色呢！

"可以。"霁温风兴奋地道，"来。"

陆容一手提着大衣摆一手拽住了霁温风，走到他身边咬牙切齿地耳

语:"你等着。"

霁温风:"嗯,我等了四十多分钟呢!"

陆容:"我总有一天要弄死你!"

霁温风:"我好期待啊,容容!"

陆容:"……"

为什么他一玩 cosplay,霁温风就变得好变奇怪?

霁温风牵着陆容走出了 DSN 城堡。

一群小孩子看到陆容,惊叫连连:

"好漂亮啊!"

他们蜂拥而上:"我可以跟你合影吗?"

霁温风把他们全部拦开。"

陆容:"你几岁啊!"

霁温风噌地从怀里掏出了一个单反相机。

陆容脸都青了!

他伸手要去抢单反,霁温风手疾眼快地把单反往后一撤:"你花了四十分钟梳妆打扮难道连个照片都不留吗?这是我们在 DSN 美好的回忆。"

陆容:"回忆啥呀!我这个扮相!"

霁温风道:"好了,拍啦,那么漂亮不拍可惜,我们总要有点儿东西给爸爸妈妈看。"

陆容崩溃了:"你还要给他们看?!"

刚巧他们经过一辆小推车,小推车上的泡泡机吹出的彩色泡泡顺着风飘到了陆容面前。霁温风赶紧俯身逆着光把光圈调到最大,仰视拍了一张陆容的侧脸照。

陆容:"你真的拍了?!"

陆容凑到取景框前,照片里的他逆着光抬头,只剩下一个暗色的侧脸轮廓剪影,衬着彩色泡泡有一种很暗黑华丽的梦幻感觉。

霁温风谦虚地道:"我的 INS(社交软件)有 105 万粉丝——退后一

点儿,我要把你背后的城堡塔尖拍进去。"

陆容拎着裙摆退后了一步:"这样吗?"

霁温风拍了一张:"不要动。"他退到桥头趴在地上又拍了一张。

霁温风带着陆容在DSN城堡附近疯狂拍照。

霁温风:"你做一下这个姿势,背对着我倚在栏杆前,手支着下巴,回头冲着我笑。"

陆容一边摆POSE(姿势)一边跟他商量:"这些照片如果印成明信片销售,会侵犯你的版权吗?"

一看霁温风拍得那么好看,陆容就动起了歪脑筋,反正没人看得出这是他,不如拿去当写真。只是他出卖了肖像权,但霁温风出卖了自己的摄影才华,这个版权问题太过复杂,陆容觉得自己可能得请教律师。

霁温风对着取景框调数值:"印成明信片?你想都别想,头再转过来一点儿。"

陆容努力转脑袋。

霁温风:"随性一点儿、放松一点儿……头再转过来一点儿,你得看着我。"

陆容:"我脖子疼。"昨晚不知道为什么他有点儿落枕。

霁温风:"你又不是豌豆公主,不要那么娇气。"

陆容:"……"

陆容努力配合霁温风的镜头再把头扭过来一点儿。

就在这时候,他脖子后边的纽扣崩掉了。陆容想去捡起来,却听见背后啵的一声,一阵突如其来的凉风!

他赶紧站起来,惊慌失措地靠在栏杆上。

霁温风快步走过来:"怎么了?"

陆容整个人都不好了:"我的拉链好像崩开了……"

"我看看。"

陆容惊了。因为衣服太小,陆容下蹲的动作让整条拉链都崩开了,现在整个后背都露在外面。

霁温风研究了一下："拉链不是从中间崩开的，是缝拉链的线崩开了，和衣服脱边了，拉不上的。"

有人路过，陆容赶紧抱住双肩，靠着栏杆假装无事发生。因为后背开线，整件衣服都往下掉。

"都是你！"陆容冲霁温风发火，"现在怎么办？！"

他第一次坐飞机，第一次来 G 城，第一次来 DSN，就因为拉链崩坏而走光！

"不要慌，有我。"因为 G 城特别热，霁温风也只穿了件 T 恤，没有衣服可以脱下来给他穿，"你先在这里待着，我去去就回来。"霁温风向 DSN 城堡跑去。

"你到哪里去啊？"陆容简直要哭出来了。

游客望着这个欲哭无泪的男孩儿，冲他举起了相机。

"啊——"陆容赶紧退到了角落里，背靠着桥墩坐了下来，抱头自闭，就像一个午夜被打回原形的小丑，人设崩塌！

"喂。"一个熟悉的嗓音从头顶响起。

陆容睁眼，发现自己面前是一双锃亮的长靴。

他抬头往上看，是戴着各种绶带的制服。

他再往上看，是霁温风气喘吁吁却俊美无俦的脸。

"我以为你跑了……"陆容带着哭腔说。

"怎么可能？"霁温风一颗一颗拧开了制服纽扣，脱下了军装，披在了陆容的身上。

霁温风到 DSN 城堡里找了神仙教母，付了钱，租了王子的服饰，套上以后就匆匆往回跑。

二人往回走去。

陆容：我要把霁温风捶一顿

陆容回到酒店，把霁温风的衣服全整理了出来，连人带行李给他扔出门外。

"你确定要这么做吗？"霁温风道。

陆容毫不留情地砰的一声关上了门。

他真想把霁温风捶一顿，居然让他穿这样的衣服！

霁温风无奈地下去重新开房。

走到前台，霁温风对前台小姐姐吩咐："在我隔壁再开一间总统套房。"

前台小姐姐："刷卡吗？"

霁温风一摸口袋："……"

陆容扔给了他一切，但是手机和钱包，没有给他。

这可是霁温风一生之中从未有过的体验。

霁温风优雅地坐上了高脚凳，问前台要了电话，拨给霁通。

电话响了一声就被接起来了："喂？"

霁温风："爸。"

霁通喜极而泣："有什么事吗？"

霁温风："我在外面没钱了快给我送钱。"

霁通："好好好我叫纪景深给你拿过去。"

霁温风很快收到了纪景深送来的钱，开了个房间。

陆容吩咐李南边放出消息：男神周末约会套票五千元起拍，时长两天，霁温风全程陪同，高档游乐园主题，先到先得只此一家（不包来回路费和住宿费）。

他已经决定了：他不要再跟霁温风去 DSN 了！他这辈子都不要去 DSN 了！接下来的两天，他要转卖掉了！让霁温风的粉丝去吧！谁爱坐创极速光轮谁去坐创极速光轮，谁爱去 cosplay 就去 cosplay，他要去海港城代购正品球鞋了！

李南边："你这又是从什么渠道搞到的？"

陆容："别问！"

票务一经推出就以光速传到了全校女生的耳朵里，高昂的价格和优渥的服务引起八卦的热议，最后以 8999 元成交。

李南边：这个竞拍者好像是个男的。

陆容：管他是男是女！

他连霁温风都不想管，还会管这吗？！

在钱到账以后，陆容把霁温风的G城行程、酒店以及两天的DSN套票号码全告诉了这位神秘客户。

当天半夜，神秘客户就赶到G城，敲开了陆容的房间。

陆容拉开门就愣住了，沈御笑吟吟地站在外头。

他记得沈御。

沈御就是上回秋游时妄图将霁温风的时长全包下，但被他打回去的人。此人总是莫名想与霁温风一较高下。

他是南城大学出了名的富二代，可是跟霁温风形成鲜明对比，成天打架斗殴不学无术，过着挥金如土的浑噩生活。

高中的时候，沈御就在学校里经常跟同学打架。

陆容看到沈御，浑身的汗毛都竖起来了。沈御却微微一笑，进了门，慵懒地往沙发上一躺。

他大概比霁温风还要高一点儿，身材瘦高，皮相一等一的好，穿着一件白T和牛仔裤，右耳上戴着一枚铁灰色的耳环，远看应该极其美好。只是他长了一双细长狠辣的眼睛，再加上嘴角总是挑着若有若无的坏笑，对视时令人畏惧。

陆容爹毛只是一瞬间，很快他就垂下了眼睛，不让沈御看清他眼中的敌意。

"你就是那个'恶人'？"沈御饶有兴趣地打量了一下陆容。这个少年初看平平无奇，细看却觉得清秀。

"我不是。"陆容语气淡淡的，置身事外。

沈御："那你是谁？"

陆容打包东西的手一顿："你还是请回吧，我把钱退给你。"

沈御蹙起了眉头："我大老远跑来，你可得赔我。"

陆容爽快地答道："可以，你要多少？"只要可以用钱解决，都是小问题。

沈御站起来，懒散地走近了他，虽然笑着，身上却带着一股逼人的气势。陆容站在原地，神色淡然，几不可见地拧了一下眉。

"我又不缺钱。"沈御轻蔑地说道。

陆容不咸不淡地说道："……我们还是学生。"

沈御哈哈一笑，下一秒就翻脸了："你说了可不算。"

陆容眼神微微一沉，这不是个好惹的主儿，还是先明哲保身。

他神色冷清与沈御周旋："我知道了，霁温风的时间归你了。"

沈御看了他半晌，忍不住"扑哧"笑了出来。这小子还挺有意思的，表面上不卑不亢，内里小算盘打得噼里啪啦直响，委实坏得很，他已经很久没遇到过敢跟他有来有回的主儿。

陆容有洁癖，领地意识还特别强，极其厌恶别人在自己的地盘上撒野："请你去找霁温风。"

沈御眯起了细长的眉眼，颇为愉悦地说道："我花了九千块钱，千里迢迢从S城飞到G城，路费都不包。"

"路费不路费是你跟恶人的事，与我无关。建议你赶紧找个地方睡觉……"陆容赶不走沈御，索性抽出了DSN贵宾卡在他面前一晃，引诱他把注意力放在正事上，"入园很早。"

沈御看陆容的样子也不像有钱人，这三日贵宾卡，大抵是霁温风给他的："喂，你跟霁温风是什么关系？"

"无可奉告。"

沈御："我总要确定一下是否靠谱吧？"

陆容把贵宾卡丢在他身上："明天上午，我带你进园区见霁温风，之后你们俩的事情我都不管，看你造化。"

沈御听着这明显的商家霸王条款："喂喂喂，你这个售后服务可不到位啊！"

陆容不再理他，缓缓拉开和沈御的距离，在房间里走来走去，继续收拾自己的东西。

沈御薄唇一启，轻轻吐出两个字："奸商。"

陆容手上也不停，已经打包完了全个行李。他瞟了一眼房门，只要走出这扇门,就安全了。

沈御大爷嘴角上扬:"你要走?"

陆容被看穿意图,没有流露出丝毫惊恐,淡淡朝他一点头:"相逢是缘,这个房间今晚给你下脚。"

沈御笑了起来:"哦,不是不包住宿?我这九千块钱终于看到些货真价实的服务了。"

陆容对付沈御的办法就是自说自话:"赶了那么远的路,早点儿睡吧,晚安。"说着他拉着行李箱走向房门。

沈御吊儿郎当地往门前一站,整个人贴在门背上,手插裤袋挡在了陆容面前:"这么晚,到哪里去?"

"这就不劳你费心了。"

陆容可没兴趣跟他认识,一言不发地拨开他要走。

沈御一脚踩住他的行李箱,歪着脑袋仔仔细细看了两眼登机牌,对着陆容一字一顿念出他的名字:"陆容……"

陆容面沉如水。

"我记住你了。"沈御低垂着眼道。

陆容不客气地推开他,出门把房门关上,隔断了他的视线。

他按响了隔壁门铃。

里头传来咚的一声。

门打开了,霁温风冷着脸站在里头:"你还知道回来?"

陆容:"……"明明是你被我扔出去的好吗?

"下次再这么任性我就不管你了!"霁温风傲娇地接过了他手里的行李箱。

陆容不禁一笑。

大概是有对比的缘故,现在他看到霁温风这张脸,都觉得可爱起来了呢!陆容进了门。

第四章
服务包开通后的次日

次日清晨，天光乍泄。就在这时，门铃响了。

霁温风开门，外头站着的人是沈御。

沈御嘴里叼着一根烟，正准备拢火，没想到门这么快就开了，眼皮子一撩，看着霁温风。

霁温风穿着时髦的潮牌T恤和一条简简单单的牛仔裤，长腿笔直，腰身劲韧。个子那么高，脸蛋却小，标准的瓜子脸。

沈御笑了一声。

霁温风看陌生人的时候拧着眉头，浑身散发着一股居高临下的高傲。

"嗨。"沈御收起了烟，"我跟你同校不同班，沈御。"

说着他伸出了手。

霁温风大方地跟他握了握，眼底闪过一丝警惕："好巧，你也在G城？"

"对，来DSN玩儿。"

霁温风想想陆容反正也不打算去，有个人搭伴去DSN坐创极速光轮也好。

"你等一下。"霁温风对陆容说:"我跟别人先去,你醒了给我打电话。"

陆容用力点点头。

霁温风走出屋外跟沈御确认:"你玩刺激项目吗?"

"越刺激越好。"

就这一句话,卧室里的陆容一下就醒了。

房门关上的时候,陆容正好掀开被子坐起来。

陆容坐在床上,手肘抵在膝盖上,思考着怎样才可以把沈御赶走。

其实也不难,他只要出面,霁温风保准乖乖听他的,不和沈御玩儿了。

但是这样简单粗暴的处理就会带来一些问题。

第一,他作为卖家,昨天和沈御打过照面了,他现在把霁温风带回来,不讲诚信,毁了口碑。

第二,他私底下把霁温风时间"卖掉"的事儿可就穿帮了……

这两件事的后果都十分严重。

要是他把沈御惹毛了,粘上这块狗皮膏药,以后他在南城开展商业活动的安全系数就会大打折扣。

穿鞋的怕光脚的,光脚的怕不要命的,沈御就是那种不要命的,陆容目前不想惹他。

而且沈御那边穿帮了,霁温风这边也随即就会穿帮。

霁温风生气倒还事小,搞不好连他的整个产业链都会被霁温风顺藤摸瓜找到,到时候他是校霸的人设被拆穿,家里可要闹翻天了。

他妈已经是个女霸王了,他再是个校霸,霁通和霁温风父子俩什么想法?估计得离婚。

陆容觉得自己作为南城校霸的未来已经命悬一线了,必须想个办法,最好不用他出面就能把霁温风叫回来。

陆容脑子里突然蹦出了一个绝妙的主意。

他捡起椅背上的衬衫裤子穿上,大步流星走出了房门。

霁温风和沈御一路说笑着进了园区。

霁温风虽然高傲，却不难相处，性格好动，爱交朋友，在男生里头特别合群，要不也不会一转学过来就大受欢迎。

沈御假装自己是个没有故事的男同学，跟他有一搭没一搭地聊天，一趟十分钟的车程就混得称兄道弟。

沈御用余光看着霁温风，舒服地眯起了眼睛，对霁温风是越看越对路。

刚下车，霁温风就道："先别进园，去趟商店。"

沈御手插着裤兜："行啊，我请你。"

霁温风觉得这位兄弟人挺不错："下次我请。"

他虽然有钱，也不在意付账请客，可如果有人把这当作理所当然，他就会留个心眼，下次少跟那些人来往。倒是主动提出要请他的人，霁温风都不会亏待了他们。

两人直奔商店。

沈御在里头逛了一圈，看到女孩子们头上都戴着闪闪发光的米老鼠发箍，坏心眼地给霁温风买了一个。

沈御满心憧憬地走到柜台边，霁温风正一手插着裤袋倚在那里，一手指着酒柜说："给我来几罐啤酒。你要吗？一会儿进园省得买水。"

沈御："行啊！"

"啤酒给他。"霁温风修长的手指叩了叩柜台，"我要一瓶伏特加。"

正要付账的沈御手一顿："……"

这也太野了吧？！

霁温风接过酒瓶，熟练地往柜台边缘一磕，起开了瓶盖，拿起来就开始喝。

沈御看着少了1/3的烈酒："酒量不错啊！"

霁温风走出商店，从口袋里摸出包烟，拢火点上，叼着烟抽了一口。

沈御："……"你为什么那么熟练啊？！

霁温风一手烟，一手酒，靠在阴凉处，给了沈御一个心照不宣的眼神。

"想不到你还挺坏的。"沈御心情复杂，霁温风不像外表看起来那么乖，莫非是个叛逆少年？

"憋死我了。"霁温风唇间叼着香烟，眯着眼睛，颈间若隐若现的锁骨有一股属于男人的性感。

"家里不许？"

"那倒没有。"霁温风没什么烟瘾，就是之前做游戏的时候有一段时间熬夜，用尼古丁提提神。霁通知道的时候已经晚了，大概是出于程序员之间的惺惺相惜，知道儿子熬夜也不容易，没骂他，就是默默地给他买了一瓶霸王洗发水，希望他不要过早秃头。

太阳升上来了，沈御开了罐啤酒，跟霁温风肩并肩靠在蝉鸣的树下看天真无邪的小姑娘一个一个蹦进了DSN。

霁温风沉着一张脸，慵懒地跟沈御碰了下杯。

沈御默默喝了口啤酒，用余光扫了眼身旁灌伏特加的霁温风，觉得他踏入了全新的未知领域。

沈御看霁温风手插裤袋，叼着烟，手里还端着一瓶伏特加，懒散、性感，心情极为复杂。

"行了，走吧。"霁温风松散地拍拍他的肩膀，在垃圾桶里丢下了烟酒，又变回帅气高傲的大男孩。

霁温风瞄见沈御包里的米老鼠头箍，眼睛一亮："这是……"

"送你了。"沈御心念一动，递给他。

霁温风："多谢！我早就想要这个东西了……"说着他就塞进了斜挎包里，满脸突然兴奋。

沈御："……"

沈御接下来和霁温风一起进了DSN。

霁温风跟他想象中的完全不一样。

他幻想中的霁温风，会在冲天抱抱龙上哭。

然而现实中的霁温风，在冲天抱抱龙上笑得像个孩子。

全船人都在尖叫。

霁温风一直在大笑。

沈御：这是什么笑声！霁温风才是反派吧？！

霁温风甚至在半空中单手开了一罐啤酒,迎风喝了下去。

下来以后,霁温风笑得人畜无害:"冲天抱抱龙真是太治愈了,让我们再去坐一次吧!"

沈御:"不了,不了,排队的人这么多……"

霁温风唉了一声:"我是 VIP 贵宾卡,你这也是啊!走,我们直接从快速通道进去。"

霁温风又一次在全船人的尖叫声中迎风灌了一罐啤酒。

沈御双手环胸:"……"

下来以后,霁温风笑得人畜无害:"冲天抱抱龙真是太治愈了,让我们再去坐一次吧!"

沈御:我怀疑我陷入了时空循环。

沈御:"我们已经坐过两次了。"

霁温风剑眉一挑:"你在说什么啊?真男人,当然要坐十次冲天抱抱龙了。"

沈御:"……"这是什么真男人的定义!

"你是不是……不行了?"霁温风同情地望着他。

这句话向来只有沈御对别人说的,没有别人对他说的。沈御眼睛一眯,道:"谁说的?"

不承想霁温风立马翻脸:"还能坐,却不坐,你难道是看不起我吗?"

沈御:"……"

霁温风在气势上把他压过去了,神色松散,展颜一笑,揽过他的肩膀轻拍了两下:"来,小沈,我们今天不坐不归。"说罢霁温风开了罐啤酒给他。

霁温风又一次在全船人的尖叫声中迎风灌了一罐啤酒。

他输了。

坐完五次冲天抱抱龙下来,沈御吐了一遭,颓废地坐在公园长凳上。

他会喝酒,也坐过冲天抱抱龙,但是一边喝酒一边坐冲天抱抱龙,是他从来没有玩过的。

霁温风语重心长地拍着他的肩膀："小沈，还是需要锻炼。"

沈御："……"

霁温风："不过你还年轻，多练几次就好了。"

沈御："……"我为什么要练这种东西啊？

霁温风看他晕头转向、蔫了吧唧的模样，打开地图："接下去做什么呢？得给你找点儿不那么晕眩、不那么刺激的，但是又很富有DSN气息的项目。"

沈御竖起了耳朵。

不那么晕眩、不那么刺激还很富有DSN气息的项目……

他开始幻想霁温风戴上米其耳朵，跟他在各个景点自拍留念的景象……

"有了。"霁温风收起地图，"我们去古迹挑战绳索攀岩。"

这大中午的可有30多摄氏度！

霁温风笑得人畜无害，抓起了他的肩膀，一路拖着他向大火山快步而去。

到了攀岩地，霁温风帮沈御穿好安全绳，给了他一个坚定的眼神："别怕。"

沈御："……我没怕。"

霁温风："以前玩过绳索吗？"

沈御："呃……一两次吧！"

霁温风严肃道："跟紧我。"

沈御：这种突然被大哥照顾的感觉是怎么回事？！

霁温风喝完最后一口酒，把易拉罐投进垃圾箱里，正了正自己的安全带，冲着前方，眼神沉了下来。

沈御被他感染，亦是紧张得屏住了呼吸。

只听见指挥员一声令下："下一个！"

霁温风就以迅雷不及掩耳之势双手抓着吊环飞快地向前荡去！

沈御：你是人猿泰山吗？！我怎么跟紧你啊？！

霁温风在山上玩了四个来回，沈御才气喘吁吁地爬完一圈。

他从山上下来，颓废地坐在长凳上。

霁温风收起的笑容，蹙着眉坐在了他身边。

沈御忧郁地道："我没有办法荡得像你那么快。"

霁温风给他开了一瓶酒："你还年轻，多练练就好了。"

沈御开始灌啤酒。

霁温风："别看我做得那么轻松，我每天都在打拳。我的老师对我很严厉，他对我们的要求是，一拳出去，直接击毙一个成年男子。"说着霁温风伸出右手，展示了下自己的肱二头肌。

沈御咽了口唾沫：这是什么老师啊！

"确实单薄了点儿。"霁温风捏了捏他的肩膀，"小沈，恕我直言，男人就要有男人的样子。"

沈御："……"

沈御看霁温风的眼神充满着敬仰："霁哥，我想学打拳！"

"好啊！"霁温风把邓特推给他，"你有这个上进心，很好。咱们接下去玩什么？"

沈御心念一动，坦承："霁哥，我可能没有办法满足你游览DSN的愿望。"

"说什么呢？"霁温风叼着烟的唇一勾，睨了他一眼，把手搭在了他的肩膀上，"有你陪我，挺好。"

沈御不敢相信："是……是吗？"

就在这个时候，霁温风的手机响了。他扫了一眼，站起来把抽了没几口的烟摁灭了丢进垃圾桶。

沈御感觉得到霁温风全身肌肉都绷紧了。

霁温风心不在焉地跟沈御一起站在原地等陆容。

霁温风：你怎么还不过来啊？

陆容：马上。

霁温风在微信上催促起来：走到哪儿了？

陆容：快了。

霁温风：快了快了还要半个钟头。

陆容不再理他，霁温风把手机揣兜里。

手中的手机突然响了。

显示屏上浮现一条信息：我就在你身后。

霁温风回头，沈御跟他一起转身。

……

沈御：这是一般般吗？！

沈御敬畏地望向霁温风，仿佛可以看到他头顶智商数据在下降。

沈御：……

是你吗

陆容勾勾手，霁温风快步上前，眼神深沉地打量着他。

陆容眉头一蹙："你身上怎么有股烟味？"

霁温风神志一清："这是男士香水……"

"不可能，"陆容的鼻子比狗还灵。

霁温风冷汗直冒："那可能是我兄弟抽烟染到我身上了……"

陆容横了沈御一眼，厉害啊，你还跟霁温风称兄道弟了。

陆容："我才是你的兄弟。"

霁温风道："走，我带你去跟他认识认识。"

"等一下，"陆容留了个心眼，对霁温风道，"记住，今天我不是陆容，我……"这样，霁温风把他介绍给沈御，就不会穿帮了。

霁温风智商狂减100：啊！扮装陆容有自己的名字了，叫××！

霁温风大摇大摆地朝沈御走去，把沈御介绍给陆容："这是沈御，我小弟。"他又把陆容介绍给沈御，"这是××。"

陆容：我为什么要担心霁温风把我的真名说出去。

沈御绅士地跟陆容打招呼。

陆容果然闻到了同款烟味，凌厉地扫了他一眼，抽回了手，用扇子挡着脸。

沈御："……"

"我不喜欢这个姓沈的。为什么非要带他一起玩儿。"

霁温风："他跟着我们，正好给我们拍照。"

陆容心头火起："你昨天还不许别人看我 COSPLAY 的，今天要他给我拍照？"

霁温风："那是我兄弟。"

陆容甩出了终极技能："霁温风，我不管！你赶紧让他哪儿来的回哪儿去，我不喜欢这个人！"

陆容在心底里冷冷地盘算：只要霁温风把沈御赶走，那沈御即使投诉也没有正当理由。票我送你了，人也带到你面前了，你自己太讨厌被逐了出来，恕不退款！

霁温风道："给点儿面子。"

陆容："……"

霁温风为了哄陆容，陪他坐了旋转木马，逛了绿野仙踪，又跑到一边去给他买米奇棒冰。

陆容站在迷宫中心，居心叵测地思考着怎么把沈御赶走。

沈御站在离他五步远的地方，给"恶人"发了条微信：我要退款。

陆容的手机很快就响了起来，李南边把截图转给他：沈御对"与男神共游 DSN"套餐不满意。

陆容心念一转，沈御这件事，有可能连他都无法摆平，不能再把全员恶人组扯进去了。他告诉李南边让沈御加他微信，他亲自来说，这样出了事是他这个卖家担责，跟全员恶人这个中介没有关系。

不一会儿，沈御就发送了好友申请，陆容点了通过：你好我是卖家。

沈御：我要退款。

陆容：怎么了呢？

沈御：我买的是双人时长套餐，但霁温风有同伴。

陆容：我们只保证把霁温风给你带到的呢，至于他有没同伴我们也不能确定，据我们所知是没有的。

陆容一边双手如飞地打字，一边没有感情地冷嗤一声。

沈御：可我买的是双人时长套餐，现在有三个人了，我一路都看着霁温风跟同伴互动，还要给他们提水、拍照。

这不是他想要的与男神共游DSN！他要退款！

陆容不甘心，他此时已经骑虎难下了。他在这个项目上已经投入了太多太多惨重的代价：为了今早入园收拾残局，他又买了一张DSNVIP卡（他的卡已经给了沈御）！如果此时原数奉还，这些都将成为沉没成本，血本无归。

那他这一顿操作猛如虎都是为啥！

陆容决心背水一战。

他略一思忖，飞快地道：哦哦，他的同伴是我们"买一赠一"的呢！

沈御：……

陆容：霁温风的同伴也是包含在你的套餐之内的呢！

沈御：还能这样？

陆容：这是拓展服务包。

沈御：啥？

陆容：如果说"与男神共游DSN"的兴奋程度是5，那么"与男神和他的同伴共游DSN"的兴奋程度就会飙升到999，这是最新研究得出的结果。

沈御甘拜下风。

客服竟然说服了他！

见沈御收起手机，陆容藏好手机，得意地羽扇轻摇。

现在看来，霁温风确实只把沈御当小弟，沈御也对此感到不耐烦了。

沈御站在五步之外，瞄了一眼高贵的陆容，眼中闪过一丝玩味：妙啊！

虽然他已经对霁温风彻底失去了耐心，但是这个拓展包，真是令人无比兴奋呢！

客服说得对，他应该抓住这个机会。

沈御一不做二不休，大步流星走向陆容，跟他离开了迷宫。

陆容：……

背后霁温风拿着两个米奇冰棍回来：咦，我兄弟和我同伴呢？

沈御一路把陆容带到了海盗船上。他找了个无人的角落，将陆容往船舱上一推："终于只剩下我们俩单挑了。"

陆容："你！"

沈御："你的嗓音为什么这么低哑？"

陆容回过神来，赶紧拿扇子挡住了脸，垂下了眼帘。

沈御轻而易举地拈住他的扇子拨开。陆容眸色一深，眼尾一撩，含惊带恐地用余光扫过他：完了，要被拆穿了，我以后还怎么在南城当校霸？！看来只能杀人灭口了……

沈御欺近他："你叫什么名字？"

陆容："……"

大哥，昨晚我们不是才见过面吗？我扮装真的会变成另外一个人吗？

不过这样也好，避免了被当众拆穿身份的羞耻，稳住了自己南城霸主的形象……

想一想安全脱下这身装扮后自己又是那个呼风唤雨的校霸，陆容狠狠心，捏着嗓子道："别我……"

"我知道。"沈御痞笑着一挑眉"既然要追求刺激，那就贯彻到底。"

这个男人竟然该死地入戏！

陆容心想：我很愁，我都不知道这样下去如何收场！

"不要再说了。"陆容侧身坐到了一箱炸药上，"我……我从前只是一个……是霁少爷救了我。"

沈御："……"

沈御仔细端详着他："我好像在哪里见过你……××，是你××？"

陆容震惊：你怎么知道我叫××，这也太巧了吧？！

"××，是我啊！你不记得我了吗？"沈御激动地说道，"我是三年前那个雪夜里，你救回家中的御哥！"

第 五 章
进击吧！霁温风，巅峰之战

陆容：御哥是谁？

沈御面对着他茫然的目光，开始介绍自己："三年前的雪夜里，我被乌鹰帮的人追杀，手下全部被他们击毙，我也身负重伤。在这最紧要的关头，我被命运所指引，敲开了你的房门……等我醒来的时候，我胸前伤口缠着绷带。"

陆容：我为什么会……

沈御："我当时头部中枪，失去了记忆，记不起自己是苏荣帮的帮主……"

陆容：啊，还有狗血失忆梗！话说头部中枪你是怎么活下来的？我除了这身扮装的人设还带了脑外科医生的"金手指"吗？！

沈御欺近了他："××，请原谅我当年的不辞而别。只是……当年局势危急，苏荣帮群龙无首。我是个刀头舐血的人，你我义结金兰，我不想连累你……"

陆容缓缓踱开，假意惆怅地眺望着远方。

"知道我为什么会回来找你吗?"沈御看了他半晌,嘴角一勾,浮现出邪气十足的微笑,"我现在已经是有权势的男人。"

陆容:你这个设定真的是张口就来哦!

"雾家是很有钱,不过也只不过是商人……"沈御抽了口烟,徐徐吐出,眼中闪过一丝狠辣,"你说,如果苏荣帮围了雾公馆,冲进去杀他满门……"

陆容:沈御,你这鱼肉乡里、欺男霸女的人设,真是走哪儿带哪儿呢!

"你这样,我们就再也不是兄弟。"陆容冷冷地道。

"我只是说说而已。"沈御一转眼又笑了起来,"我也不想这样。"

陆容:"……"

沈御当真是无法自拔。

就在这时候,海盗船底层甲板上突然传来一声怒气冲冲的低喝:"你们在这里干什么?!"

两人回头,只见雾温风站在船底下,满眼都是"我要把你们给杀了"的意思!

陆容急忙撇清:"是他找我的!"

雾温风凌厉的目光闪电般射向沈御。

沈御浑身上下写满了兴奋,决心痛痛快快地享受修罗场!

只见他眼中闪过一丝痛楚,苦笑一声,斜眼睨向陆容:"当真如此?"他见陆容精致的面孔冷若冰霜,自嘲地一笑,走到了陆容身前,"雾公子,一切都是我的错,一人做事一人当,你不要怪罪××。"

陆容猛地一愣,目瞪口呆地看向沈御:你这个时候火上浇油干什么?!没看见我们俩都要被他活活打死了吗?!

雾温风眼看沈御拦在陆容身前,越发火冒三丈:"你们到底是什么关系?!"

陆容满头大汗:"你听我解释……"

沈御懒散地站在那里,任由海风吹拂着自己的黑发:"世事不由人。"

霁温风听了，咬牙切齿地望向陆容："××，你老实告诉我，到底是怎么回事？"

陆容：霁温风到这个时候都深深记得他是××，真不知道是他的幸运还是不幸……

"闭嘴！"沈御将烟蒂丢在地上，用鞋底蹍了蹍，大步上前，从楼梯口居高临下望着霁温风，"说话客气点儿。"

陆容：他只想赚九千块钱啊，事情为什么会变成这样啊？！

霁温风发出了反派般的笑声，两人都心惊胆战地向他望去。

只见他猛地从腰上拔出一柄剑来！

陆容和沈御俱是一惊：霁温风竟然在寻找他们的过程中，钻进DSN商店买了一把王子的佩剑！

他有备而来啊！

霁温风拆开塑料包装，剑指沈御。

霁温风手拿王子剑，冲上来要捅死沈御。沈御也不是省油的灯，从旁边杰克船长手中抽出了水手剑，两个人在狭窄的楼梯上短兵相接。

园区播放《加勒比海盗》主题曲，两人打得不可开交。

陆容："有必要吗？！"

霁温风和沈御拆家似的经过陆容面前，沈御一边见招拆招一边问："××，他真的能一拳杀死一个成年男人吗？"

陆容："什么？！"

霁温风一拳揍过来，沈御手疾眼快地拿起一个火药桶盖挡在眼前，厚实的木盖子应声而碎。

沈御低头看着四分五裂的木盖子，脸色一青！

"大哥……等等，这都是误会……"沈御识时务者为俊杰。

霁温风举剑，剑锋背后是一双杀气腾腾的眼睛。

"霁哥！霁哥！"沈御跳上了船舷，拉着网帆，在绳子里钻来钻去接霁温风的招，"听着，我是被一个叫陆容的人给骗上来的！我以为这全是一场为我量身定制的戏！"

霁温风剑势一停，眼神越发阴沉："你怎么会知道我同伴的名字？！"

沈御、陆容："……"

沈御：等一下，陆容是你的同伴……

那眼前的这位岂不是陆容？！

沈御猛地回头，转向陆容："想不到，你竟是他！"

远处陆容一愣，放下手中的扇子，难以置信："你怎么知道？"

"没错，你怎么会知道？！"霁温风目光一寒，"他的扮装根本天衣无缝。"

沈御在死亡威胁下脑筋转得飞快，略一思忖便想清楚了来龙去脉。沈御趁着霁温风暂时不发疯了，指着陆容道："霁哥，这一切都是陆容的阴谋！昨天晚上，陆容把你的时间用8999块'卖'给了我！兄弟奉劝你一句，好好查查陆容的底细，看看他在利用霁家盘算什么阴谋诡计！"

陆容当众翻船，偷瞄了一眼霁温风。

只见霁温风静静地听完，撩起T恤擦着手中的王子剑，冷笑一声："既然你叫我一声霁哥，今天我就教你一个规矩。"

他亮剑，指向沈御的咽喉："我的同伴，轮不到你说好不好！"

在霁温风和沈御再次斗剑的时候，记者闻讯赶来。

"不！"陆容捂着脸被镜头和记者逼到了船头，再也忍受不了，直接跳下了船。

霁温风和沈御同时停下了打斗，扑到了船舷边。

霁温风："陆容！"

沈御："××！"

霁温风愤恨地瞪了一眼沈御，丢掉了王子剑跟着一同跳了下去。

沈御看着水里的霁温风把陆容拽上岸，假装捂着自己受伤的右手，手里的水手剑掉在甲板上。

霁温风摸到了全员恶人的边

沈御说道:"霁哥,陆容害我!"

霁温风脚步一停,沈御觉得有戏:"霁哥,我花了8999块钱,从他那里买了与你共游DSN的机会!我有证据!"沈御摸出了兜里的VIP三日游贵宾卡,"我的卡是陆容给的!陆容现在的卡是后补的!你让陆容把卡拿出来一对,一切都水落石出!"

陆容:"……"

大势已去。

霁温风看了一眼陆容,回头冲沈御一挑眉:"你花8999块钱,买与我共游DSN做什么?"

沈御一瞧引火上身,赶紧小嘴抹了蜜:"……我一直很仰慕霁哥……"

"他有目的。"陆容飞快地拆他的台。

霁温风:"……"

沈御大势已去:"霁哥小弟当时有眼不识泰山……"

霁温风没空理睬他,转头质问陆容:"你就把我的时间'卖'给他了?还只'卖'了8999块?"

陆容:"……"沈御害我。

霁温风丢下他俩,大步流星地往前走,陆容眼观鼻、鼻观心地跟在他后面,只剩下沈御在后头喊道:"霁哥!霁哥!"

霁温风:"出去吧!"他有些话要单独与陆容说。

陆容就想办法脱身。

他恢复了冷冷清清的模样:"愿赌服输。"

霁温风冷冷扫了他一眼,转身走了。

陆容倔强地站在原地,望着他的背影,见他头也不回地没入人潮中,低头踢了踢脚边的小石子。

霁温风还从来没有生过这么大的气。

他有一百种对付霁温风的手段,可是霁温风不想被对付的时候,他一点儿办法都没有。

霁温风走在路上,给沈御打电话:"你怎么知道陆容在'卖'我的时间?"

这场事件中最离奇的不是陆容把他的时间"卖"给了沈御,而是陆容怎么找到沈御这个买家,沈御又是怎么找到陆容这个卖家——他们俩互相不认识。若不是熟人,能在这种低信任基础下达成这种交易,简直匪夷所思。他是商贾之子,这场生意的渠道,比结果更让他在意。

沈御:"我们学校有个中介什么都卖,叫全员恶人。"说着他把"恶人"的微信号推送给了霁温风。

霁温风愣了一下,点击了好友申请。

恶人很快加上了他。

霁温风:你们这儿,卖霁温风的东西吗?

又是霁温风的爱慕者,李南边都见怪不怪了:有啊,你要什么?

霁温风:你这儿都有什么?

李南边:暂时就是一些二手衣服,不过接下来会有他的写真。

霁温风:……

李南边:对了,不定期还有霁温风真人伴游服务,像秋游时跟霁温风共乘一车、共骑一匹马之类的。

霁温风:……

他回忆起秋游时一个接一个上车,还有排队让他教骑马的女生:我那时候就被"卖"了!

李南边还在喋喋不休地兜售强大的货源:不瞒您说,昨天刚卖出一份"与霁温风共游DSN"的名额,很火爆的!你有需求的话我给你登个记?以后有名额了私聊你。

霁温风:好。

和李南边聊完,霁温风攥紧了手机:陆容!

你可真狠!

他以为他是掌握全局的人,万万没想到,陆容靠卖他的东西在学校里大肆敛财！

霁温风打电话给纪景深："我想惩罚一个人，有什么让他永世忘不掉的办法。"

纪景深：先跟您确认一下，您说的莫非是……陆先生吗？"

霁温风："正是他。"

陆容在 G 城街头被霁温风抛弃，举目无亲，冷冷清清，心情低落。他跑到海港城，买球鞋做代购，用疯狂赚钱来麻痹自己。

霁温风丢下陆容，在米其林餐厅吃着五星级美食，味同嚼蜡。陆容现在在干吗？

他打开微信，看着置顶的陆容。陆容的头像是动画片中的鹿，霁温风心道：陆容明明是只又坏又狡猾的坏猫，根本不是可爱纯洁的小鹿。

他的眼神滑过了陆容，落在"恶人"的头像上。

"恶人"的头像就是四个字：全员恶人。白底黑字，生怕别人不知道自己有多坏。

霁温风猜测，恶人跟陆容应该有长期的合作。陆容把自己的行程消息透露给恶人，恶人通过强大的关系网兜售出去……

霁温风灵机一动，现在恶人不知道他是谁，他也可以利用这个中介，反向刺探陆容。

霁温风：跟霁温风共游 DSN 套餐还有吗？多少钱我都可以出，随便你开。

恶人一天二十四小时都在线：我问问。

霁温风：好。

李南边见钱眼开，兴奋地戳了戳陆容：老大，与霁温风共游 DSN 卖得很火爆，有个人出价比沈御还高，你有办法再搞到门票吗？

陆容正在买鞋，看到李南边的消息气不打一处来：没有！

都是李南边不好好筛选客户，把沈御这个烦人精送到 G 城，搞得他这么被动，只能在海港城买鞋。要是没有这一出，原本霁温风会帮他提鞋的好不好？

李南边无辜被吼,摸不着头脑。

陆容缓了一下心神:不卖了。

李南边:啊?

陆容:你跟他说,以后霁温风的东西都不卖了。

李南边:那衣服鞋子……

陆容犹豫了一下,斟酌道:周边还是卖的,本人时间不卖。

李南边接受了指示,回复霁温风:那个,霁温风本人的伴游服务,没有了哦!以后都没有了。

霁温风心中暗自一喜:为什么?

李南边:人家卖家不卖了。

霁温风盯着屏幕,嘴角一勾——算你识相。

李南边:霁温风的二手衣服鞋子你要吗?打包出便宜卖啊……在吗?小姐在吗?小姐今天买三送二再打八八折哦……

霁温风:"……"你怎么这么会做生意啊,兄弟。

霁温风通过全员恶人,试探出陆容改过自新再也不敢了,心情稍缓。反正一个人也没有事情做,他就逛到附近的海港城,打算给家里人带点儿礼物。

当然,霁温风不是给陆容买,这个家伙坏得很,就算陆容深刻地认识到了自己的错误,也不会那么轻易原谅陆容的。他不但不原谅,还要惩罚。霁温风刚刚请教了纪景深,心底里已经有了几个备选方案,一定要狠狠地惩罚陆容,让陆容再也不敢把自己"卖"了。

霁温风想着陆容的事,手插着裤兜进门,不巧正撞见陆容在对面潮牌店里搬球鞋。

陆容正因为霁温风没有帮他提鞋,累死了,抬眼一瞧霁温风近在眼前。正所谓冤家路窄,陆容冷冷把脸一转,不要理睬霁温风。

他装作若无其事地把卡递给售货员:"结款。"

霁温风见状,迈开长腿,大步流星走到他身后:"这是想把鞋店搬回家去?"

"要你管。"陆容垂着眼睛，浓密的睫毛掩住了眼中的情绪。

霁温风修长的双指一夹，他取走了陆容的副卡："自己刷卡。"陆容真是越来越不像话了，得罪了他还想买东西，心里没点儿数。

陆容拿的鞋太多，一时半会儿拿不出这么多现钱来，只好忍气吞声道："……我要帮朋友带鞋。"

霁温风看了他半晌，冷笑一声："你对你的朋友们还挺好的呢！"

陆容："……"

霁温风阴阳怪气，要是在平常，陆容一定要吐槽几句。但是今天陆容一改平日里的毒舌风格，垂着头不语，也不道歉，就冷冷地站在那里，黑发散乱地掩住了秀气的眼睛。只有脚趾在鞋子里蜷缩了一下，透露出他此时紧张的心绪。

他一言不发地站了一会儿，拨起了手指甲，很专注的模样，但霁温风从他没什么情绪的脸上读出了一点儿委屈。陆容委屈的时候嘴唇会微微上翘，他自己不知道，其实像小小的油瓶。

霁温风把卡递了过去："刷吧！"

陆容似乎犹豫了几秒钟，这才轻轻把他的卡抽走，刷了起来。

霁温风坐到一边的高脚凳上，手肘支在桌子上，托着下巴看着他。看着看着，霁温风咂摸出不对劲来："你朋友怎么那么多？"

这里的球鞋少说得有三四十双，都是朋友要的……没看出来他在学校那么受欢迎啊！

陆容全身肌肉都绷紧了，若无其事地嗯了一声。其实这个代购业务，一开始只放开了二十六双，这两天陆续追加到四十多双的。

"你朋友让你代购不先给钱，让你垫付？"霁温风更加狐疑了。

陆容陡然一惊，比刚才沈御揭穿他还紧张。

他刚刚开始做这条产品线，即使有全员恶人这个平台屡次交易的信任度，学生们也不敢没看到实物就打钱。陆容也不介意，先自己垫着。他做生意是愿意先吃点儿亏的，反正正品鞋子带回去，人家抢着要都来不及。就算预订的人不要也好出，横竖不亏。

但这事在霁温风这里着实可疑了，陆容只好找了个说辞："……我卡没带。"

霁温风冷冷地哼了一声。陆容丢三落四，还不是仗着自己有钱。陆容就是吃准了走哪儿都是他刷卡，纪景深说得对，他太惯着陆容了！对了，他得给纪景深打个电话，让纪景深差人过来球鞋都带回去，不然这怎么拿回家，他就算长了八条胳膊都不够。

于是，付完账的陆容就看到一大帮人从印着 JC 通信的车上下来，冲进潮牌店朝霁温风："大股东好！"

陆容弯腰拎起地上的一双鞋，对着想要替他拎的员工说："这个我自己来。"

这双鞋他给霁温风赔礼道歉用的。

这次之所以会带这么多球鞋，也是为了多赚一点儿钱，给这双鞋平账。不然他来 G 城累死累活带货还亏了。

陆容直起身，看着 JC 通信的人忙着搬鞋，而霁温风坐在那里，忍不住拎着球鞋袋子背到身后，转了两下，眼睛一闪一闪，跟球鞋袋子一样轻快得简直要飞起来。

"你背后拎着什么？"他的一举一动都逃不过霁温风的眼睛。

"没什么。"陆容立刻站直了，眼神躲到一边，脸却有些发红。

"没什么？"霁温风走到他面前，一把抢了过来。

陆容一愣："你……"

霁温风抽出来一看，长长地哦了一声："你这个朋友很有钱嘛！"鞋码那么大，个子也很高吧！

霁温风想到这层，眼神一转，凌厉地望向陆容："他叫什么名字？"

陆容从他手中抢回了鞋子，红着耳朵尖朝外走去："要你管。"

霁温风："……"

这么多双鞋，陆容都随便别人搬，就这一双护得好好的，非得自己拎，可见很宝贝。

真男人从不回头被套路

陆容离开海港城，给纪景深打了电话，要回JC通信看鞋子。纪景深不敢怠慢，赶忙差人把他接到公司。两人一打照面，纪景深的电话就响了，是霁温风的电话："我按照你说的，果然卓有成效。"

两人离得近，就算不是外放，也能听个七七八八。

陆容的眼神一下就斜过去了：原来是你小子教的霁温风。

纪景深冷汗直冒："啊，我不是我没有我可没有说过这种话……"

纪景深赶紧说："……啊，我这里还有事我先挂了……"

"等等，我还没说完。"霁温风拿出了大领导的威严，强行拖延会议时间，仔细分析自己的操作。

陆容听得清清楚楚，千言万语化作一句冷笑。

纪景深大汗淋漓："哎呀，您说什么呀，怎么可以这样呢……"

霁温风接着道："我打算再来一次。"

纪景深赶忙拦住："小霁总，算了算了。"

霁温风："你不懂。"

纪景深："不要再说了！"

霁温风："我要先给他个甜枣，跟他和好，再在他毫无防备的时候告诉他——我要一个人去喝酒，不带他去！"

纪景深、陆容："……"

霁温风陶醉地说道："等他进来，我就皱着眉头费解地望着他，仿佛在说：你干什么来呀？让他无地自容。"

说到这里，霁温风眼前出现一片光明的未来，忍不住发出了反派的笑声。

纪景深默默地把电话挂了。

这是他能为大股东做的最后一件事。

旁听了整场的陆容冷冷地呵了一声，叮嘱他："不要告诉他我听到了这通电话。"

这种憋不住自己的邪恶阴谋、实施之前要炫耀一通的反派，基本上离死也不远了。

纪景深眼看陆容淡然地回总裁办公室睡觉，为霁温风默哀。

陆容今天累得要命，倒头就睡。

暮色将至，霁温风推门而入，拉开窗帘，手插着裤兜站在落地窗前，一脸深沉地俯视整个海港。

陆容被夕阳的光亮醒，看着霁温风的背影，不知道他又作什么妖。

霁温风听见背后的动静，转过身来，从裤袋里掏出一只盒子打开，他随手丢到陆容怀里，假装满不在乎地道："给你了！"

陆容警觉地想起了刚才霁温风的话："先给他个甜枣，跟他和好……"

这显然就是那颗甜枣！

呵，他南城王者可不会被这么简单的套路给打败。

他倒要看看，如果霁温风在第一步"给甜枣"就失败了以后，会怎样气急败坏。

陆容捧起盒子，拿到了眼前。

霁温风眼神一厉：他上钩了。

陆容暗地里冷冷一笑，把盒子啪的一声合上，狠狠丢给霁温风。

霁温风微微一磨后槽牙还好他棋高一着，这颗小甜枣只是开胃前菜罢了……

霁温风举起双手，啪啪一拍："都拿进来！"

陆容一愣：糟糕，霁温风莫不是还留有后着？

他从手指缝里偷眼看房门。

只见纪景深的助理带着一群工作人员走进了总裁休息室，每个人怀里都是一个大袋子，里头满满当当的盒子。

霁温风给他们使了个眼色，工作人员鱼贯而上，一个接一个把袋子里的盒子倒在陆容床上。

陆容吓得把脚一抽。

首饰盒很快在床上堆成了一座小山，陆容不得不抓着被子坐起来，给这些东西腾出地方。

终于放完了，助理带着工作人员退了出去，安静地带上了门。

霁温风状若无事地在他对面的单人沙发上坐下，跷起了二郎腿，慵懒地看着窗外。好像自己丢在陆容床上的不是价值高达几百万元的奢侈品，而是一些平平无奇的小玩意儿。

而且这根本就是进了奢侈品店以后像称糖果一样这来几斤、那来几斤的买法，一点儿都不走心！

"喜欢吗？"霁温风没什么表情地盯着自己修剪整齐的指甲。

陆容坐在床上，屈辱地抱住了眼前的真金白银："喜……喜欢……"

霁温风千方百计塞给陆容一吨甜枣后，觉得一切顺利，可以进行下一步计划了。

吃完饭，他起身，插着裤兜往外走，故意没打招呼。

陆容眼光一寒：呵呵，霁温风的"刀"来了。

刚才自己会败北，完全是因为霁温风使用了他的"钞能力"，自己根本无法抵抗！

让霁温风先赢一局问题不大，现在，熟知了霁温风所有作战计划的陆容已经想到如何应对的办法了：霁温风心心念念要伪造一个人出去玩的假象，让他心慌意乱地去找……

那他若不去呢？

反正霁温风他只是在跟他的那帮兄弟摇色子而已啊！

霁温风都快走到门口了，背后一片沉默，只好假装有东西忘了带，绕回餐桌边。

陆容捧着碗，端庄地吃饭。

霁温风故意一抬表，假装震惊："都这么晚了。"说着他给纪景深使了个眼色。

纪景深偷偷看了眼陆容的眼色，等陆容首肯后，才敢配合霁温风演了起来："啊……那得赶紧出发了，魅惑酒吧还有点儿远呢！"

霁温风：呵呵，不错，纪景深不着痕迹就点出我要去酒吧，陆容一定心慌意乱。

然而，陆容捧着碗，端庄地吃饭。

霁温风："……"

霁温风再接再厉，装模作样问纪景深："那个酒吧有什么好玩的？你们一个个都要约在那儿。"

纪景深配合霁温风一唱一和："那里的酒特别好喝。"

霁温风：陆容！

陆容捧着碗，端庄地吃饭。

霁温风气急败坏："我今天晚上要跟你们不醉不归！"

纪景深义正词严："不要瞎喝……"

陆容筷子一停。

霁温风：哦哦哦，一切顺利！

他在陆容背后偷偷给纪景深比了个大拇指，潇洒地出门去酒吧！

纪景深目送他远去，赔着笑对陆容道："得亏您给他个台阶……"要没有那筷子一停，纪景深都不知道大股东的表演如何收场。

话音未落，霁温风电话打过来了："他追我来了没有啊？"

纪景深看了陆容一眼："快了快了……"

霁温风心急如焚："我把车给他备好了，就在楼下。"

纪景深："……"

第六章
到底是谁找谁
Chasing the wind

霁温风走进酒吧,射灯五颜六色,底下一群妖艳舞客劲歌热舞。

他微微转头看了一眼门外,纪景深正拉开车门,等着陆容下车。霁温风嘴角疯狂上扬,手插着裤兜转到了楼梯口。楼梯上站岗的服务生一见他,就拉开了拦路的紫金绶。

霁温风不忙着走,而是摸出裤袋里的手机,调出陆容的屏保照片:"一会儿把这个少年放进来。"

服务生仔细认下了:"是。"

霁温风畅通无阻地走上楼梯,来到二楼 VIP 包间。

这里装潢奢华,舞台一面开着小窗,可以居高临下俯视整个酒吧,视野开阔,隐私性又强。这里的人从包间可以看到楼下,但楼下看不到他们,霁温风正好可以监视陆容的动向。

他的一帮富二代朋友,早已身陷柔软的真皮沙发里摇起了色子。他们见到霁温风,纷纷举起了酒杯:"小霁公子,怎么这么晚才来啊!好久都不见你了!"

"罚酒三杯今夜不归!"

"今晚你可不许再跑了。"

"不跑。"霁温风接过他们手中的酒,勾起了唇角,"反正,我一个人来的,夜还很长,我们慢慢玩。"

他扫了一眼楼下,纪景深护着陆容悄然走进了群魔乱舞的酒吧!

陆容在酒吧里转了一圈,走到楼梯口,服务员笑脸相迎地拉开了紫金绶,请他上楼。陆容摆摆手,表示没有兴趣,转身就走。

霁温风猛地回头看向纪景深:为什么陆容没有跟着你一起上来?

纪景深冷汗直冒。

陆容坐在吧台那里,点了杯酒喝了起来!

他为什么这么熟练啊!到底是谁来这种店?

"怎么了?"鹤开阳好奇地顺着霁温风的目光望去,只见一个清冷秀气的少年正坐在高脚凳上。即使鹤开阳看不到正脸,也能感受到他身上那股清冷出尘的气质,跟整个酒吧的妖艳舞客泾渭分明。

鹤开阳看了看少年,又看了看面色不善的霁温风:"这……"

霁温风:"……"

霁温风冷酷无情道:"他是跟班儿。"

他不要面子的啊!

"话虽如此,怎么能让他一个人流落在外呢?"鹤开阳勾勾手指,让人把陆容叫上来。

"别叫他,就让他在底下坐着,咱们玩咱们的。"霁温风狠狠瞪了一眼陆容,差点儿没把手中的酒杯捏碎。

他知道,这是陆容故意气他。

他的法子,全被陆容偷去了,现在跑到他眼皮子底下玩,要跟他比谁先憋不住,把另一个带走。

谁先憋不住,谁就输了,霁温风今天不想输。

陆容坐在吧台边托着脸颊,眼神迷离地摇晃已经空了的酒杯。

他今天思来想去，还是按照霁温风的剧本，来店里坐一下。

他们现在每天演的戏码已经很复杂了，如果他放任霁温风不管，不小心出了什么作风问题，导致修罗场假戏成真，那就不好了。他也没有接触过霁温风圈子里的富二代，生怕他们把霁温风带坏。

可是他又不想上楼。霁温风是无事发生也要闭着眼睛瞎吹几句牛的性格。

所以，陆容决定坐在吧台附近，假装自己来店里玩。

他此番前来，还有一个更深层的目的……不一会儿就有人来和他搭讪。

男人："你好啊，请你喝杯酒怎么样？"

陆容："我要果汁，谢谢！"

男人："……哦哦，还小哦。在哪里读书啊？"

陆容拿到了果汁，脸色立即一变："大叔，你想赚钱吗？我现在有个投资项目，具体来说是打造OTO(线上到线下）平台针对目前购买欲望最强的青少年打开G城直邮市场，请问你有兴趣吗？"

男人摸索着自己的酒杯，赶忙从高脚凳上爬了下来："哦哦，我还有事先走了……"

陆容吸着果汁：呵呵，真是一个厌男人。

他喝光了果汁，继续眼神迷离地摇晃着，等待下一个不识相的人到来……

没错，他想在这浮华之地进行一番面试，寻找可以跟他一起创业的人才！

哥，不要丢下我

霁温风跟朋友们在二楼的VIP包间里一起聊天喝酒。

鹤开阳："霁大少爷现在也有小跟班儿啦？"

霁温风正在气头上，闻言一哼。

他要是承认，岂不是便宜陆容那只坏心眼的小狐狸了？

霁温风道:"就像哈利·波特家的多比一样。"

鹤开阳扑哧一声笑了起来。

霁温风见鹤开阳笑了起来,更加着急地澄清自己与陆容之间的关系:"他是我父亲二婚以后女方带来的孩子,名义上是我弟弟。我只是对此有点儿恼怒,才想刁难他一下。"

纪景深:我听到了什么豪门秘辛!

鹤开阳饶有兴趣地问:"哦,你具体是怎么刁难的呢?"

霁温风:"让他给我做饭洗衣服,还有整理我的房间。"说到这里,霁温风不禁宽慰地说道,"他有洁癖,还是个收纳大师,把我的衣柜和储物间整理得井井有条,物尽其用,一点儿多余的东西都没有,一点儿微小的空间都利用上了。现在我的生活非常有条理。"

鹤开阳、纪景深:"……"

鹤开阳:"一个你立誓要刁难的人,反而连这些都要管,这未免太奇怪了吧!"

看到众人脸上奇怪的表情,霁温风严肃澄清:"……这是保姆的工作,我只是把他当成保姆。"

鹤开阳:"那他做饭吗?"

霁温风:"做啊!他做饭很好吃。他不太会做别的东西,但会炸一种很好吃的小鱼饼,有一天晚上给我炸了九个,还不断根据我的口味去调整。"

众人猛地看向了他。

霁温风满头大汗,但还是坚持道:"……这只是对劳动者的基本尊重。"

鹤开阳勉强点点头:"那你弟弟在你家还挺辛苦的。"

"呵!"霁温风一听这话就双手环胸,陷进沙发跷起了二郎腿,"辛苦什么?会撒娇会撒泼还会花钱。这次来G城,他得罪了我,我训他,他还哭。哭了哄不好,我给他刷了半间卡地亚店,才给我点儿好脸色……"

霁温风起先还气哼哼地在发泄,越说越觉得不对。

鹤开阳看着他从茫然到想通的表情，提醒他："这里可能有人在酒里放东西。"

霁温风探出头去张望楼下的吧台，陆容已经不见了。

不好！

霁温风赶紧拉开门冲了下去。

陆容在酒吧中打遍天下无敌手，高手寂寞。

霁温风不知道在二楼搞什么东西，其他男人既不敢请他喝果汁，也不敢听他讲项目，他坐在吧台边上实在很无聊，索性离开了酒吧，去外面透透气。

他手插着裤袋晃出酒吧，面对着海港的夜风，脑中盘算着如何建立G城直邮真品球鞋代购链。

就在这时，他听到不远处传来一声低哑的哭声。

那是一个年轻的长发男子，抱着膝盖低着头蹲在街边，很狼狈的样子。

有几个酒吧出来的男人围住了他。

陆容走过去，男人们看到这个清秀的少年都齐齐变了脸色。

陆容淡淡地问："发财感兴趣吗？OTO平台了解一下。"

三个男人落荒而逃。

长头发的年轻男子身体一软，跌坐在街沿上。

陆容蹲下来："你还好吗？"

年轻男子捂住了脸。

陆容："你家在哪里？我送你回去。"

年轻男子眼中露出了迷惘："家……我不知道……我没有家。"

陆容对他这种文艺小清新的表述很不满意："你叫什么名字？今年多大了？为什么在G城？你是做什么的？"

年轻男子喝得醉醺醺的，陆容问什么他就答什么："我叫刘斐，今年二十二岁，在G大念书。"

陆容："你家确实不在这里，你在这里只有宿舍，我给你叫辆车，你自己回 G 大宿舍可以吗？"

刘斐："我回不去了……"

陆容："……"

他不是很愿意管闲事，但刚好他今晚比较闲，挨着刘斐坐下："给你十分钟时间具体阐述一下为什么回不去了的前因后果。"

刘斐："其实我是逃家出来的。"

陆容："你考上 G 大你爹妈不给你付学费的啊！"

刘斐："我其实是拿奖学金的……"

陆容："哦。"

刘斐："我爸妈都是农民供我上学不容易，我有了奖学金以后就没有再问他们要钱了。"

陆容："那你们家庭生活很和谐，你逃哪门子家啊？"

刘斐："我说的不是我家，是我 G 城的家。"说到这他里失声痛哭，"其实也不算我家。"

陆容："刚才说到你家里人都是农民，供你上学不容易，有了奖学金之后就没有再问他们要钱了，然后呢？"

刘斐："然后我来 G 城念书。G 城物价很贵，奖学金都不够吃的，我就到处打工、实习，认识了纪先生，他租给我房子，也很照顾我。"

陆容："哦，你跟纪先生吵架出走对不对？"

刘斐失声痛哭。

陆容："你不应该在这里流连买醉，这样有可能遇到坏人。我现在叫辆车把你送回 G 大，你回宿舍睡觉可以吗？"

陆容："……"

他好端端一个根正苗红的青年企业家，为什么会在酒吧门口遇到一个只会哭的男生？

刘斐："我跟纪先生是在酒吧里认识的。我们喝了点酒。"

陆容："那之后呢？"

刘斐："三天以后我去 JC 通信实习，发现面试我的是纪先生。他录取了我，还提议新员工聚餐……"

陆容："然后呢？"

刘斐泪珠儿在眼眶里打转："没有课的时候，我去他的公司做他的助理。"

陆容："……"

刘斐回忆起跟纪先生在一起的点点滴滴，神情变得悠远。

陆容扶额。

陆容搞清楚了来龙去脉，开始忽悠刘斐，扶着他的双肩认真对他说道："你必须成为一个强者。"

被灌了心灵鸡汤，刘斐眼中闪烁着夺目的光彩，可是很快又暗淡下去："我不是他这样的强者……"

陆容："能从农村考上G大，你怎么不是强者？你只是需要一个契机……"

说到此处，陆容微微一笑："我现在这里有个投资的项目，具体来说是打造OTO平台针对目前购买欲望最强的青少年打开G城直邮市场，请问你有兴趣吗？"

刘斐："……"

陆容伸出了手："你可以成为我的合伙人，我立马给你印一沓G城分部CEO（首席执行官）的名片。"

刘斐想到纪先生那张黑底烫金的名片，紧紧握住了陆容的手："好！"

陆容：计划通过。

刘斐总算看到了未来的曙光，忍不住举起酒瓶子要猛灌一口。

陆容夺过他的酒，呵斥道："不要再喝了。"

他总算找到了一个有闲又有赚钱欲望的勤劳朴实的男大学生帮他在G城代购球鞋，人逢喜事精神爽，不禁想小酌一杯。

霁温风到处找不到陆容，鹤开阳和纪景深也下楼帮他一起找。他们俩在里头跟工作人员交涉，霁温风冲出了门外。

刚一出门,他就看到陆容跟一个陌生男人坐在街边,夺过对方手里的酒,抬头喝了起来。

"不要!"霁温风大吼道。

陆容和刘斐吓得一愣,双双转过头来,莫名其妙地看着他。

霁温风冲上来一脚把刘斐踹开,夺过酒瓶丢得远远的,然后勒住了陆容的胁下把他拖起来,按着他的双肩问他:"你喝了多少?"

陆容:"没……没多少。"陆容看了一眼地上哼唧着想要起来的刘斐,"他……"

霁温风又踹了一脚,让刘斐彻底趴下,然后把陆容转过去:"现在我帮你把胃里的东西吐出来,会有点儿难受,忍一忍。"

陆容:"……"

还没等他反应过来,霁温风猛烈地用手臂的力量冲击他的腹部,紧急给他催吐。

陆容原本没有什么大事,被霁温风一通折腾以后:头晕,想吐,明明吐出了酒精却醉了,仿佛坐了十次冲天泡泡龙,陷入昏迷。

霁温风只好提前告别了众人,带着他回酒店。

偏生港城的这个时候,一辆出租车难求。霁温风架着陆容走了好一段路,都没有打到车。

"现在感觉还好吗?"霁温风问陆容。

"嗯……"陆容无意识地应着,只有皱着的眉头泄露出他此时正承受着持续的痛苦。

终于有一辆绿灯的车经过,霁温风拦下师傅,打开了后车门。

正当他要把陆容塞进车里的时候,陆容轻声哀求道:"哥,不要丢下我……"

霁温风愣住了。

一滴滚烫的眼泪灌进了他的T恤领口里。

"你还走不走啦?"师傅问。

霁温风回过神来:"对不起。"他往后退了一步,重新退回到人行道上，关上了车门。

霁温风架着陆容重新朝前走去。

他的步伐一开始有些沉重，随后越走越轻，越走越快，甚至在经过某个车水马龙的街道，忍不住雀跃地跳起来，双脚一碰，随后又恢复了一脸桀骜不驯的模样。

半夜。

霁温风蹲在陆容的床前，黑暗中一双闪闪发亮的眼睛，盯着他。

有个问题困扰了他大半夜，得不到回答辗转难眠、抓心挠肺。

"你那声哥，叫的究竟是谁？"霁温风问道。

陆容没有反应。

霁温风叫他："喂，陆容！"

睡梦中的陆容嘟囔了一句"发财"，转过身去继续睡了。

霁温风："……"

今晚他注定无眠。

回家啦！

G城的三天行程很快就结束了，两人踏上了归程。经过协商，两人达成共识：坐高铁回去，感受国家经济腾飞的步伐。

两人买了周日晚上回S城的火车票，然后因为陆容的大采购，两个人迷失在G城地下四通八达的地铁当中。其中有一段路还坐错了方向，导致两人提着大包小包赶到火车站的时候，高铁已经停止检票了。

霁温风、陆容："……"

霁温风："我早就提醒过你抓紧时间，你就知道买买买。"

陆容："难得来一次G城，我总要买点儿东西回去吧！"

霁温风："你就不能回去买吗？差了几块钱的事情。"为了给陆容拎箱子，他早就精疲力竭了。他不在乎钱，但他真的不想陪陆容逛街。

陆容："这是差几块钱的事情吗？"

霁温风叹了口气："话说回来，为什么会有这么多人找你带货？你也太老好人了,你这个量简直都可以算走私了。以后出来旅游不要在朋友圈里发消息,拍了照片全存起来,回家以后再慢慢发,这样别人问起来你就可以说早就回来了。"

陆容:"怪不得你没有什么朋友。"

霁温风呵呵一笑:"我的朋友想要什么会直接飞到当地购买。"

两个人吵了一会儿嘴,都吵累了,霁温风提起箱子往火车站外走去。

陆容:"你去哪儿?"

霁温风:"反正已经赶不上车了,回酒店去啊,不然呢?"

陆容:"明天还要上课!你等等,我看一下票。"

霁温风:"是谁说今天下午要在海港城购物,不知道什么时候走,坚持晚点儿订票,结果订到最后两张。现在所有班次的高铁票都卖光了,我们注定在G城多待一晚上。"

片刻后,霁温风低声道:"如果你真的很着急回家,我跟我爸商量让老蒋今晚飞一趟。"

陆容在他身边坐下:"不要麻烦了。"

"那我们明天又要请假。"霁温风道。

"听着,我有一个办法。"

陆容把手机递给霁温风,霁温风快速浏览了一遍:"聪明。"

这个方法就是,G城去往S城的列车,车票已经售罄。不过他们可以购买从G城出发去往其他城市的车票。两地地理位置越接近,车票越多,因为各个班次都会从两地经过,它的票也就越便宜、越好买。

只要能上车,之后再补票,就比困在G城走不了要好。

陆容立刻抢了从G城出发去Z市的两张车票,系统显示订票成功,两个人拉起拖箱冲向检票口。

两人上了车,立刻就找到了座位坐下,找列车员补了去S城的价钱。

两人坐到了站,位子就被随即上车的人给要去了。两个人开始在车厢里流浪。

陆容好不容易找到了一个位子:"你快去坐。"

霁温风看了一眼满员的车厢:"那你坐那儿?"

陆容："我再去别的地方找找。"

霁温风拒绝："我不要，我要跟你坐一块儿。"

陆容无奈道："你是小孩子嘛！"

霁温风振振有词："零食都在我这儿呢，你走了要是饿了怎么办？"

陆容："你分我点儿不就结了，咱们一人拿一半。"说着他就要去拿霁温风手中的塑料袋。

霁温风往背后一藏，满脸写着"来啊来啊来抢我呀"。

陆容："……"

两个人在火车上游来荡去，后来都没有找到过位子，最后只好把一个行李箱放平了。不过上头只够坐一个人，陆容把位子让给了霁温风。

霁温风一改"大男子主义"，大大咧咧地在上头坐下，屈着两条长腿，胳膊支在膝盖上，舒服地眯起了眼睛。

凌晨，方晴带着老宋去高铁站接两个大男孩。

"G城玩得开心吗？"方晴坐进了副驾驶，回头悄悄问霁温风。陆容一上车就开始睡。

"开心。"霁温风道。

第七章
陆容：我只想过平静的生活，可是……

经过长途跋涉，陆容第二天终于顶着黑眼圈准时到校。重新坐在断腿郭靖和村花牛艳玲的中间，耳边灌满了琅琅的读书声，陆容松了口气。他终于变回了那个平平无奇、坐在教室里谁都不会多看上一眼，但实际上"支配"着整个南城大学的男人。他就想过如此平静的大学生活。

方长兴冲冲地抱着一沓通知进来，宣布学生会换届，想要竞选的自己报名。

陆容默默地打开英语课本，把自己藏在了书后头，但依旧不能阻挡住热情似火的方长一眼在人群中看到了他。

方长走过来通知陆容："准备一下竞选稿，周三下午去拍竞选视频！"

陆容默默地看了他一眼："我没要竞选。"

方长用力一拍陆容的肩膀，眼神坚定地说道："我把你填上去了！"

他还记得，陆容是如何用自己扎实的野外生存经验，让大家活了下来。

陆容："……"

方长:"猜猜看,我们把你投成了什么部长?"

陆容:"我不想猜。"

方长:"没错,是体育部部长!"

陆容:就是每天最后一节自由活动课都要坐在体育器材室里收发器材的看门老大爷!我当年怎么没把你们扔在山上活活饿死!

陆容:"我不想当。"

方长:"哎呀,重在参与嘛,说得好像你一定会选上似的——来来来,给我投一票。"说着他抓着陆容的手在候选人一栏写上了自己的名字。

陆容:"呵呵,你自己竞选了学生部部长。"

方长:"别忘了给令仁也投一票。"

陆容眼看方长抓着自己的手写下了令仁的名字,有些奇怪:"你不是跟他势不两立吗?怎么还给他拉起票来了?"

方长正色道:"因为上个礼拜他约我打篮球。"

陆容迷惑地说道:"你们不是每个礼拜都一起打篮球吗?"打篮球的时候他们还骂骂咧咧。

方长:"上个礼拜是紫禁之巅,终极之战!"

陆容:"哦,结果如何?"

方长歪了一下脑袋:"我们两个人打了一会儿,觉得怪没意思的,就去隔壁电影院看电影了。"

陆容:"……"

当晚回家后,霁温风拿出英语课本:"从今天开始,我给你补英语。你这样下去都没法跟我考一样的学校,知道吗?"

陆容:"……"

陆容严正声明:"你不能坐在我的床上给我补课。"

霁温风:"他们不会在我们做作业的时候进来打扰我们的。再说他们基本的素质都有,进来会先敲门。"

下一秒,方晴猛地推开了门:"容容!"

陆容、霁温风:"……"

方晴真的没有素质！

你妈对此什么意见

方晴作为一个成年人，率先打破了房间内的平静！

她反手把门轻轻关上，走到他俩对面，皱着眉头坐下，询问陆容："你为什么……"

她看了看陆容，又看了看霁温风："你们俩是不是打架了？"

只见方晴威严地站了起来，缓缓走到他俩面前，看看陆容，又看看霁温风，眼中闪动着睿智的光。

陆容惭愧地低头，这下事情真的搞大了，家里要闹翻天了。

方晴在他俩面前站了良久，最后，温柔地拍拍两人的脑袋："你们两个都是好孩子。"

陆容、霁温风："……"

两个少年都沉默了。

方晴看两个少年沉默不语，终于忍耐不下去了："我说，你们也不能每次都通过打架来表达兄弟感情吧！"

陆容："……"

霁温风："……"

方晴看着两个少年的表情，觉得从刚才起一直很古怪的气氛变得更加古怪了。

她的食指在他们俩中间摇摆："刚才是小风哥要教容容英语，容容背了七遍都背不下来单词，容容恼羞成怒就跳到小风哥身上揪着领子要揍人吧？"

陆容："……"

为什么我在你心目中是如此没有素质的一个人！

霁温风意外地看了一眼自己左手至今牢牢握着的英语课本，大喜过望："是是是，你说什么就是什么。"

方晴见自己猜得没错，房间里也恢复了紧张活泼的气氛，满意地点点头："所以容容，小风哥哥抽出自己宝贵的时间，来教你英语的，你不能因为自己学不会就恼羞成怒地打他。你学不会那是理所当然的,你要是学得会,你英语怎么会烂?不是小风哥哥的错,明白吗?要心怀感恩。"

"……"陆容想,谢谢你解释了一遍为什么我的英语烂,根源是因为我学不会!

方晴训完陆容,对霁温风歉疚道:"谢谢你这么大公无私地帮助容容,主动帮他补习,被他殴打了还站出来帮他解围……容容,以后小风哥让你干什么你就干什么,听见了吗?"

霁温风绝处逢生,冲陆容高傲地一抬下巴:"听见没有?"

陆容:"……"

霁温风和陆容客客气气地送走方晴,关上门,互看了一眼。

霁温风:"你妈有毒。"

陆容:"你才有毒。什么继母,我看你就是她亲生的。"

"瞧瞧这小嘴儿,跟刀子似的。"

"你属章鱼的吗?"陆容狠狠甩了他一眼刀。

"方姨说了,我想让你做什么,你就得做什么。你怎么不听妈妈的话啊?"霁温风低笑一声。

陆容恼羞成怒:"霁温风你!"

"别想跑,说清楚"。

"啊哈!"方晴猛地推开了门。

陆容、霁温风:"……"

陆容:第二次了!

不过因为第一次的事他们已经有了教训,陆容和霁温风对视一眼,敌不动,我不动!在方晴开口之前,他们绝对什么都不要说!

方晴冷哼一声:"我就知道。小风哥,你怎么能揪容容的头发呢?"

"出现了!"霁温风和陆容心中暗喜。

再一次双双认错并发誓再也不打架后,两人把方晴送走。

陆容:"把门锁上。"

霁温风:"其实我今天来,真的只是想给你补英语。"

陆容冷冷道:"锁上。"

什么补英语补数学,都要锁。

他这一生都不想再承受第三回了!

霁温风:陆容,你将淬火重生!

霁温风和陆容经历了大起大落,开始认真补英语。

霁温风毕竟是半个M国人,对于英语教学有特殊的思路。

就一个晚上,陆容背了上百个单词,学会了三种时态,流利掌握十八种句式,还哭干了他一辈子的眼泪。

霁温风慵懒地站在浴缸边上,啪地合上了手中的课本,陶醉地说道:"多么地道的美式发音。以后你都可以代替我出席霁氏的新品发布会了。今天的教学就到这里,明天继续。"

陆容可怜兮兮地抱着膝盖,身上的衬衫全湿透了,眼圈通红地想:等他从浴缸里出去,一定要把霁温风给杀了!

头顶传来一声轻笑,那挨千刀的动了动:"I'm so proud of you.(我为你骄傲)"说完他就离开了,绅士地带上了门。

淅淅沥沥的水流逐渐变得温热。

陆容的心情平复了一些,他气恼地脱掉了湿衣服。暖洋洋的热水逐渐没过了他的身体,他把半张脸埋在水下,脑子里冒出一个又一个单词、时态和句子。

"等考完托福再杀他。"陆容复习着今晚的上百个单词、三种时态、十八种句式,在氤氲的热气中冷冷地想。

方晴回到地下游戏室的时候,跟霁通提了在陆容房间里看到的事:"小风在试图给容容补习英语,但他俩总为这个事打架。"

霁通:"……这是一件很有兄弟情的事,为什么会演变成暴力行为?"

方晴:"说得好像你没打过老师似的。"

霁通:"我当然没打过老师!"

他想来想去这事不行,通知白助理给陆容找家庭教师。虽然他嘴上没有说，但心里止不住地想：容容的素质简直跟方晴一样差。

"不用那么麻烦。"方晴听他打电话，把微信列表里的"全员恶人"推送给霁通，"这是我朋友，他们就做教育培训。"

她已经忘了是什么时候加上的这个号，也忘记了他究竟是谁，不过加了她的微信就是她的朋友，方晴就是这么洒脱的人。

"你这个朋友，看起来不太像是好人。"霁通盯着头像白底黑字的四个大字说。

"但他们很强。你看这个，这是客户的学习成绩跟踪表，突飞猛进。"方晴调出全员恶人微信朋友圈做得花里胡哨的宣传图。

霁通扶着眼镜仔细一瞧，读出了宣传图上魔性的标语："皇家至尊VIP独享业务……私人建档、重点跟踪，比你的班主任更在乎你的学习成绩……看起来不错。"

方晴："还很便宜，只要5999块。"

霁通拿不定主意："如果我给容容请那么便宜的家教，会不会显得我像后爹？"

方晴太了解自己的儿子了："不能给他找太贵的，不然他明天转手就把家教给卖了。他不放过任何有溢价的东西，你只能给他找性价比最好的。"

霁通："……"

方晴："而且我从来没有给他找过家教。想到请家教补英语这一点，你就已经是个称职的父亲了。"

霁通："好吧！"

霁通加上了李南边：皇家至尊VIP独享业务给我来一份。

李南边请示陆容：老大，有人上门来，点名想要皇家至尊VIP独享业务。

陆容埋在浴缸里：不卖。

李南边：可是老梁挺想做这一单的。

陆容：老梁下个月要去参加全国奥数大赛了。

李南边放下手机，对一旁的梁闻道摇摇头："老大不同意，怕影响你学习。"

梁闻道狠狠一敲桌。

李南边："算了吧，听老大的。"

梁闻道撑着桌面，眼神凝重，几乎用上了哀求的语气："兄弟，我真的很需要这笔钱。"

李南边还从来没见过梁闻道这副样子："怎么了？"

梁闻道难以启齿。

李南边按住了他的肩膀："有什么难处，你说出来，别一个人憋在心里，兄弟永远支持你。"

梁闻道脸上浮现出欲望与挣扎的纠结，纠结半晌后，向李南边坦白："我想买老大发在群里的那双运动鞋。"陆容把G城扫货给他们做了直播。

李南边："啊！"

梁闻道："你想想，我穿着那双鞋再拿着全国奥数大赛冠军奖杯，是不是很有排面，兄弟你是不是与有荣焉？"

李南边："我与有荣焉个鬼，我既不是奥数冠军，又没有运动鞋。"

话虽这么说，李南边还是把梁闻道推送给了霁通。

"这一单，你没做过，我什么都不知道。"李南边提点他。

梁闻道一愣，这意味着所有收入都归他。

他狠狠圈住了李南边的脖子，用力跟他碰了碰脑袋。

回头梁闻道就跟霁通联系上了：您好，我是您的私人定制家庭教师。

霁通：好的，你今晚过来教一堂英语吧！

梁闻道原本并不提供到家服务，不过他是私底下接外单，就没这么多讲究了。霁通把地址发给他，他立刻打车赶去榕山庄园。

陆容洗完澡，穿着浴袍出来，发现霁温风竟然还在他的床上。

"滚。"陆容言简意赅。

"学费都不付？"霁温风拍拍自己身边的位置。

"你还想要学费？"陆容面色铁青。

霁温风推了推他："跟你商量件事。"

陆容："……"霁温风还会跟他商量事，真稀奇。

霁温风:"我要去竞选学生会主席。我想了想,你跟我一起进学生会吧!"

陆容:"我不想进学生会。"

霁温风细长的眼睛一眯:"你在跟谁说话?"

陆容:"……"

霁温风:"你目前的身份可以这样顶撞我的吗?"

陆容:"啊!"他急忙用双手捂住了脸。

霁温风坏坏一笑:"这个只是教学工具。我不会违规滥用的,放心。"说着他突然将一把水枪对准了陆容的脸。

他在指缝间偷看的陆容赶忙躲起来,把脸埋进了枕头里。

霁温风凑近他:"学生会来不来?"

陆容:"来来来!"

霁温风人畜无害地微微一笑:"那就好。"

陆容赤手空拳,不敢跟揣着水枪的霁温风硬杠,可他也不想去学生会,眼珠子一转就有了应对之策:"我可以去竞选,但我不一定选得上。"

霁温风道:"别担心,我知道你选不上。"

陆容:"……"

霁温风:"所以我早有准备。我跟诸仁良老师提议设立一个新的岗位,叫'学生会主席的小助理',由学生会主席亲自指定。你准备准备,择日上岗吧!"

陆容:啊!

霁温风凭空创造了一个岗位,把他给内定了!

难道他南城校霸陆容真的要顶着"学生会主席的小助理"的名号行走在校园中吗?

绝不可以!

这传出去他陆容成什么人了?!

霁温风:"开心吗?"

陆容:"开心。"

心中却冷冷地盘算起来:要不把这个岗位给废了,要不就把霁温风给废了!

第八章
上线！

梁闻道穿着自己唯一的西装、拎着专业教具，赶到了位于榕山庄园的霁家大宅。

因为方晴正在打游戏，霁通在书房里单独接见了梁闻道。

霁通："梁老师你好。"

梁闻道："您好。"

霁通："这次请你过来，是想请你为我儿子补一下英语。"

梁闻道："没问题的。英语主要就是靠勤勉，多积累。只要背得够多，就不会太差。"

霁通留了个心眼："梁老师，你好像年纪比较小。"即使他戴着圆框眼镜、抹着发蜡，也无法掩饰他只是一个十八岁小孩的事实。

梁闻道呵呵一笑："实不相瞒，我确实大学还没有毕业。不过正因为我和您的孩子是同龄人，我对怎样提高他的学习成绩会有更加切实有效的方法。老师们即使经验再丰富，他们跟您孩子学同一套教材吗？同步学同样的知识点吗？考同一张试卷吗？一起考研吗？能够体会到您孩子学习过程中出现的种种心态变化并适时引导吗？当然不会。因为他们是老师，不是学生。从这个意义上来说，老师都是外行人，可我是真正实战过来的，我授课的内容都是经过考场检验的。"

霁通郑重地点点头："你说得也有几分道理。"不过脸上依旧是犹豫的神情，显然觉得梁闻道作为老师来说有点儿不可靠，还没有教师资格证。

梁闻道双手奉上自己的成绩单。

那是传说中神一般全满分的成绩单。

霁通一看，大惊，赶忙站起来跟梁闻道握手："我有眼不识梁大师，失敬失敬。"

梁闻道："……"

他跟在陆容身边，也学了不少为人处世的门道，不像其他少年天才那样，行事桀骜不驯。他还是会在表面上装一装的，握着霁通的手老神在在地说着"哪里哪里""谬赞谬赞"。

不但谦虚，梁闻道还服务意识良好地主动跟霁通沟通接下去的教学方案："我的教学理念，就是严师出高徒。根据我多年的观察，一般人学习成绩差，不努力占了很大的比重。所以我会为贵公子打造非常严厉的反馈机制。"

霁通不得不跟梁闻道坦白："我儿子天生脾气暴，不好惹。学不会，还会打老师。"他听方晴说容容把小风给揍了，第一次意识到他这个继子看上去文文静静，实际上还有两副面孔。

梁闻道："不要紧。不管他性格如何恶劣，我都有办法制服他。"

说着他打开了随身的教具包，从内向外一件件掏出了教学工具。

霁通："……"

霁通："梁大师，我这个人其实不太赞同'棍棒底下出孝子'的，体罚对孩子的身心健康百害而无一利。"

梁闻道："放心，这些都只是威慑用的。一般正常人看到这些'武器'，就自动服软了。"

霁通颤抖着问："那……倘若我儿子不服软呢？"

梁闻道意味深长地说："那么我看他的智商，就不太适合学习了。"

霁通恍然大悟,这个梁大师,当真不同凡响,通透!

霁通亲自陪同梁闻道走到陆容的卧室外面:"我儿子就在里面。"说着他敲了敲门,"容容,容容。"
房间里的陆容猛地从床上弹了起来,一指衣柜,对霁温风道:"进去。"
霁温风徐徐坐了起来,面露不愉:"我为什么要进去?"
陆容一口气差点儿没上来:"你有毒吗?你爸就在门外!"
霁温风:"因为我刚在给你补英语。"
陆容:"可是现在已经补完了英语。
陆容坐在床上不出声了。
霁温风也烦躁地坐在床边。

门外的霁通:"他怎么还不开门?"
梁闻道老神在在道:"叛逆期到了。"
"他在里面干什么呀……"霁通很想凑在门板上听听,但又觉得这样很没有素质,急得在门外不知所措。
梁闻道装出一副很有经验的样子,安慰霁通道:"不用担心,这种叛逆少年我见得多了。我有办法对付,您就放心交给我吧!"
霁通见梁闻道信誓旦旦,心想教个英语嘛,也出不了什么岔子,便放宽心上楼工作了。
梁闻道从随身携带的教具包里掏出了电棍,眸光一闪。
干他们这行,经常会遇到不良少年。有的是其他学校的,有的是他们学校的。只要他们不干坏事,老大一般不报警。但老大看到他们成天流里流气、无所事事地耍流氓,都会瞪上他们一眼,冷冷吐出八个字:"拉去电一电就好了。"这样做就是为了表明他们全员恶人组这种目标明确、手段高端、财报健康、组织严密的校园团伙对其他小流氓的不屑态度。
陆容说"拉去电一电就好了"这句话时精明冷酷的上位者形象,深深地印在梁闻道的脑海里,成了梁闻道学习模仿的对象。
梁闻道从老B那里搞到了一把小型电击棍,电量很低,女孩子防身用的,只会让人暂时性麻痹,休息一会儿就好。不过嘛,对付对付霁通嘴里的不良少年,够了!

不开门是吧,他有的是办法破门而入、教他英语!

霁温风率先息事宁人:"睡了睡了。"

陆容此时抱着枕头生闷气。

霁温风不耐烦道:"明天还要早起上学呢!"

陆容没来由地对生活感到绝望。

梁闻道扫到隔壁开着门的屋子,蹑手蹑脚地跑了进去,全然不知那是霁温风的套间。他从霁温风套间的阳台翻到陆容的阳台,一脚踹开了陆容的窗户,以迅雷不及掩耳之势拿着电击棍跳了进去。

"不开门,在里头偷偷做什么呢?"一个闪电霹雳,梁闻道单膝跪地,闪亮登场!

手中的小皮箱没扣好,教学工具稀里哗啦地掉了出来……

梁闻道赶紧捡起来藏好,然后装作无事发生,气势逼人地直起身来,定睛一瞧——

啊!

老大为什么在这里?

为什么他第一次接外单就直接把自己送上老大的门?

难道这是老大的房间?!

可是为什么霁温风也在这里?

梁闻道可以在全科目拿满分,却永远猜不透他老大这个人!

梁闻道:"……"

此时此刻他不知道该说些什么。

陆容猝不及防看到有人从窗户跳进来,心里一突!

啊!

他就知道今晚的戏码没有那么容易结束!

等一下，为什么进来的人是梁闻道？！

他怎么会在这里？！

完了，梁闻道目击他跟霁温风在一起！

只要梁闻道此时此刻开口叫一声老大，他就两路全崩，不但被霁温风知道他私底下其实是校霸，经营着全员恶人组这么一个目标明确、手段高端、财报健康的组织，而且他的小弟也都会知道他表面上是个校霸，其实背地里是豪门大少爷的小跟班儿、未来学生会主席的小助理！

陆容："……"

此时此刻他不知道该说些什么！

霁温风猝不及防看到有人从窗户跳进来，心里一突！

霁温风阴郁地抬起眼皮子瞥了一眼梁闻道，他跟梁闻道不熟，只是同班同学，梁闻道跑来自己家干吗？

只见梁闻道一身西装，抹着发油，拎着小皮箱。

霁温风狰狞的目光猛地落在陆容身上！

"好啊……"

霁温风站起来，一脸阴郁地逼近梁闻道，朝他伸出魔爪："我要杀了你……"

霁温风抽搐着扑通倒地。

陆容蒙了，看着倒在地上还在不断抽风的霁温风，问梁闻道："你做了什么？"

梁闻道也蒙了，看看自己手中的电击棍："那个……忘记关了。"梁闻道赶紧又找补了一句，"他自己撞上来的。"

陆容扑到霁温风身上："霁温风！霁温风！"

霁温风睁着一双斗鸡眼，流着口水，在他怀里缓缓说出一句话："我做鬼也不会……放过你们……"

陆容："……"

陆容一搭霁温风的脉象，回头看向梁闻道："你竟然杀人！"

梁闻道双膝一软，扑通一声跪下："怎么会这样？"

"先躲起来！"陆容低喝。

梁闻道赶忙躲到了窗帘后头。

陆容喊来老宋，让他把霁温风送去医院。

老宋背着抽风的霁温风，深深地看了一眼陆容，又看了一眼，怀疑自己卷入了一场豪门宅斗谋杀案：太太带来的继子谋杀了先生的第一顺位继承人，只为了霸占上百亿元的家产……

陆容脸色凝重："别让任何人知道。"

老宋收敛了眼神，打算先按照二少爷说的做，把大少爷送去医院。因为他分析了一下，大少爷救不回来，那霁家大宅就跟着二少爷姓陆了。大少爷要是救回来了……那这霁家大宅，还跟着二少爷姓陆，没什么好斗的，溜了溜了。

老宋随便找了个理由跟霁通报备要出车，霁通允了，老宋偷运霁温风出宅。

陆容站在窗边，眼见老宋驾驶着宾利悄悄驶离了霁家大宅，一扯窗帘，冷冷地盯着梁闻道。

梁闻道冷汗哗地一下下来了。

陆容背着手，眼神冰冷地绕着他踱步："你来这里干什么？"

梁闻道急中生智："我……我跟霁温风有点儿过节，来给他电一电。"

"呵呵！"陆容冷笑一声，轻易看穿了他的谎言，"刚才李南边问过我，有一单送上门的皇家至尊 VIP 定制学习服务要不要做，我拒绝了。"

现在想来，那是霁通和方晴为了他下的订单！

"而你，背着我私接了外单，来教英语！"陆容勃然大怒，手臂一挥，"哗啦"挥掉了茶几上的所有东西。

梁闻道眼见大势已去："老大，我只是一时鬼迷心窍，想赚点儿钱买你从 G 城带来的那双鞋，穿着去全国奥数大赛上拿奖而已！"

"你不但鬼迷心窍，还满口谎言！"

梁闻道万万没想到，他是在此处暴露的破绽。

梁闻道脑袋里电光石火，突然抓住了刹那而过的违和点！

为什么他私接外单，会刚好把自己送到老大面前？

他脑袋里大胆地穿起一条线索，敏锐地感觉到这是他绝处逢生的机会！

梁闻道大胆反问陆容："老大，有个问题我从刚才就想问了，你为什么会在这里？！"

陆容沉默几秒钟，眼光一寒，冷冷地给出了一个梁闻道无法拒绝的理由！

他说："我在这里，教地理！"

见梁闻道一脸难以置信，陆容沉声反问："怎么，就许你教他英语，不许我教他地理了吗？！"梁闻道应该还不知道霁通、方晴他们让他来教谁。

梁闻道一言难尽："没……就是霁温风的英语和地理……都是满分。"

陆容一愣。

想不到霁温风每天神经兮兮的，居然还是学霸！

该死，他露出了破绽！

陆容老脸一红，但很快绷住，面无表情但十分卑鄙地对梁闻道使用了老大的威严："我就是要教他地理，要你管！"

他深深地看了梁闻道一眼，回里屋拿了一个纸袋子出来，伸手搭住了梁闻道的肩膀。

"拿着吧！穿上这个，去全国奥数大赛为南城争光。"陆容忍痛把那双鞋塞到了梁闻道的手中，眼中充满着老大对小弟的谆谆教诲与殷切希望。

梁闻道："……"

陆容默默地把那双鞋拿了回去。

梁闻道赶紧抢了回来："我明白了！我一定不负众望，夺得冠军，为老大、为全员恶人组、为南城增光添彩！谢谢老大给我的鼓励！谢谢！"

陆容的嘴角浮起一丝高深莫测的弧度，他微笑着勾着梁闻道的肩膀，送梁闻道下楼。

陆容送走梁闻道以后，上楼敲开了霁通的书房。

霁通见是自己的小儿子，连忙放下了电话，以最为隆重的礼遇接待他。

霁通："容容，今天我给你请了一位经验丰富的家庭教师，专门教你英语。上了一节课，感觉怎么样？"

陆容忧郁地垂下了眼睛："霁叔叔，我觉得他还不如小风哥教得好。这个课我不想上了，我跟着小风哥学就好，叔叔把这个冤枉钱退了吧！"

霁通虽然惊讶，却也在预料之中。这些国内搞应试教育的家庭教师，怎么可能有小风英语好，他可是从小在M国长大的，英语很好。

霁通叹了口气："那你要答应我一件事……不要再跟小风哥打架，好吗？"

陆容："……"

方晴还真把他俩打架的事情到处乱说、败坏他的名声！

陆容的嘴唇委屈地嗫嚅了两下，他仿佛要为自己辩驳些什么，但最后还是什么都没说出口，只是我见犹怜地应了一声："是。"

霁通看他文文弱弱地坐在那里，说话也很小声，心里的担忧一扫而空——这么可爱的男孩子，怎么可能会打人嘛！

他不但不担忧，甚至心疼起来：容容住在这个家里，凡事小心翼翼，生怕惹谁生气，甚至受了委屈都不敢自我澄清，真是个敏感可怜的孩子。要是他真能跟小风打架，那倒还算是件好事！那说明他把小风当朋友、当哥们，男孩子之间打打闹闹，不碍事。

"如果小风哥欺负你，你就来告诉我，我帮你教训他，知道吗？"霁通一瞬间就从霁温风的亲爹变成了陆容的亲爹。

陆容看了一眼老宋发来的微信，冲霁通苦涩地笑了笑："谢谢叔叔！我先回去了。"

霁通看着陆容的背影，低叹了一口气：容容身世凄惨，不像小风，集万千宠爱于一身，他一定要更偏爱容容一点儿，毕竟他只是个忧郁敏感、文弱胆小的小孩啊！

而陆容走出霁温风的书房，立刻换上了一副深沉阴郁的表情，攥紧了手机：霁温风被电完送回来了，他还有一场硬仗要打。

陆容推门而入时，霁温风还在。

梁闻道的那个电击棍没有对他造成任何生理上的伤害，却对他造成了永久性的精神伤害。

霁温风躺在宾利车后座被送去医院时，老宋一直在笑。

霁温风把右手蜷成鸡爪,悬在身前一抖一抖的:"你……笑什么?"

老宋一本正经地道:"少爷,您看错了,我是经过专业训练的,一般不会笑的。"

霁温风:"我要炒了你!"

老宋扑哧一声又笑了。

他进了医院,急诊医生也一直在笑。

霁温风:"你不要再笑了,仪器在抖!"

医生:"那是小哥你在抖啊!我们是经过专业训练的,一般不会笑的。"

说着医生走到门外:"老杨、小陈,快来急诊室,快点儿!"他回头对霁温风解释:"你这个病比较棘手,我需要帮手。"

霁温风的病床边很快就围满了医生,通通低头看着他。

霁温风弱小无辜又气愤:"不要以为你们戴着口罩,我就不知道你们在笑!"

最后等医生感受完深夜急诊室的快乐,把霁温风送了回去。

医生:"全身检查下来一切正常,没有问题。你看你现在只剩下眼皮跳了。"

霁温风:"我要投诉你们!"

医生用纸巾给他擦擦嘴角:"不要激动,不要激动,看你,嘴巴又抽歪了。"

霁温风在医院遭受了惨无人道的群嘲,决心回来把梁闻道给杀了!可是他进门搜了一圈,梁闻道已经不知去向,大概是闻风丧胆,有多远逃多远了。

此时陆容推门而入,霁温风眼皮一跳:"人呢?"

陆容一笑:"谁?"说着他默默地从冰箱里拿出一罐霁温风最爱的冰可乐,双手捧着,走到霁温风床前低眉顺眼地奉上,"喝饮料。"

陆容平日里总是冷冷的,此时这般模样,霁温风突然兴奋,迅速入戏:"哼,我不喝!"

"不喝?"陆容抬起头,眼中精光一闪,"啪"地拉开可乐拉环,徐徐站了起来，再也不掩饰自己的冷酷毒辣，"今天，你不喝也得喝，不喝也得喝！"

说着他一把捏住霁温风的下巴，把霁温风按进枕头里，灌起了可乐。

霁温风虚弱挣扎："不要啊！你放手！"

陆容灌完一瓶，霁温风打了个爽得要命的饱嗝，回头望着陆容："你……你！莫非我的征途就要在这里结束了吗？！"说着他翻过身，在床上挣扎着爬了两下，砰的一声倒在床上，"啊，我死了。"

陆容捂着嘴，露出笑容，默默地拉过被子，把霁温风小心妥帖地盖住。

霁温风撑起身："刚才梁闻道电我到底是……"

陆容一把将他按住："你已经死了。"

霁温风保持临死前的姿势重新趴好："好吧！"

陆容关上了灯。

我装什么老实，卖什么烧饼？！

第二天醒来，霁温风又是一条好汉，一刻都不消停，缠着陆容探听梁闻道的下落。

陆容打定主意打死不松口，在镜子前刷着牙。

霁温风跟他并肩在镜子前刷着牙，面目狰狞："那个人去了哪里？！如果不是他，我能被电到吗？"

陆容一脸惊诧地望着他："你昨天用手指碰到了插座，电麻了，我把你救下来送去医院，你竟然还冤枉我……你是被电出幻觉来了！"

霁温风怒不可遏："我要是手指碰到了插座，我都烧成灰了，哪儿来的什么幻觉，以后物理和英语一起补。"

陆容赶紧把他推出门外，然后砰的一声关上了门。

霁温风骂骂咧咧，回自己的房间里换好了校服，下楼帮烧饭阿姨把鸡蛋灌饼拿到餐厅里——布菜。

霁通看到霁温风破天荒地在给大家准备早餐，笑呵呵道："哟，今天怎么了？"

霁温风恨恨道:"鸡蛋灌饼两块钱一个。"

霁通:"……"

霁通找了一圈才找到两个硬币给他,霁温风恨恨地收下,揣进了校服裤兜里。

霁通忍不住按上了他的肩膀:"最近很缺钱吗?"

霁温风肌肉一僵,眼皮一跳,右手又忍不住鸡爪一样蜷起来。

霁通大吃一惊:"小风,你这是怎么了!"

霁温风生怕昨晚他跟陆容的事情撞破,强自镇定地对父亲说:"没事。"

两人吃完饭,坐上了老宋的车。老宋从后视镜里见到霁温风,就扑哧一声笑了出来。

霁温风想到昨晚的事,怒不可遏。不过他忙着找寻梁闻道的蛛丝马迹,强行控制着情绪细细盘问老宋:"昨晚,是你把我送去的医院?"

老宋低眉顺眼:"……是。"他扑哧一声笑了。

霁温风:"那也是你把我从陆容房间里背出来的?"

老宋:"是,二少爷打电话叫我上去背您。"他扑哧一声又笑了。

霁温风看了一眼陆容,陆容心中有鬼,但镇定自若。

霁温风继续盘问老宋:"那你当时有在我房间里看到一个男生吗?身高大概一米八,跟陆容差不多高,瘦得像根麻秆,穿西装,拎着个小箱子,头上还抹了发油。"

老宋想了想:"没有。"他扑哧一声又笑了。

陆容勾起一丝微笑。他喊老宋的时候已经把梁闻道藏在了窗帘后头。

霁温风暗自磨牙,扒着老宋的车后座继续发问:"真的没有?"

老宋:"我进去的时候,房间里只有您和二少爷。"他又扑哧一声。

霁温风缓缓坐回了车后座,面色凝重地跷着长腿,修长的眉眼冷冷扫了一眼暗中得意的陆容,发现他嘴角上翘的微妙弧度。

霁温风恼羞成怒,一把扣住他的下巴:"说,那个人呢?"

陆容淡然:"我说了,是你自己把手捅到插座里触电的。"

霁温风哦了一声,眼神逐渐变了。

陆容拂开他的手："饼卖完了吗？"

霁温风："没有。"

陆容："呵呵，没用的男人。"

老宋扫了一眼后视镜里的两个少年，忍不住发问："大少爷，我有一句话一直想问，为什么昨晚您会在二少爷的房间里？"

霁温风："……"

霁温风拿出了当家大少爷的派头："你当我没听见你今天每句话都笑场吗？好好开你的车！"

到了学校，霁温风连书包都来不及放，就到处找梁闻道。

梁闻道想竞选学生会学习部部长，正在别班拉票，身边围着一大群人说说笑笑。

今天梁闻道穿着新球鞋上学，引起全校轰动，人气飙升。

同学A："你脚上的这双，莫非是传说中的球鞋？！"

梁闻道装作不经意地动了动脚，低头看上一眼："嗯，好像是吧！"

同学B："我看过价钱，卖了我都买不起！"

同学A："不但买不起，而且有钱也买不到！学神不愧是学神！"

梁闻道呵呵一笑，云淡风轻："哦，这样吗？我也不太了解。"其实在网上刷了几百遍，他穿上恨不得倒立起来用手走路，"我这是别人送的。"

同学A："送的？有人送你这个？"

梁闻道不紧不慢地嗯了一声："他说，我要去参加全国奥数大赛了，他希望我穿着这双鞋上台领奖，为南城增光添彩。"

同学A羡慕嫉妒："学神不愧是学神！就连别人送的礼，都这么高端大气！"

同学B更加敏锐："一口气送那么大的礼，还拐弯抹角地说是鼓励学神拿奖，我严重怀疑这个人想追你！"

他这么一说，其他人立刻意识到了这一点，开始起哄。

"是谁豪掷千金追学神？"

"长得漂亮吗？"

"先不说长得漂亮不漂亮,这个豪掷千金的姿态和追人不倦的态度,我就觉得可以!现在的小姐姐都傲娇,需要人追,像这样低下身段的豪门大小姐,学神你值得拥有!"

梁闻道:"呃……"为什么画风突变?

可是画风已然突变到拐不回去了,八卦像潮水一样涌向四面八方。

"学神有老婆了,是个大小姐,长得漂亮又有钱,无怨无悔投资学神的科研事业!"

"学神什么时候把女神带来给我们瞧瞧?"

"什么时候结婚?什么时候生娃?"

"学神不愧是学神。成绩好什么都好,连终身大事都拿了满分,真不愧是天上文曲星下凡!投他投他!"

梁闻道:"……"

他原本想辩解几句,可是看到越来越多的人纷纷心悦诚服地把他填作"学习部部长",又把话咽了回去。

就当他有个豪门大小姐女朋友吧,这有效提高了他的知名度,还似乎完美佐证了"他学习很好"这一点,让他在竞选学习部部长时所向披靡!

反正没有人知道那双鞋是老大送他的,他就假装他有个豪门女朋友好了。

说曹操曹操到,陆容的电话来了,周围的人起哄:"是不是女神找来了?!"

梁闻道:"哈哈,哈哈哈……"

他偷偷接起,不太自然地喂了一声。

陆容:"霁温风去找你了,一口咬死昨晚你不在现场。"

虽然在车上蒙过了霁温风,但他知道霁温风不会善罢甘休,一到校必然先找梁闻道的麻烦,所以提前打了个电话通知梁闻道躲好。

梁闻道:"啊?"

陆容:"第一,他的 VIP 单子咱们不做了,退钱毁约是大丑闻,要当作无事发生;第二,你把他给电了你还记得吗?!自己做过的事都记

不得你可如何是好！第三，他一拳可以打死一个成年人。"

梁闻道悚然一惊，看着走廊尽头雳温风气势汹汹大步而来，清秀美艳的脸，却有偌大的拳头："他……他真的找上门来了。"

陆容："不用慌，拖住他！我让他以为自己出现了幻觉，他也不是很确定昨晚你电了他，手上更是一点儿证据都没有。你只要告诉他你昨天晚上待在家里，根本没有出过门就行了。"

梁闻道："我要是骗不过他怎么办？"

陆容沉吟片刻："那就对他说一句话。"

梁闻道："什么话？"

陆容厉声喝问："大郎，你的饼卖完了吗？！"

梁闻道黑人问号："啥？！"

陆容："对，只要说出这句话，就可以制住暴走的雳温风！"说完他挂掉了电话。

梁闻道看着已经走到他面前的雳温风，咽了口唾沫。

老大，真是个他想不透的男人，希望老大的沉睡魔咒管用吧……

众人正围着梁闻道恭喜他，雳温风单手拎着校服，迈着长腿，分开众人翩然而至，在梁闻道面前站定。

顷刻间众人鸦雀无声。

一贯慵懒的校草大人，此时绷着一张俊脸，寒意逼人，眼中杀气毕露。

梁闻道也是南城的风云人物，在这万人瞩目的时刻，绝不想被校草压倒半分。

他刚刚得到了老大的金口玉言，胆气也壮了，即便雳温风让人闻风丧胆，自己还把雳温风电了一下，但是他知道，老大说他没事，那就是没事。老大一定能保护得了他们所有人！这就是梁闻道从加入全员恶人组第一天起，就深信不疑的事！

是故梁闻道也打起十二万分的精神，不进反退，挺起胸膛，不失学神的气派。

校草与学神在大清早的走廊里针锋相对,眼神捉对厮杀。

一位走过路过的全员恶人李南边随手切到了《装甲重拳》,放起了拳台争霸 BGM(背景音乐)。

"你,昨天晚上在哪里?"霁温风摘下头戴式耳机挂在脖子上,姿势慵懒地拢火点烟。

梁闻道云淡风轻:"在家。"

"在家?"霁温风薄唇一动,叼着烟冷笑一声,"那我怎么在我家看到了你?"

梁闻道仿佛遇到的不是校草,而是校霸,可转念一想,我梁闻道才是校霸人员!他又鼓起勇气装酷道:"呵呵,我去你家干什么?"

"我也正想问呢!"霁温风略一歪头,眼神突然之间就变得像刀锋一样。

梁闻道:"……"

梁闻道一脸委屈,吃瓜群众纷纷帮腔。

同学 A:"霁班长,这恐怕是个误会,学神是有女朋友的,不会去你家的。"

同学 B:"是啊是啊,他女朋友是个豪门大小姐,人长得漂亮又体贴,跟学神天生一对。"

同学 C:"他女朋友还刚送了他双两万多块钱的球鞋,鼓励他去争夺全国奥赛冠军呢!"

霁温风闻言,身体一僵,低头扫向梁闻道簇新的球鞋——这明明是陆容在 G 城时跟他一起买的那双鞋!

他每天都在等陆容送给他,等得花儿都谢了,陆容竟然送给了梁闻道!

霁温风再抬头时双眼赤红如血:"你怎么会有……"

梁闻道急于撇清:"呃……球鞋?我女朋友送的。"

霁温风丢掉了手中的校服,将指尖的烟塞到嘴里,深深地抽了一口,然后突然拎起了梁闻道的领子:"谁是你女朋友?!"

梁闻道仿佛回到了被校霸团伙霸凌的凄惨童年,紧急时刻想起了老

大的脸，也想起了老大的谆谆嘱咐！

他在霁温风提拳的时候，吼出了那句沉睡魔咒："大郎，你的饼卖完了吗？"

霁温风揪住他领子的动作一顿，拳头也悬在半空中不动了，脸上写满了挣扎。梁闻道心中暗喜：哇，老大说的话果然对！这句话果然摧毁了霁温风的心理防线！

谁知道霁温风眼神涣散一瞬，又冷酷地看向他就要打向梁闻道！

此时此刻，陆容就隐在不远处的墙角，戴着帽子和口罩。

当音乐响起时，他就知道大事不好，连书包都来不及放，风一般循着李南边的 BGM，赶到了现场。

他先隐在墙壁后面，探出脑袋探查情况。因为他深知，作为三人修罗场中的核心，他此时若是出面，只会让场面更加混乱不堪。

现在一切都完美地按照他的剧本在走，如果他预计得没有错，霁温风就应该在此处纠结一番，最终丢下梁闻道，当众卖起了饼。毕竟他是这么爱演的一个人，他不会轻易做出违背他人设的事！

可霁温风根本不按照剧本走。

陆容眼中寒光一闪，他要保护他的组员不受霁温风的霸凌！

他再也顾不上隐藏自己，探出头去。

这时候，一双黑蓝相间的球鞋，映入了他的眼帘，刺痛了他敏锐的视神经！

啊，怎么会这样！

怪不得连演戏都阻止不了霁温风了，原来梁闻道穿了他送的那双球鞋！

说好的穿着这双鞋去全国奥数大赛上拿冠军为南城增光添彩的呢？怎么他第二天就穿出来装酷，还说是女朋友送的，你不下地狱谁下地狱！

陆容预感这事儿不能善了，只能自己出马，叫停发疯的霁温风。

但这样一来，他在人前是平平无奇的南城学生，其实是垄断整个南城的学生，而且还是霁温风的小跟班的事就会不胫而走，导致他整个大学生涯在此崩塌。以后不论是哪一种人生都不会好过了！

可是"爆马甲"事小,他绝对不能让他的组员,因为他的原因被人给揍了!

陆容缩回了脑袋,做了几次深呼吸,决心走出墙角,迎接他的宿命!

"你在这里……干什么?"金梦露背着书包,一脸蒙地望着他。

陆容眼睛一亮,这不是他们仅有的几位 VIP 至尊客户吗?

陆容:"金梦露?"

金梦露看他的眼神仿佛看着变×:"你认识我?"

陆容:"你是不是购买了价值 5999 块的 VIP 至尊服务?"

金梦露倒退一步:"莫非你就是那个……恶人?!"

陆容:"呵呵!现在需要你帮个小忙,只要你答应,我就免费赠送你一年的 VIP 至尊服务。"

金梦露大吃一惊:"我退货都来不及!"

那个私人教师每天叫她做题,二十四小时不间断讲解知识点,随时抽查,同步跟进,她感觉她还不如老老实实去上学。

陆容足智多谋:"那给你缩短一半服务时间,期中考试完了就中断套餐服务。"

金梦露把书包一扔,义不容辞:"让我干什么,说吧!"

陆容扶住了她的肩膀:"你假扮一下学神的女朋友,并且一口咬定他的球鞋是你送的。"

金梦露:"啥?"

陆容领着她转身,金梦露就像一颗小炮弹一样冲进了霁温风和梁闻道的中间,堪堪撞上了梁闻道的胸膛!

梁闻道正被霁温风拎着领子要挨揍,疯狂解释:"这真是我女朋友送的!"

霁温风叼着烟,冷笑一声:"你哪儿来的女朋友,姓甚名谁?年方几何?家在何方?!"

梁闻道:"我……我……"

他可以解开一切复杂的数学题,却无法在霁温风强烈的压迫之下编

出一段感人肺腑的爱情故事！

就在这时候，一个女孩像炮弹一样冲向了他的胸膛！

霁温风一愣，赶忙收手："你是谁？！"

金梦露与陆容对了一下眼神，毅然决然地鼓起勇气挺起胸膛："我……我就是梁闻道的女朋友！"

霁温风："……"他竟然真有个女朋友！

梁闻道："……"我竟然真有个女朋友！

周围看客窃窃私语。

"这不是（6）班的金梦露吗？没想到！她看上去平平无奇，竟然钓上了学神！真是人不可貌相！"

"不要这么说嘛，金梦露也是个大小姐啊，不然怎么出手豪阔，一送就是两万块的球鞋！"

"我本来以为学神爱上的女人应该更聪明一点儿，听说她学习成绩很差呀……"

"这你就不懂了。学神是不可能爱上另一个学神的，不然考试总是比老婆好，老婆会气跑。学神都喜欢傻瓜！"

"有道理有道理……"

霁温风愕然地松开了手，拍了拍梁闻道的衬衫："对不起，给你道歉。是我太傲慢自大，以为你都是骗我的。"

梁闻道逃出生天，整个人都是虚的，干笑道："我骗你干什么……"

南城大学，不会好了

沈御昨天夜里刚到S城，连觉都没睡过又被撵来上课，思来想去要把霁温风和陆容给痛殴一通才解气。

他一身戾气地上第一教学楼的三楼走廊，正巧撞见霁温风拎着梁闻道要揍，清丽的脸庞，偌大的拳头。

沈御识时务地停下了脚步，记忆的闸门打开，回忆起了被霁温风支配的恐惧。

他心想：我沈御是个有素质、有文化的人，犯不着跟这种人计较。

如此想着，他便脚尖一转，转身就走。

刚巧旁边有人出声："这不是沈御吗？前面（1）班的两个同学打起来了，你能不能帮忙把他俩扯开？"

沈御战狂的名声，在南城无人不知、无人不晓。

沈御当然是想当场拒绝，可他转念又一想：我要是拒绝，别人会不会以为我看到霁温风就绕道？虽然我确实是这样做的，但是我决不能留下畏战的把柄！

于是，他决定淡淡地装酷。

沈御手插裤袋，邪魅一笑："打架？那不是很好吗？"

"啊，你要跟他们一起打？"来人倒吸了一口凉气。

沈御：啊，你不要胡说八道，霁温风一拳能打倒一个成年人！

不远处，霁温风拎起校服潇洒地丢在肩上，转身朝沈御走来。

沈御浑然不知，背对着霁温风插着裤兜，依旧淡淡地装酷："像这种菜鸡，我才不感兴趣。"

"菜鸡？"背后响起霁温风冷酷的声音。

一旁的小同学告状："霁公子，沈御刚才说你跟梁闻道打得好，打得妙，但是不够激烈，他都不屑跟你们混战。"

"哦？"霁温风把校服一扔，按了按指骨，"你想要多激烈？"

沈御深沉地从裤袋里摸了颗烟，又深沉地点上："都是误会。什么打架？我已经对打打杀杀厌倦了。看到这个了吗？"他把手腕递过去，晃了晃上头偌大的黑金核桃，"我每天摸着这个念南无阿弥陀佛千千万万遍，谢谢！"

"你刚才不是这么说的。"小同学疯狂拆台。

霁温风冷冷地一掀眼皮，用眼神询问他什么意思。

沈御疯狂冒汗："那个……我没说打打杀杀，误会了误会了，我说的是公平竞争。"

"你要竞选学生会主席？"霁温风一挑眉。

沈御身子一颤，徐徐吹了口烟。

什么学生会主席，根本不在他的人生计划当中，但是为了活下去，只能霁温风说什么就是什么："你别看我这样，我也是有野心、有抱负的。"

霁温风脸色微变，饶有兴趣地望着沈御的后背。

"沈御。"背后响起了诸仁良魔鬼般的声音，"你竟然在教学楼里抽烟。"

话音刚落，沈御就被诸仁良拎着衣领叫走了。

霁温风抓起地上的校服外套拍了拍，回到了（1）班教室。

梁闻道今天早上经历了云霄飞车般的人生体验，从要被揍，到有女朋友，这体验犹如过山车。

梁闻道勇敢地站在（6）班门口。

（6）班的人全兴奋了。

要知道，他们（6）班所有人都平平无奇，脑子不太好使，全班第一也只能在全年级考四五十名，向来被文理科实验班看不起。

可是现在，南城学神梁闻道，站在走廊上焦虑地等他们（6）班的姑娘！

这是一个伟大的胜利！

英雄难过美人关，他们（6）班靠美貌战胜了智慧！

文静低调的金梦露成了全班的焦点，同学们殷切地望着她，用眼神、手势和语言鼓励着她："去啊！快去啊！"

金梦露："……"

"金梦露，此时此刻站在门外的人，可是南城的学神，（1）班的学习委员，如果我没有料错，他未来还有可能成为我们的学习部部长！你做了他的女朋友，可以为我们班带来多少好处？你难道没有一点儿班级荣誉感吗？"（6）班班长超喜欢给人说媒，此时义正词地试图说服金梦露。

金梦露默默地叼着自己的pocky（一种日式零食），翻了个大大的白眼："……"

（6）班班长脸色一寒："那你是不愿意了？"

金梦露："……"

班长抬手，挥了挥两根手指头，叫了几个男生在垃圾角里一人捡起一把扫帚，气势汹汹地围住了金梦露。

班长:"来人,把她架出去!"

金梦露被男生们推出了教室,关上门堵上后路:"……"

梁闻道看着眼前娇小文静的姑娘,脸上扬起了和蔼可亲、儒雅随和的微笑:"为了表彰你在霁温风进击之时立下的汗马功劳,我决定给你一个机会,跟我在一起。"

金梦露:"谢谢,不用了。"

梁闻道:"要的要的。"

说着他抬起大手,摸了一下她的头。

金梦露:"不是的,是有人叫我来救你的。"

梁闻道:"我知道,那个人,就是你的心!"

金梦露:"……"

梁闻道深深地望着她。

在那种危急时刻,愿意挺身而出,假扮他的女朋友,以血肉之躯挡在霁温风的铁拳之下,他已经深深地被金梦露折服了。他知道,喜欢他的女生有很多;但不知道,有人可以爱他爱得连命都不要,还长得很可爱!

梁闻道原本已经打算跟数学、物理、化学、生物共度余生,现在他打算把金梦露变成自己的女朋友!

金梦露用凡人之躯,谱写了爱的赞歌!梁闻道愿意给她这个殊荣,让她成为神的女人!

梁闻道:"从此以后你就是我的女朋友。有什么事情找我,这是我的QQ号和微信号,来扫一下。"

金梦露不想扫。

(6)班的男生在他俩进行交涉的时候一直手握扫帚、拱卫在金梦露身后,此时班长一声令下,他们的扫帚,对准了金梦露。

金梦露被六根扫帚围着,只好默默地从口袋里掏出了手机,跟梁闻道互换了联系方式:"……"

梁闻道:"好,进去吧,中午我接你去吃小鱼饼。"

金梦露:"……"

梁闻道使了个眼色,(6)班班长命令男生们放开一条路,让金梦露

回教室。

"等一下。"金梦露突然听见背后的天降男友发话了。

她回头，看着梁闻道手插着裤兜一脸高傲地站在阳光里，干净、高挑、瘦瘦的，像初恋之人。

他张嘴，温柔地说："你的头发该洗了，有点儿油。"

金梦露："……"

去死吧！

金梦露回了教室，立刻去陆容那边告状。

金梦露：学神误会了，现在怎么办？

陆容：都是我的错，我给你道歉，我保证他以后不会再骚扰你。

金梦露：慢着。

金梦露：我可以假扮他的女朋友，只要你把至尊 VIP 服务再缩短一半，怎么样？

陆容：不可以。这样，学神只得到了虚假的初恋，我不允许你骗他。

金梦露：他原本连虚假的初恋都不会有。

陆容：……

陆容：到时候两个月到了，你抽身他会伤心。

金梦露：呵呵，初恋能谈两个月？

陆容：你说得对。你们开心就好。

金梦露收回了手机。为了摆脱那个疯狂给她补课的定制教师，她从一个天真的少女，变得心机叵测、不择手段的人！

从这一刻起，她不再是原先的金梦露了。

梁闻道等女朋友进门了，跟（6）班班长握手："谢谢兄弟！请帮我照顾好我的女朋友。"

（6）班班长激动地握着他的双手："应该的，互惠互助。对了，我们（6）班只有一个人有机会竞选学生会干部，梁兄能不能帮我们照应一下？"

梁闻道："可以啊，谁？"

（6）班班长招呼邓特："我们全班在其他项目上都不行，就指着他了。他是我们班的独苗，要去竞选体育部部长，梁兄能不能带着他一起拉票？我们脑子笨，也想不出什么扩大影响力的办法。"

　　梁闻道和邓特仅剩的右眼一对视：嗯，是自己人的信号。

　　梁闻道装模作样地说道："可以啊！兄弟你叫什么名字？"

　　邓特酷酷地说道："邓特。"

　　梁闻道拍拍他的肩膀："好，有我一票就有你一票。"那眼神分明在说，我不行了还有老大，不用担心。

　　邓特酷酷地点点头。

　　这时候，沈御抓着手机摸到了（6）班门口，一看这么多人堵在门前，抬头问道："请问'冷冷的冰雨'是哪位？"

　　邓特酷酷地说道："是我。"

　　沈御走到他面前，正色道："教练，我想学打拳！"

　　今天一早，自己想挑战霁温风却临阵退缩，最终被诸仁良拖走的事情，终于让沈御大彻大悟：他不是输在太胆怯，而是输在不够强！沈御想起了霁温风曾经给他推送的名片——拳王冷冷的冰雨！

　　沈御心中叫嚣着想学打拳的欲望，也想一拳一个成年人，这样他才有跟霁温风平起平坐的资本。

　　邓特："哦，晚上跟我去拳馆。"

　　沈御："是！"

　　沈御离开以后，邓特和梁闻道同时收到了陆容的微信：中午全员恶人组开会。

　　两人对视一眼，老大有大动作。

　　而沈御亦是在微信列表里翻到了"恶人"的对话框，回忆起了被陆容糊弄的耻辱。

　　"这一切根本不是霁温风的错，我应该揍陆容。"沈御聪明地想。

　　他决定今天中午就把那个问题学长堵在哪里打一顿。

第 九 章
全员恶人组高端财富论坛！

中午，全员恶人组在（12）班旁边的空教室里开会。

陆容端坐上首，修长的双腿交叠，以一种慵懒的姿势靠在椅背上，沉沉的眼神——从颜苟、李南边、邓特身上掠过，最后停在不停傻笑的梁闻道身上。

颜苟用手机打了一行字，他傻了。

陆容深深地看了一眼梁闻道，没有追究。梁闻道今天被霁温风威胁，受了惊吓，陆容为此事深感愧疚。会议上又有大事要宣布，他也顾不上指责梁闻道笑得没有一方校霸的威严。

"今天开这个会，主要有三个议程。第一项，是由李南边汇报一下球鞋代购产业链组建情况。"

李南边起身，清了清嗓："上个礼拜，我们尝试了第一批球鞋代购业务，总计四十七双，盈利一万零四百二十三块，产业链基本搭建成功。G城地区办事处成员刘斐供货稳定，校内订单不断，只不过……如果业务量持续增长，我们就需要仓库囤货。"

"仓库的事我会解决。做得不错。"陆容带头鼓掌。

颜苟、邓特、梁闻道端坐在位子上，挺直了脊背疯狂鼓掌。李南边谦虚："都是大家的功劳。"

教室里充满着发财的气氛。

陆容抬手，鼓掌声戛然而止："第二项议程，是目前即将召开的学生会换届选举。这是南城的大事，如果利用得好，也将成为我们全员恶人组的大事。"说着，他仔细审视着他的组员，"说说吧，你们有什么想法？"

梁闻道第一个举手。

陆容："说。"

梁闻道："我们可以自己去参选，打入学生会内部，从此以后带领我们全员恶人组再创辉煌！"

陆容悠长而矜持地嗯了一声。

梁闻道："不瞒您说，我已经开始执行这个项目。我申报了学习部部长，帮邓特申报了体育部部长。通过我的游说，争取到（6）班的结盟，将和邓特共同进退，还从中赚了一个女朋友！"

众人："……"

全员恶人，全员单身狗，此时忽闻梁闻道脱单，不禁都骚动起来。

陆容假装没有听见最后一句话，沉声道："你的校园知名度高，名声也不错，竞选学习部部长应该问题不大。不过邓特嘛……"说着他将目光投向了邓特。

邓特被老大盯了，赶忙挺胸抬头，撑开了庞大的胸肌，清秀的脸庞却微微发红，眼神害羞地闪躲。

陆容用估量的眼神盯了邓特半晌，修长的双指敲击着桌面："还有谁有其他想法？"

李南边跷着二郎腿："我觉得学生会竞选的过程当中，就有油水可以捞。"

陆容："怎么个捞法？"

李南边："咱们可以帮人竞选啊！"

陆容不动声色地道："说。"

李南边："咱们学校的学生会竞选，都是先申报，然后录竞选视频，全校循环播放。等大家把竞选人认得差不多了，再在'竞选日'把宝贵的选票投入竞选箱里。时间够久，流程相对来说公平公正。我参考了M国大选的一些操作，觉得可以移植到学生会竞选当中。比如说，形象设计、背景策划、户外广告投放、网络造势……"

颜苟眼前一亮，连忙打字道：营销这一块儿是我的专长，我可以做这个。

李南边点点头，激动地道："我们可以组成专门的团队，服务于候选人，帮助他们提高知名度，拓开优势，也努力提升群众的投票积极性，最终达到拉选票的效果！我们再趁机从中收费！"

陆容长长地嗯了一声，给了李南边一个赞许的眼神，不愧是李南边，他最得力的左右手，这几年也从自己身上学了些东西。

他从文件夹里拿出一份行政命令，标题是《关于全员恶人组在学生会竞选期间的工作安排》，分别发给梁闻道、李南边、颜苟和邓特。四人双手接过，如蒙圣眷地看了起来。

只见工作安排分为两大块，以梁闻道、邓特为核心的"学生会渗透派"，以及以李南边、颜苟为核心的"竞选团队派"。

这份文件竟是跟刚才两方提出的动议分毫不差！

上首的陆容淡然地道："大家说得都很好。我的想法是，自己去竞选，和扶植他人去竞选，两手都要抓。这其中，又以建设一支强大的竞选团队为重。为什么呢？试想，如果我们能扶人上位，那我们自己人，抬着轿子就上去了；其他的竞选者，谁上去对我们有利，我们就挑谁。"

李南边一拍桌："我懂了！"

见陆容噙着一丝肯定的笑意，李南边深受鼓舞，向其他兄弟科普："M国的总统候选人，需要大量的资金来参加竞选，这个资金来源于大财阀的政治献金。拿了财阀的钱，上位以后就要出台有利于财阀的法律法规。"

梁闻道一点就通。

陆容对他们的头脑深感欣慰。

梁闻道、李南边："老大英明！"

陆容："道长路远，同志还需努力，李南边今天写个策划案，想想怎样组织一起成功的竞选，发到我的邮箱，我做完作业回。"

李南边："是！"

颜苟一直在旁边做会议纪要，见讨论得差不多了，询问陆容要不要进入下一个议程。

陆容几不可见地点点头，神情严肃起来："接下来，我要宣布一桩组内的人事变动。"

热烈的气氛瞬间转凉，众人都停下了手中的笔，面面相觑。

他们全员恶人组，统共就五个人，梁闻道、李南边和颜苟是在高中时期就跟着陆容的老班底，哪怕是邓特，以前也是前校霸学长的手下，隔壁"打架部门"的精英。

数来数去就这么四个人，跟着老大混得吃香喝辣，争相为校霸团体燃烧自己都来不及，没听说谁要走，怎么有人事变动？

陆容在众人疑惑的目光中，缓缓放下了交叠的双腿，微微敞开，双肘支在膝上，神情肃然地宣布："我将辞去全员恶人组领导职务，退出校霸团体。以后全员恶人组，由你们四人联合主持！"

这消息恍如平地一声雷，炸得大家好一会儿愣在那里，说不出话来。

李南边率先回过神："容容，发生了什么？！"

陆容闭上眼睛摇了摇头："我恐怕难以再带领着大家走下去了。"

梁闻道噌地站了起来："老大，您怎么能这么说？！"他执起手中的《关于全员恶人组在学生会竞选期间的工作安排》，"这样通过垄断竞选从幕后控制学生会的天才想法，除了您，又有谁能想得到？我们全员恶人组的曙光已经在天边闪现，您在这个时候退出，我们将陷入黎明前的黑暗！"

颜苟忙不迭点着头，转过他的手机，屏幕上只有一句话：我要说的跟他一样。

陆容望着这群自己一手带出来的校霸，沉默良久，幽幽地叹了口气："你们都不缺想法，也不缺执行力。就算没有我，你们坐下来开会、商讨，也能把全员恶人组维持下去。"

李南边看出了陆容眼里闪动着的纠结与遗憾："容容，究竟是为什么，让你想放弃？！"

陆容意味深长地看了一眼梁闻道："我会给大家带来灾祸。"

今天早上，霁温风差点儿把梁闻道给打了，这件事给了陆容很大的冲击。

自从霁温风走进他的生活，他就希望把一切变数降到最低，没想到这个简单的愿望，会给组员带来灾难性的影响。

全员恶人组的任何一个人，都不仅仅是他的下属，还是他的好兄弟、好朋友、铁哥们，他绝不想给他们带来麻烦。

而且一旦什么事情牵扯到霁温风，只会把事情搞大，弄得尽人皆知。

全员恶人组虽然没有校园霸凌，但是他们在学校内大肆敛财是不争的事实，一分税都没有缴，游走在灰色地带边缘！一旦他们所做的事情全部被曝光，极有可能受处分甚至退学。陆容素来行事小心，不肯拿全员恶人组去冒险。

综合考虑以后，他认为在无法摆脱霁温风的情况下，远离全员恶人组是最好的选择。

"我跟霁温风之间产生了一些不可调和的矛盾，梁闻道，你应该已经看出来了。"陆容坦言，"情况非常复杂，一个处理不慎就有可能满盘皆输。我不希望拖累你们，所以退组，希望以后你们可以在没有我的情况下，把全员恶人组好好维持下去，不要让我的心血白流。"

梁闻道回忆了昨晚接私单、撞见老大和霁温风在一起、今早又被霁温风揪着领子的事，心里大概明白了这个所谓不可调和的矛盾是什么："如果是因为霁温风揍我的事，老大大可不必自责！霁温风虽然差点儿揍了我，我也为此找到了一生挚爱！福兮祸之所伏，祸兮福之所依，顺其自然！"

李南边不明所以："要是因为霁温风那小子盯上了你，我们更应该同心协力，把他干翻，哪儿有让你一个人去面对的道理？"

颜苟：我要讲的跟他俩一样。

"没有你，就没有我们。"整场大会没有吭过声的邓特站了起来！

正打算要揍一顿陆容出出气的沈御，到处找人，得知他去了（12）班隔壁的空教室，气势汹汹赶到门外，定睛一瞧，为什么陆容面前站着这么多人？其中还有一个他新认的打拳教练邓特？

他打听了一圈，邓特外号闯王，素有好战之名。作为霁温风的教练，他起码一拳可以打翻两个成年人。而邓特站在陆容一边。

沈御迅速在脑内换算出陆容的战斗力，脚步一顿，脚尖一转，一脸无事发生地离开。

他打不起打不起，南城的战力体系膨胀了膨胀了，他战狂沈御竟然谁都惹不起了……

陆容一说要走，全员恶人组"大哥""不要走""带我走"的声音此起彼伏。

陆容心里说不难过是假的。但是为了大家的安全他只能出此下策，陆容想到这里，闭上了双眼，心意已决。

四大恶人眼看此事难以转圜，交换了一下目光，李南边从裤兜里掏出他的蓝色蓝牙音箱，开始外放音乐！

事已至此，只有音乐的力量，才能打动老大的心了！

他们四个其实不但在上班时间努力冲业绩，还在业余时间里，跟随着李南边一起组了个乐队，当然是半强迫性质的。

上回陆容的生日，四大恶人就高歌一曲，为陆容带来一首《我不做大哥好多年》。

生日当天，陆容一个人坐在KTV包间里，双手扶着膝盖坐得端端正正，看他四个手下在对面拿着话筒分四个声部献歌一首。

他万万没想到，除了《我不做大哥好多年》，他们还排练了其他歌曲。

此时此刻，就有一首十分应景，四大恶人对视一眼，李南边毅然决然切到了伴奏！

一瞬间，雄壮的音乐突然飘扬在空荡荡的教室里！

陆容瞳孔一缩。

只见四大恶人一边放声大唱，一边握手成拳行礼，神色是前所未有地庄严！

站在陆容的视角，就是有人缓缓把自己包围起来，即使他贵为校霸之首也不禁扒着椅子蹲了上去。

陆容终于顶不住了："够了！别开腔！我答应你们。"

四大恶人眼含热泪地闭上了嘴，互相传递着采茶舞女般纯粹的喜悦之情："啊！老大答应了！老大会留下的！我们终于又有老大了。"

李南边凝重地按了暂停键："这就是音乐的力量。"

陆容："……"

这个时候，隔壁（12）班的纪律委员走过来敲了敲门板："隔壁在午间休息，很多人要谈恋爱的，不要再唱歌了好吧？"

全员恶人："哦。"

陆容既然退位没退成，也就不再扭捏，实话告诉组员："以后离霁温风远一点儿，我跟他有……"

四大恶人伸长了脖子，侧耳倾听。

李南边从陆容的不可名状中意识到了情况的复杂，循循善诱道："老大，你就说吧，他到底是敌是友，我们遇到他，是打他一顿还是咋办？"

邓特酷酷地说道："不可。"说罢邓特扫视众人，"他是我徒儿，你们打不过他。"

李南边从善如流地点点头："哦！那他到底是敌是友，我们遇到他，是找邓特打他一顿还是咋办？"

"不，躲远一点儿，能躲多远躲多远，把他交给我。"陆容眼光一寒，"他是一个危险的人物，不出所料的话，也会在接下来的学生会大选中获胜，成为我们的学生会主席。财权兼备，还长得好看，这种角色，请把他交给我。"

四大恶人："……"

陆容："我是说他有权有势武力值还高，我不下地狱谁下地狱。"

四大恶人恍然大悟，坐在一边齐齐鼓掌。"不愧是老大""敢为天下先""老大真有牺牲精神"等拍马屁的话不绝于耳。

陆容："总之，霁温风，我来应付。你们则恪守三原则：第一，目中无霁。以后再看到我俩有接触，不要大惊小怪。第二，禁止接触。在外面尽量小心，千万千万不要让人看出我们很熟，有事微信聊，要把自身安全放在第一位，绝对不要暴露全员恶人组存在的事实。第三，闭嘴不谈。我和他的事目前只有你们知晓，闭上自己的嘴。"

四大恶人："明白！"

陆容对兄弟们袒露了一部分事实，心中一松，幸好他在组内积威甚重，小弟们都唯他马首是瞻，也不问什么有的没的，不然这一关还真不好过。

就在他以为搞定了"一方校霸给校草当小跟班儿"一事败露的危机时，霁温风突然发了一张照片给他，是那双球鞋的宣传照。

霁温风：我记得你在 G 城买了这么一双鞋。

陆容：嗯！

霁温风：打算什么时候送我？

陆容：谁说我要送你的？

霁温风：不送给我，就是送给了梁闻道。

陆容：梁闻道那鞋不是他女朋友给他买的吗？

霁温风：梁闻道今早才公开关系，和（6）班的金梦露成为情侣，此前学校里一点儿风声都没有。你又是（8）班的边缘人物，且不在现场，你怎么会知道得那么清楚？

陆容喉间一哽，霁温风都开始跟他玩心理战了？！

霁温风：我怀疑梁闻道的鞋，就是你给他买的！而他的女朋友，是你为了骗我故意在大街上捡来塞给他的！

陆容咬牙切齿：霁温风，你真是有被害妄想症！

他回头暗自啧了一声，竟然猜得与他的诡计一般无二！

霁温风：所以，那双鞋你什么时候送给我？

陆容：今晚。

陆容收起手机，冷冷地想：霁温风越来越强了。

在他消灭一切罪证的时候，霁温风还敏锐地识破了他的计谋，真是不好骗啊！他叫住了散会以后跟在最后头的梁闻道："放学以后把鞋子脱了交给我。"

梁闻道恨不能抱住自己的鞋："这是我女朋友买给我的！"

陆容大怒，为什么他和梁闻道合伙骗霁温风，霁温风还没上当，梁闻道把谎言重复一千遍就信以为真了？！

陆容攥住了他的领子："这鞋是谁买给你的，你自己心里不该是最清楚的吗？！"

梁闻道："……"

"按我说的做，过几日就还你。"陆容冷冷丢下一句话，转身离开。

他自有办法给霁温风弄双新的，到时候再把这双还给梁闻道。

梁闻道："那我怎么回家啊？！"

陆容微微一转头："上次秋游我穿走了最后一双拖鞋，等会儿来我教室取。"

梁闻道当天晚上是穿着白袜子，套着水晶色紫色蜂巢款老奶奶凉拖，推着自行车回家的。

因为鞋袜搭配太过诡异甚至都没有去撩自己刚交到的女朋友。

陆容背着梁闻道的鞋坐上了车。

霁温风早就恭候已久："我的鞋呢？"

陆容："在家。"他顿了顿，委屈道，"本来想趁我们认识一百天送给你的。"

霁温风理直气壮地抬表一看："认识三十三天为什么不送？"

陆容："……"

你这纪念日选得未免有点儿过分了。

霁温风："送。"

陆容："知道了。"

霁温风去闹老宋："开快点儿。"说完他意味深长地瞥了陆容一眼，"我回家就要看到。"

陆容："……"

回到家里,陆容借口去房间里取鞋子,闪身进门打开了书包,掏出鞋子看看。

虽然梁闻道穿着鞋子,恨不得倒立,但是鞋子上面还是有了些许磨损和污渍。

这些倒还罢了,不细看看不出来,最关键的是,梁闻道的脚有点儿臭。

陆容:"……"

霁温风保准一眼就看出这鞋已经被人穿过了,进而联想起是梁闻道。

自己得做点儿什么,趁霁温风不注意把鞋子给他套上,然后指责是他的脚臭!

陆容微笑着点点头,此计甚妙。

不过该怎样让霁温风的注意力不放在鞋子上呢?

陆容灵机一动,有了主意。

他打开衣柜,拉开裤架,望着其中一条黑色西装裤,眼中精光一闪。

"你的鞋呢?"霁温风等得不耐烦了,在门外敲了两下。

"马上就来。"陆容在镜子前理了理自己的黑领带。

"如果已经送给了别人,我劝你早日坦白,这样,早死早超生。"霁温风朗声道。

话音刚落,陆容拉开门走了出来。

裁剪得体的黑西裤,包裹着修长笔直的双腿。上面是穿戴整齐的白衬衫、黑领带,一丝不苟的发型,以及简单的金边眼镜。陆容清冷地看着霁温风,手上托着一个鞋盒。霁温风闻到了他身上清爽迷人的木调香味。

"先生。"陆容淡然上前,脊背笔挺,"您要的鞋已经到货了,我来为您……"

"亲自穿上。"

史上最强卖鞋小哥

"先生这边请。"陆容把手一伸,彬彬有礼地请他上床。

霁温风一动不动地盯着陆容，走到床边，摸不着北地坐下。

陆容放下鞋盒，慢条斯理地拆掉包装，不动声色地把鞋子捧到身前："先生，这是我们这儿唯一一双，您先检查一下。"说着他摆动着手指，向霁温风展示鞋子的方方面面。

霁温风全程没有看鞋，只目光灼灼地盯着陆容的手指。

陆容的手指过分纤细、白皙，指尖泛着健康的粉色，他灵活地拨弄着鞋子。

陆容不紧不慢地把鞋展示完，淡淡地一抬眼："先生觉得怎样？"

霁温风眼神变深："你们这里，都是这样卖鞋的？"

"是的。"陆容波澜不惊地站起来，从口袋里掏出一双白手套，抖开，当着他的面斯斯文文地戴上，"先生，接下来，我帮您换鞋。"

霁温风晕晕乎乎地被脱掉了鞋子，猛地惊醒过来，他还没洗澡："……等一等，接下去我自己来就好。"说着他伸手就朝鞋子探去。

陆容把摆在一旁的鞋往身后举重若轻地一拨："客人。店里有规定，这双鞋价格高昂，只准看不许摸。您要试鞋，只能我给你穿。不用害臊，放松享受就好。"

"……好吧！"霁温风坐回床边，等着陆容服侍他。

等霁温风穿好鞋子，陆容清冷地直起身，摘掉了手套："客人站起来走一走。"

试完鞋后，霁温风懒散地说："就没有多的鞋了吗？"

陆容慢条斯理地说："没有。"

陆容低头看鞋子，眉头一蹙："怎么多了划痕和污渍？"眼神像刀子一样，刺向霁温风。

霁温风："……"

霁温风："可能是刚才剐蹭了吧！"

"哦，是吗？"陆容沉默良久，突然冷笑一声，"你说，这可怎么办？"眼神一眯，斯文败类的气质显露无余。

霁温风智商狂掉："我再买一双新的赔给你……"

"不……"少年轻声，"……是赔给你自己。"

陆容可惜地说:"客人……脚臭。"

霁温风:"……"

陆容施施然起身离去,替他掩上了门,轻而易举地化解了危机。

陆容收拾完霁温风,刚走到房间里就接到了梁闻道的电话。

梁闻道:"老大,鞋什么时候还给我?"

陆容:"很快。"

霁温风刚答应了要买一双赔给他自己,等霁温风的新鞋子到货了,陆容就把那双穿过的给梁闻道。

陆容再一次把家事、组事、天下事安排得明明白白,脸上流露出强者的微笑。

王秀芳照常在傍晚六点钟进少爷们的房间里收衣服。

往常这个时候,大少爷都在洗澡。王秀芳走流程地敲了一下门,就推门而入。

没想到,她迎头就撞见大少爷捧着一只鞋在闻!

王秀芳:"哦?"

霁温风伸出手:"不是你想的那样!"

王秀芳:"……"想不到你是这样的大少爷。

王秀芳眼观鼻、鼻观心地进浴室拿了换洗衣服,出来的时候,霁温风挡在门前,眼神闪烁:"王姨。"

王秀芳:"唉。"

霁温风:"你老实回答我一个问题。"

王秀芳:"嗯。"

霁温风:"我的脚,臭吗?"

王秀芳矜持地抱紧了自己的洗衣篓:"别看我是这样子一个不正经角色,我真的没有背后偷偷闻你们的臭袜子。"

霁温风:"……"

霁温风递出了鞋:"你来鉴定一下,这个算脚臭吗?"

王秀芳:"滚。"
王秀芳抱着洗衣篓,骂骂咧咧地走了。
走了几步,她怒而回头:"真的很臭,站在一米开外味儿都飘过来了!"
霁温风手中的球鞋掉落了。
他"扑通"跪地:"怎么会这样……平时明明没有那么臭的……"

陆容第二天早上上学的时候,在过道里撞见了霁温风。霁温风狠狠瞪了他一眼,恼羞成怒地走了,都没有理睬他。
后来在车上他也环着手臂,一声不吭。
陆容瞄了他两眼,故意把脸别过去不作声。
这是怎么了?
"喂。"陆容叫了他一声。
霁温风哼了一声,依旧看着窗外。
陆容:"……"
这是怎么惹到他了?
两人就这样一路沉默地到了学校,分道扬镳。
老宋看着平日里每天都在后座闹腾的两人突然冷战起来,不由得啧了一声。

第十章

备战,学生会竞选

陆容走到教学楼,觉得今天早上的氛围很不正常,就像秋游那天早上,整个学校嗡嗡嗡的,还有人兴奋地跑来跑去,不知道大家都嗑了什么,这么兴奋。

他低头敛目地走进教室,教室里全是交头接耳的声音。

"这个职务到底是怎么回事……"

"会长的助理,嘿嘿……"

陆容汗毛倒竖:怎么这么快传得人尽皆知?他还没有做好准备呢!

他正蒙在原地,方长一把搂住了他的肩膀。

陆容眼神斜向他:"别碰我。"

方长正色道:"陆容,我要结婚了。"

陆容:"……啊!"

"什么话。"方长把学校新近散发的通知递给他,"是和我的小助理。"

陆容扯过来一看,"近日,校委会经过商讨,改变了学生会的编制,特增加'学生会主席的助理'这一职务,望有志之士争相报名参选……"

方长按下了薄薄的通知书："我马上就会变成学生会主席。学生会主席的助理，也就是我的小助理。她一定温柔可人、聪明伶俐，胸还很大，是个黑长直。"

李南边路过："那这跟陆容又有什么关系呢？"

"我结婚他得出份子钱啊！"方长发出了魔鬼的声音，"李南边，你也跑不了！全班都跑不了！"

李南边打开蓝牙音箱，播放诸葛亮痛斥王司徒的视频：我从未见过如此厚颜无耻之人！

陆容攥着通知单，陷入了沉思。

众所周知，除了方长，学生会下任主席是霁温风。

学生会主席的小助理一职，也是因为霁温风为了跟他公开亮相所设立的。

所以这个该死的职务为什么开始公开招聘了？！霁温风说好的内定呢？！

陆容微微磨了一下后槽牙：该死的霁温风，是想以此来要挟我吗？

谁稀罕当学生会主席的小助理。

陆容把通知单团成团扔进纸篓里。

他就是死了，从这里跳下去，也不会去竞选小助理！

霁温风走到教室里，发现今天气氛不对。

女生们看他的眼神都跃跃欲试，男生们看他的眼神都羡慕嫉妒，或者跃跃欲试。

他走过时，男生们都把手放在他的肩头："好样的。"

"真不错啊！"

"承载着我们的意志，做成我们梦想中的事情吧！"

霁温风："……"

难道他跟陆容是兄弟的事情暴露了吗？

直到他放下书包，才发现了课桌板上的薄纸：《关于增设学生会主席助理一职的通知》。

霁温风瞳孔一缩：不会吧……

前两天，他的确拜访了诸仁良，委婉——可能也没有那么委婉——地跟他提了一嘴，学生会主席需要一个助理。

诸仁良当时满口答应，他以为这件事就了结了。

毕竟编制里并没有这个职位，他所计划的是，等他竞选上了学生会主席，直接将陆容辟为自己的助理，低调行事。

谁知道诸仁良竟然这么公正！他——把这么奇怪的职务写到面板上，全校竞选！

霁温风攥住了通知单：不行，这样陆容怎么选得上？！

他只是一个平凡的男大学生啊！

霁温风捏着通知单离开了教室，留下一众同学们。

"你们说谁能竞选到这个职务？"

"能给霁温风端茶倒水那真是一生的荣耀啊……"

"近水楼台先得月，成为他小助理的人一定可以走上人生巅峰，嘿嘿嘿。"

"谁要报名？"令仁举起了手里的钢笔。

男男女女一窝蜂赶到令仁桌前："我我我！"

陆容把竞选通知单丢到了纸篓里，拿出课本竖在眼前，整个人趴在书后头。

比起解决霁温风发脾气，他还有更重要的事情要做。

他昨天晚上连夜审核了李南边的竞选团计划，在公关造势方面，没有任何问题。全员恶人组也有充足的资金储备，可以支撑候选人上位。

现在仅剩的问题是：扶植谁？

黑色水笔在修长的食指上飞舞旋转。

坐在（8）班教室里、被郭靖和牛艳玲左右裹挟的少年，眼里精光四射，头脑飞速运转，在心底里把学生会强有力的角逐者挨个捋了一遍。

陆容选人，有两个原则：

第一，因人制宜。

第二，三观端正。

因人制宜，就像他组建全员恶人组。李南边非常有商业头脑，本职销售，长远看来做个管理层也没有问题；梁闻道是学者型人物，适合开发新产品，做知识产权供应方；颜苟是心算天才、计算机黑客，擅长处理复杂数据；邓特是最后一道防线，当文明的方式无法解决问题的时候，邓特一拳头下去，什么纷争都能解决。

正是因为全员恶人组各有所长、配合无间，才能一路披荆斩棘，业绩不断攀上新高。

那么，南城的学生会，也应该按照这个思路去组建。

至于三观端正，就更好理解了。

虽然陆容表面上是一个对什么都提不起劲来的男大学生，但不可避免地对母校有强烈的羁绊感。他未来还要在这里读几年；虽然南城负他，但他总归想着南城的好。

这届学生会要运营长达两年半，学生会或多或少影响了南城未来的风貌。

所以他要给南城选择最好的校园势力，向上有理有据地争取学生权益，向下统摄整个学院，维持学生之间的正派风气——最近（12）班那种早恋、到处八卦的文化氛围，已经有向其他班辐射的迹象。

这不该是南城大学应有的样子。

他这个校霸都看不过去沈御那种不好好穿校服、每次都把校裤往上拎一截的做法，更别提女生不好好背书包，把肩带掉到双肩的背法，简直逼死他这个强迫症。

陆容摆在课桌里的手机振了一下，颜苟发来整理后的学生会竞选人详细档案信息。只要颜苟愿意，就能扒人三代老底，他们说过的每一句话都逃不过陆容的眼睛。

陆容迅速看完全部候选人的详细资料，拿出纸笔，开始勾勒他心目中的学生会班底。

谁都没有想到，堂堂南城的学生会各部长，会出自这个平平无奇的少年手中的黑水笔……

"你在干吗？"背后突然传来一声低哑的话，伴随而来的还有一只咸猪手，牢牢扣住了他的肩膀。

陆容："……"

"不好好早自习竖着课本在写什么东西？"诸仁良张开血盆大口，口水喷在陆容的头顶。

陆容承受着狂风暴雨，默默看了一眼桌子一角的纸巾。

"拿出来！"又是一口唾沫如约而至。

陆容在全班同情的目光中，缓缓将手中的纸递给诸仁良。

诸仁良做教务处长已经有十年之久，抓到过的不好好念书的学生无数。有补作业的，有提供学习服务的，有拿着小词典看电子书的，有拿着掌机打游戏的，有拿着手机跟女朋友发信息的。

他们在课本的小角落里画火柴人，在竖起的书本后面吃早饭，甚至还以他为小说原型创作动漫……呵，只有他想不到的，没有男学生做不出来的。

即使诸仁良已经见怪不怪了，拿到陆容那张纸的一瞬间，还是瞪圆了眼睛。

"这是……"

"竞选日当天我将要投票的学生会候选人。"被他抓包的学生完全不是一副害怕的模样，而是微微仰着头，眼中眸光闪烁，甚至带着一丝讥诮和轻嘲。

诸仁良还从来没有遇到过这种抓人没抓准的情况！

理论上来说，虽然是在干学习以外的事，但也是在好好关心接下来的竞选投票，甚至自己搞了预选。昨天校长还为投票率发愁，说学生们投票欲望低下，学生会自由竞争风气不够热烈，这个人无疑不能乱骂，会损害到同学们的投票积极性。

想到这一层，诸仁良拍了拍陆容的肩膀，和颜悦色地道："关心学生会竞选重要，学习也不要落下哦！"

陆容收敛了目光，乖巧懂事地道："嗯。"

诸仁良把名单还给陆容，直起身来，看着其他看热闹的学生："看什么看，还不快念书！"

（8）班齐声："噫吁嚱，危乎高哉蜀道之难，难于上青天……"

诸仁良碰了一鼻子灰，装模作样在教室里遛了一圈，默默离开了。

全班同学都将敬仰的眼神投向陆容。

"好厉害啊！被诸仁良抓住，还能全身而退。"

"要是我，被诸仁良从背后搭住肩膀，我当场就气绝身亡了！"

"陆容好淡定！"

"我的直觉没有错，他身上果然有一股问题学长的气质呢！"

陆容："……"

糟糕，他又被看穿了。

他默默地用五指掏心的手法抓起了笔，趴在名单上，突然激情洋溢地疯狂画圈，一边画一边眍着斗鸡眼流起了口水！

整个人呈现出一副霁温风被电了以后还英勇不屈写作业的姿态！

（8）班集体黑脸："啊，果然是有病。"

"是因为有病才被放过的嘛……"

"真糗啊……"

见众人回过头去，陆容重新面无表情地直起身，摸到桌子边上的一小包纸巾，慢条斯理地抽出，优雅地拭掉兜头兜脸的口水。

郭靖："容容，给我一张好不好？"诸仁良的口水战斗力和射程都远超常人，坐在陆容外边的郭靖遭受了无妄之灾。

陆容："这已经是这个礼拜的第七张了。"

郭靖："是……是吗？"

陆容从课桌里摸出三种不同的纸巾，分别是：小包纸巾、抽纸巾、圆筒卫生纸。

"小包纸巾适合携带，但只有十张，单价高昂。抽纸巾一百抽，适合日常使用，价格适中。圆筒卫生纸最便宜，性价比也最高，只是用这个会有被耻笑的风险。到时候班里会有这样的传闻。"陆容冷冷地看了他一眼,"郭靖用擦屁股纸擦嘴。"

郭靖:"你……你不要再说了!我要抽纸巾!"

陆容:"你是我同桌,给你打八折,四块钱吧!"

郭靖掏出了四个硬币:"谢谢容容。"

"不客气。"陆容把抽纸巾推到了他面前,又像变魔术一样把四个硬币和其他两包纸藏到了课桌里。

诸仁良巡视归来,遇到了等在他办公室里的霁温风。

霁温风把《关于增设学生会主席助理一职的通知》摆在茶几上:"我请你设立助理一职,没说是自由选举。"

诸仁良正色道:"你是担心谁选不上助理吗?"

霁温风:"嗯……"

诸仁良一掌拍在通知单上:"不用担心。"

霁温风:"……那你先打开后台系统,我给他报名。"

诸仁良一愣:"没有报名?"

霁温风啧了一声,脸上写满了"多话"二字。

诸仁良不再多问,赶紧打开电脑。

"……"

霁温风趁他不备,赶紧找到了(8)班的候选人序列,把陆容的志愿从"体育部部长"改成了"学生会主席的小助理"。霁温风已经听陆容说了,这"体育部部长"他根本不想参选,改掉也无所谓。

霁温风手插着裤袋走出教务处长办公室,脸色一下垮了。

根据后台系统来看,学生会主席的小助理报名人选有三百八十六位。

这三百八十六人都是冲着他来的,里头没有陆容。

虽然他帮陆容报了名,诸仁良也答应会选陆容,但是霁温风更在意陆容的想法。他不想当体育部部长,那他会想当自己的小助理吗?

"原来可能还有一点儿希望,可是现在的我只是一个脚臭的男人……"一想到这里,霁温风就啧了一声,烦躁地把头发捋到了后头。

"我一定要攻克这个难题。"霁温风坚定地想。

霁温风在内心深处这样对自己说着，暗自握拳，眼中闪烁着必胜的光芒。

围观群众——

"今天的校草也很帅气呢！"

"这么严肃一定是在想着竞选的事吧。"

"霁公子加油！"

纵横捭阖

陆容下午就把他心目中的学生会名单交到了全员恶人组里。

陆容："学生会主席，不出意外就是霁温风，他的人气没得比，后台也硬，民推和官推都是他，他做本届学生会主席是板上钉钉的事。鉴于我有渠道接近他，学生会主席的角逐我们就不去参与了。"

陆容："学生会副主席，我觉得方长不错。霁温风能力强，控制欲强，副主席选个一样强势的人上去，只会针锋相对，内耗严重，什么事都干不成。方长没有主见但有执行力，可以当好霁温风的副手，而且天生喜气，本身就像吉祥物，适合弥补男生对霁温风的厌恶感，增加学生会的亲和力。"

陆容："组织部部长，我要推令仁上去。他思维缜密，实心做事，为人正派，举办活动、人事安排等交给他来分配，非常靠谱。"

李南边："据我所知，令仁想竞选的是学生会主席。"

陆容："没可能。因为霁温风，令仁当不了主席，也当不了副主席，会被无辜淘汰。这样的人才不用太可惜，我会想办法让他改志愿。"

陆容："文艺部部长，我打算让萧竹清来担当。"

全员恶人："……"

陆容："虽然萧竹清腐化严重，但是不可否认她在文艺宣传的工作上无人可以匹敌。短短半年时间，她就把全校一半以上的女生感染了，这种传播力即使是李南边都做不到。"说着他严肃地看了一眼李南边。

李南边羞愤低头："是在下输了。"

陆容："她会写小说、画漫画、剪片子、出 coser（角色扮演）、配音、做广播剧、组织应援，每天集结一批小姐妹'产粮'，如此组织力、行动力和多才多艺的人，如果放在正道上，想必南城将赢来新一轮'文艺复兴'，也不至于什么有趣的课外活动都没有。"

陆容："而且她对校委会的态度尤为激进，追踪报道过副校长抢占自行车棚停车一事，学生群体中需要她这种反抗的声音。我寄希望于她组建曾经辉煌的记者团，用新闻采访的方式达到权力制约。"

梁闻道："就是我们可能都会被写成同人。"

陆容从容淡定地道："不可能，她们对丑直男不感兴趣。"

梁闻道：我怀疑老大在骂我，而且我找到了证据！

陆容："风纪部部长，我希望沈御来担当。"

颜苟："……"

邓特："啊？"

梁闻道："沈御？（12）班那个沈御？他不是天生战狂见谁打谁吗？"

陆容："这样的角色不拿来做风纪部部长简直是浪费。风纪部部长非常容易得罪人，选个弱势的普通好学生上去就是找死。沈御就不一样了，他是流氓，他不怕学院里的所有流氓，镇得住场子。"

全员恶人想象了一下，如果每天早上是沈御戴着红袖标一脚踹开教室大门："你们有没有在好好学习？！找死吗？！"

呃……确实很带感有没有？！

李南边："可是沈御的志愿是学生会主席。"

颜苟："……"

邓特："啊？"

梁闻道："我们到底是不是在说（12）班那个沈御？！"

陆容表示问题不大："颜苟，黑进校内竞选官网，改掉他的志愿。"

他听（12）班的眼线说，沈御选择竞选学生会主席是迫不得已，本身只打算去走过场的。这样的人才，走什么过场，收拾收拾去风纪部发挥余热吧！

梁闻道:"可到时候还有演讲视频呢!"

陆容靠坐在位子上:"这个好办,沈御全校演讲的时候,李南边带着颜苟去广播室,把他说'竞选学生会主席'这句话消音,改成'竞选风纪部部长'。"

全员恶人:老大真厉害。

陆容后续又把其他职位敲定,除了梁闻道的学习部,邓特的体育部,其他部长也都因人制宜。

"接下来一段时间大家会忙碌一点儿,可能会加班。"陆容道,"掌握南城,在此一役!"

陆容敲定了人选,接下来就是蛊惑竞选人了。他们不达成初步合作意向,是没有办法直接助力他们的竞选的,至少得是对全员恶人组有好感的,才能实现后续捆绑。不然他们选上去了人家却翻脸不认账,人心不齐,队伍不好带。

陆容首先瞄准了令仁。

他上了全员恶人的号,给令仁打了变声电话:"喂,是(1)班令副班长吗?"

令仁不太确定地说道:"方长?"只有方长才那么无聊,喜欢搞这些恶作剧。

陆容:"想想你的事业。"

电话那端的令仁肃然起敬,这话显然就不是方长会说出来的了。

令仁:"你是谁?"

陆容:"我是谁,不重要。重要的是,我可以帮你在这次竞选中胜出。"

令仁蹙眉:"对不起,我令仁光明正大,不需要任何人帮我!"

陆容呵呵一笑:"这次你们班长霁温风,竞选了学生会主席吧?你有机会吗?"

令仁:"我本来就是冲着副主席去的。"

陆容:"虽然说你实力强,可是如果一个班里既出了主席,又出了副主席，你说这样对其他班级的候选人公平吗？虽说是竞选，但最后决定权还是在学校，学校为了一碗水端平，也是不会允许你选上的。"

令仁："你……你从哪里听来的传闻？"

陆容："虽然质问我的气势很足，不过你心里也早有这个疑问了吧：一个班里，到底能不能出两个主席？！你口口声声喊着竞选公平，其实你在起跑的时候，就已经输掉了。即使你小心翼翼想要避开霁温风的锋芒，只想冲刺副主席，也难以逃脱宿命。你将成为霁温风的牺牲品，不论你有多优秀。"

"你就想一直做他的影子吗？！"

令仁被戳中了心事，在电话那端久久地沉默。

自从霁温风来了以后，他就变成了影子。

虽然霁温风身边全部是影子，但是令仁和其他人到底不同。

曾经（1）班的实际掌权者是令仁。出于低调平和的天性，他没有大张旗鼓，但不得不说他享受这种幕后操作的感觉。

但是霁温风空降以后，令仁发觉，不论他把事情做得如何漂亮、把（1）班管理得如何井井有条，鲜花和掌声都是属于霁温风的。他不再是自己选择被遗忘，他是真真正正被遗忘了，似乎他的存在价值就是做霁温风的副手。

他能接受自己的命运，可这不代表他甘心！

"在班级里，你是他的副手，难道在学生会里，你也要重蹈覆辙吗？"电话那端的人厉声喝问。

令仁攥紧了拳头："……那你说该怎么办？"

"改志愿，竞选组织部部长。组织部是最适合你的舞台。"

令仁瞳孔一缩：组织部……

虽然只是学生会底下的一个部门，可毕竟……不带副字啊！

这是所有部门中极少数的实权派，统领全校班干部，每个礼拜召开组织部会议，还负责所有大型活动的人员调度安排，的确是非常适合他的位置。

"据我所知，竞选组织部部长的不少。"令仁生性思维缜密，已经迅速考虑起成为组织部长的可能性。

（1）班已经拿下了学生会主席，其他班的班长有点儿脾气的，都不愿意竞选副主席。这就导致组织部部长竞争异常激烈。

陆容呵呵一笑："不错，所以你需要我们的帮助。"

令仁："你到底是谁？！为什么打这通电话！先是蛊惑我改志愿，现在又蛊惑跟你联手，你到底有什么目的？！"

陆容："天底下的确没有白给的午餐。我的目的很简单，跟你交个朋友。等你上位以后，有的是地方需要你的'帮助'。"

令仁："你休想！"

陆容："学校派发的英语听力耳机质量奇差，价格却要一百二十块一副。是有人从中贪污腐败，收了学生的钱，却在统一采购时进了最便宜的货。你难道不想改变这种现状吗？"

令仁："……"

陆容："我能帮你竞选成功，当然也希望你掌握权力之后有所作为。你放心，违反法律道德的事，不会让你做的。"

令仁："如果是这样……"那也未必不可行。

只是令仁是个骨子里自尊心特别强、不愿意破坏规则的人，不禁问道："你有什么办法让我竞选成功？"

陆容："这个你就不用管了。放心，依旧不是违反道德、法律的手段。"

令仁："可是……你能帮我，也未必不能帮别人吧？"

陆容呵呵一笑："你是被我选中的人。"

令仁一个激灵，这种突然被问题学长看上的感觉是怎么回事？！原来受人肯定、被人重视，是这么美妙的体验！

令仁："……好，那我姑且信你一回。"

陆容嗯了一声："那先交一千块钱竞选费用吧！"

令仁："啊？"

陆容："主要是宣传物料费用。"

令仁："……"

这个世界上果然没有白给的午餐！

陆容选定令仁以后，第二个就是忽悠方长。

这太容易了。

他同样打的是变声电话。

陆容："喂，是方长方班长吗？"

方长："陆容？！"

陆容："……"为什么我开了女声还把语速调快到二倍速你都能认出我来啊！

陆容："咳咳，不，我是恶人。"

方长："容容你搞啥？我还要去抢篮板你有话快说。"

陆容："都说了不是容容是恶人，你怎么回事啊？"

方长："好好好，你说吧，啥事？"

陆容冷静下来："我可以帮你在这次竞选中胜出。"

方长没心没肺地道："我本来就赢定了，不用担心我。"

陆容："……"你为什么那么自信啊？！是谁给你的勇气？！

陆容："本届学生会选举，（1）班霁温风胜率高达100%，其余十一个班的班长、副班长、团委书记都在觊觎学生会副主席的位置，你的竞争压力相当大。"

方长："啥？谁说霁温风参选率高达100%的，明明学生会主席我的胜率更大一些吧！"

陆容："……"你这已经不是有勇气而是没数了好吗？！霁温风一出镜所有人都看着他，你们俩有什么可比性？！

不过好在报名竞选学生会主席和副主席都是一个职务，得票最高的两人当选，陆容也没有必要在这件事上多费口舌。方长是不需要改志愿的。

陆容顺毛捋："虽然你的胜率很大，但不得不说你还存在着相当难缠的竞争对手。"

方长不耐烦："我都说了霁温风不会是我的对手……"

陆容嘴唇一动，报出了一个让方长无法拒绝的名字："那令仁呢？"

方长沉默了。

电话那端的气氛凝重起来。

只听他喷了一声："令仁的确是个值得认真对待的对手。"

陆容："……"所以为什么霁温风在你心里还比不上令仁啊？

陆容决定速战速决："令仁交了一千块钱让我们帮忙组织竞选。"

方长："我出两千块！我绝不会输给他！"

陆容把全员恶人官方账号推送过去，没过几秒钟，钱就到账了。

陆容："好的，等着当选吧！"他默默地把手机藏到了裤兜里。

他果然没有猜错，方长是适合当学生会吉祥物的存在，就是不能让他做任何决定，也不能让他管钱，不然一觉起来，整个南城大学都有可能被骗走了。

这么一想，他们（8）班能维持至今，每个同学都很不容易呢！

正当陆容为学生会奋力奔走的时候，霁温风正严肃地坐在图书馆里查论文。

关键词：脚臭！

知己知彼，败战不胜。

只有了解了什么是脚臭，才能更好地战胜它。

浏览了一千篇论文的霁温风摘下了眼镜，轻嗤一声："一篇能用的都没有。"

他抓起校服，潇洒地披上，大步流星地走出了图书馆。

既然查论文没有用，那就用科学的方式，来探索这个全新的未知领域吧！

宫斗高手陆容容，理科专家霁温风

陆容轻而易举搞定了方长，又去搞定萧竹清。

他用笔帽戳了戳前排萧竹清的脊背："你，去竞选文艺部部长。"

"啥？"萧竹清回过头来，"我才不要。你看我这个样子是像能进学生会当领导的吗？"

陆容："像。"

萧竹清："滚。没空。"

陆容淡淡地道："我已经把你选上去了。"

第一轮班级内推，谁都有被选举权。

萧竹清闻言，把kindle往桌子上一扔，转身探出头来抓住了他的脖子用力摇晃着："你找死！"

一代南城校霸陆容，毫无形象地被疯女人掐着脖子摇来晃去。

果然，老天就是派这个疯女人来克自己的。

只是，上天已经派了她，又为什么要派霁温风呢？

陆容在萧竹清手里达到濒死体验的时候，想到了这个人生的终极问题。

萧竹清发泄够了，把破布袋似的陆容往桌子上一丢，从课桌里摸出一根pocky（百奇零食），夹在指间送进了嘴里："呵，我是不会浪费宝贵的人生在这种无意义的事情上的。即使把我选上去也没有用，我根本不会去参加角逐——连竞选视频都不会去拍！我对官僚体制不感兴趣，我只想闲云野鹤地度过平静的一生。"说着她高贵冷艳地保持着抽烟的姿势，"咔嚓"一口咬掉了pocky的头。

方长路过，伸出一根手指："你是不是涂了指甲油？油光锃亮，好恶心。"

"那是护甲油！护甲油！"萧竹清咬碎了一口pocky，站起来打人。

等萧竹清撸着袖子打完方长回来，陆容趴在桌子上，缓过来一口气。

他淡淡地抬头："我让你竞选文艺部部长，是有原因的。霁温风会在学生会里。"

萧竹清倒吸一口凉气："而你会是他的小助理！嗯……"她重新摸了一根pocky出来，眼神瓦亮。"

147

陆容气若游丝："不……我不是他的助理。"

萧竹清呵呵一笑："人，是争不过命的。"

陆容的说法打开了她的思路。为了确定这是划算的买卖，她把陆容往后一推，打开了他的课桌板，取出了他的那张学生会名单。

陆容大惊："……你干什么？！"

萧竹清迅速浏览一遍，口中念念有词："霁温风、方长、令仁、沈御、邓特……"她越是念到后头，眉头越是松散，到最后绽放出一个老谋深算的笑容，眯着眼睛望向陆容，"嗯，不错。"陆容钦定的学生会班底，都是帅哥。

陆容从萧竹清的眼神里，读出了危险的意味，毛骨悚然。

萧竹清跷着二郎腿，晃了晃手中的清单："你给你自己挑的这些人，我很满意。"

陆容抢过了名单。

萧竹清心满意足地转过头去，改变了主意。

她打算去竞选文艺部部长试试。

既然已经确定了人员名单，陆容就紧锣密鼓地筹划起所有候选人的竞选计划。

陆容："竞选前最重要的就是视频演讲。这是官方唯一指定的、可以自由发挥的竞选单元。我们必须帮助候选人把人设立起来，吸引最多的投票，帮助他们最终胜出。"

李南边把令仁、方长、梁闻道、邓特、沈御、萧竹清的照片全贴到了磁性黑板上。

陆容把这些人分为两拨："沈御、萧竹清，这两个人不用在宣发上多费心，特别是萧竹清。"

萧竹清只要想竞选，就能直接把她那帮忠诚度相当高的群体化为票仓。

而沈御的话……

陆容都想好他的竞选词了：不投我，打你哦！比较头疼的是其他四个。

陆容:"方长知名度虽然高,却没有什么威慑力。大家可以跟他玩,却没有办法信任他的领导力。有什么好办法,让他迅速扬名立万——他的竞选基金,是两千块钱。"

颜苟迅速给出了方案:"十二米长的条幅,从四楼挂到一楼,上书参选口号,预算八十块。打印海报,去校门口派送,预算四百块。广播站植入广告,最近一个礼拜播报方长的获奖经历,为他打开知名度。在食堂桌子上贴小广告,复制二维码扫进去就是他的个人简介。"

陆容:"组织部部长竞争激烈,令仁跟霁温风是一个班的,前路凶险,需要更狡诈的竞选策略。霁温风有高达98%的女性支持者,但是男性群体中对他不满的人不在少数。既然如此,安排令仁站到霁温风的对立面,立一个'霁温风反抗者'的人设。凡是霁温风支持的他就反对,凡是霁温风反对的他就支持,甚至可以公开批评霁温风的统治,跟霁温风唱反调。这样一来,他的立场决定了他会得到很多男性的共鸣。这个主意你们觉得怎么样?"

颜苟带头鼓掌。

陆容在包装候选人上,真是老谋深算。

下一个,陆容将眼神落在梁闻道身上:"你是学神,本来知名度就高,大家对你的一切荣誉已经听得耳朵起茧了。"

梁闻道挺起了胸膛。

"你要赢得这次选举,就要让所有人觉得你的优秀是他们可以共享的。你要给他们的是空头支票!"陆容眼中精光四射,"你在视频演讲时只要说一句话:当选以后,把自己的学习方法公开,保证每个人在这次期末考试中都可以提分!"

梁闻道眉头一蹙,觉得事情并不简单:"我没有什么学习方法。"他纯粹是智商高而已,"我也没有办法保证每个人期末考试中都可以提分。"如果能做到这件事他为什么还会在这里念书?

陆容按住了他的肩膀:"不要紧。你一个小小的学习部部长胡乱矜夸、言而失信,又有什么关系呢?我们只要能选上就好了。"

梁闻道心里脆弱的道德屏障轰然崩塌,眼中闪动起跟陆容一样狡猾

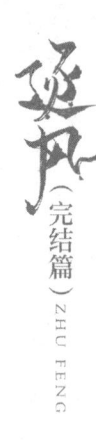

的光芒:"好的,我去骗人!"

陆容给梁闻道洗完脑,接下来就是邓特。

陆容审视地望着邓特,邓特仅剩的右眼害羞地垂下。

陆容:"嗯……"

邓特:"……"

陆容以手托腮:"……"

邓特:"……"

陆容走远了几步端详:"……"

邓特:"……"

陆容伸手撩起他的长刘海,邓特因为左眼封印解除而略微一颤。

陆容满意地点点头:"闯王,你还长得挺帅气的。"

邓特脸上浮起一丝红晕。

陆容:"既然长得这样帅,就利用颜值去圈粉吧——颜苟。"

颜苟:在。

陆容:"给邓特编一段亦真亦假的人物小传,把他往家庭不幸、坚持追梦、热血打拳、自强不息的美强惨路线去塑造。邓特,到时候你跟颜苟一起磨一下剧本。"

邓特酷酷地点点头。

"没问题的。"陆容拍拍他的肩膀,"不要担心。"

安排完大家的竞选思路,陆容就把具体的执行任务交给恶人组去做。颜苟策划过好几起校园舆论,不论是网络公关还是线下宣传都很有经验,陆容丝毫不担心。

开完会,他一身轻松地回家。

他刚出校门,就遇到了霁温风。

霁温风身边照例围着一大堆人,他也照例一眼就从人群中发现了陆容。但是霁温风没有像往常一样支开人群,偷偷摸摸藏到陆容会经过的树后,他也没有玩突然消失,等陆容一回头发现他早已在身后专注地盯着自己瞧,更没有在人群中冲陆容眨眨眼。

霁温风哼了一声，别过了脸，表情变得臭臭的，烦躁。

陆容："……"他又来了。

坐进老宋的车里，霁温风又哼了一声，一脸不爽地跷着二郎腿，从书包里抽出游戏机玩了起来，还装模作样地戴上了他的头戴式耳机，表示不想说话。

陆容只好拿出手机开始听英语。

霁温风从窗玻璃上看着陆容的倒影，咬牙切齿。

到了家，霁温风手插着裤兜就上楼去了。陆容写完作业，审完颜苟发来的宣传策划与预算，抬头看了一眼墙上的钟。

今天是周三。

陆容犹豫半响，起身拉开门大步流星地走到走廊里，推开了霁温风的房门。

霁温风正买了泰国足贴在贴脚底。

霁温风买了一堆治疗脚臭的产品，以身试药，什么防臭袜、防臭鞋垫，还有去湿足贴。

按照中医的理论，脚臭是湿气重，如果每晚贴足贴祛湿气，有助于病情改善。

看网上用户评价都是第二天起来出水很多，霁温风将信将疑，毕竟他是一个接受过科学教育的 M 国理科男。可是脚臭问题已经刻不容缓，到了死马当活马医的地步。

所以今晚，霁温风本着科学探究的精神，打算亲身试验一番。

"贴在脚底心的是实验组。"

"贴在大腿上的是对照组 A。"

"撕开暴露在空气中的是对照组 B。"

"如果明天一早醒来，三组都有水，表明足贴是一个谎言。里头的成分暴露在空气中都会出水。"

"如果明天一早醒来，实验组和对照组 A 有水，对照组 B 是干燥的，说明足贴是一个谎言。贴在身体的哪个部位都会出水。"

"如果明天一早醒来，只有实验组有水，对照组 A、B 都是干燥的，

那么说明足贴真的从他脚底吸出了一点儿液体。"

"到时候再继续记录看看脚臭有没有好一点儿……"

霁温风认认真真趴在桌子上,在自己的脚臭论文上写下详细的实验步骤。

正当他本着科学的精神,在无比严肃认真地治疗自己的脚臭问题时,陆容闯进来了。

霁温风赶忙穿上了拖鞋,放下了裤腿,不让陆容看到足贴。

这是他最后的尊严。

他高贵冷艳地绷着脸,哼了一声,狠狠瞪了陆容一眼:"你来干什么?"

他看自己的笑话吗?!

陆容还未开腔就被他怼了回去:"你就打算一直这样下去?"

霁温风也不想这样。可是容容说他脚臭,真是伤尽了他的自尊。

他正是最敏感的年纪,一路以来都是天之骄子,大家爱慕他、喜欢他都来不及,可陆容嫌他脚臭,霁温风想起来都觉得颜面扫地。

他昨天从王秀芬的洗衣篓里留下了自己的臭袜子闻了,觉得也还好啊没有很臭,可是偏偏,陆容不喜欢。

霁温风昨晚上做了一夜噩梦,循环梦见陆容说他脚臭那一幕。

男人脚臭和男人秃头,都是致命的。

哪怕钱再多,长得再俊,只要脚臭,就会魅力大减。

霁温风深深地看了陆容一眼,幽幽地开口:"在你没有松口以前,我是不会和你和好的。"

他早已暗自发誓,在容容没有夸他的脚香以前,绝不和陆容和好。

陆容看着他如此冷漠的侧脸,呵呵一笑:"想不到你竟然是这种人。"

霁温风听着陆容含讽带刺的指责,心如刀绞,但还是绷着脸认命道:"你……昨天不已经知道了吗?"他就是如此脚臭之人。

陆容再也受不了了,夺门而出,该死的霁温风,大骗子!

霁温风望着陆容的背影,眼里写满了揪心的痛。直到陆容背过身去的时候,他才敢流露出真实的感受。

因为在陆容不留余地地嫌弃他的时候,他已经明白了。

霁温风气他,更恨自己,忍不住把脚挪到了床上,用力地捶了几下:你怎么这么臭?

隔壁传来砰的一声摔门声,霁温风黯然了片刻,戴上透明生化面具,用镊子夹起了自己的臭袜子,装进了密封袋。

昨天的臭袜子也没洗,都装进了密封袋里,标注了日期。

为了实验能够成功,疗效可供检验,霁温风在想办法把臭味进行量化。

霁温风为自己设立了目标:如果能把臭度降低到30%以下,他就回去找陆容。不然的话,只会一次比一次更令他嫌弃。

第十一章
半路杀出个杜米黄

第二天,霁温风一到校,就找到了梁闻道:"跟我去实验室。"

梁闻道瞅着他严肃的模样,心里打起了寒战:"你又想怎样?"

霁温风:"有些事情想请教。"

梁闻道:"什么事情不能在这里说?"

霁温风四顾无人,从衣兜里偷偷拿出一个小密封袋,向他展示了其中的"实验物品"。

梁闻道:"……"

霁温风:"现在你总该相信了吧?"他的确是去实验室做实验的。

梁闻道缓缓摇摇头。

他觉得霁温风是要把他劫持到无人的角落,把臭袜子塞进他的嘴里。

霁温风无奈,拿出了自己的iPad(平板电脑),展示自己昨晚上连夜写的论文:"我遇到了不可逾越的科学难题,只有你能够帮我完成。"

梁闻道的目光缓缓滑过他的论文,越看越惊诧:"你……你竟然在研究这个课题？"

"没错。"霁温风正色道。

梁闻道看霁温风的表情变了：想不到堂堂霁班长表面上英俊无俦，暗地里是个脚臭分子。

霁温风看穿了梁闻道的心理活动："脚臭和秃头是当今男性不可逾越的两座大山。我希望医学能早日解决这两个男性绝症，让千千万万脚臭和秃头患者早日重振雄风——当然，我自己是没有这个症状的。"

梁闻道感慨万千地伸出手："不把科学探究精神运用于高精尖领域，而投入更大的精力在与民众息息相关的课题，霁班长，你是一个有人文关怀的科学斗士，我打心眼里尊重你。我愿意跟你去实验室——当然，我也没有脚臭。"

霁温风用力握住了他的手："一切都是为了男性的尊严。"

梁闻道："也是为了科学。"

（1）班昨天还见到班长和学习委员在走廊里拳头相加，今天这两人双手交握，勾肩搭背地走向了实验室。

到了实验室，两人穿上白大褂。

梁闻道："说吧，你遇到了什么问题。"

霁温风："我希望找到根治脚臭的办法，却倒在了第一步：臭不臭是一种主观感受，无法量化。"

梁闻道："先确定是哪一种气体分子有特殊味道，称量气体即可。"

霁温风："已知脚气是由脚底真菌分解皮脂腺分泌物代谢出的混合气体，主要成分是氨气、硫化氢、甲硫醇和二甲硫化物等。如果要以气体质量检测每日代谢，选择哪一种？"

梁闻道呵呵一笑："既然脚底菌落产生的是混合气体，气体比例不会有大的变化，选取其中任何一种气体每日追踪，其他气体照常理来说也是等比增减。听你的陈述，脚气的成分与沼气类似，建议用氨气作为实验数据。"

霁温风："怎么提纯？怎么测量？"

梁闻道："东西拿出来。"

霁温风严肃地把他昨天、前天换下来的臭袜子密封袋摆在桌子上。

梁闻道盯着霁温风的臭袜子看了半晌："先试试用排水法把气体收集起来，再跟氧化铜加热反应。"

霁温风严肃认真地拿出笔记本，边听边记，频频点头亮："这样可以通过称量氧化铜前后重量变化推算出发生反应的氨气质量进而量化臭度。"

梁闻道："没错。开始吧！"

两个人开始忙忙碌碌地拼装实验仪器。

外头一群女生扒着实验室的门，芳心萌动。

"哇，学神做试验的样子好帅啊，他操作滴管的姿势好标准，可以轻而易举在科学大考上拿到满分吧……"

"校草也不赖呢，我原本以为他是个不学无术的纨绔子弟，没想到他穿着白大褂、戴着透明面罩的样子好禁欲，好性感！"

"男孩子之间的友谊真奇妙，昨天他们还在打架，今天又为了学术和好了，这就是科学无国界吗？！"

"看着他们就像是看到了初恋……"

"我已经说了第一百遍了！"

…………

"开始吧！"梁闻道摘下两个透明的生化面具，把其中一个递给霁温风。

"嗯。"霁温风戴上面具，将导气管插入密封袋中，用力捏着包装往量杯中鼓气。

霁温风在忙着技术攻坚时，一个意想不到的人物跳下了保姆车，站在了南城大学的大门之外。

他头戴棒球帽、墨镜、口罩，把自己的脸遮得严严实实的，偏又叉着腰高声宣告："霁温风，哥哥我来了……"

身穿黑西装、戴着墨镜的经纪人从背后一把捂住了他的嘴："嘘，别出声！看，周围的人都在看着我们。"

四周来来往往的人向两人行注目礼，甚至还想报警。

少年一把抓下了他的手，墨镜后漂亮的大眼睛炯炯有神地瞪着他："他们看我，是因为你太奇怪了，你简直就像绑匪！"

"可是你真的很显眼！"经纪人再次捂住了他的嘴巴，"米黄，你毕竟是当红炸子鸡。你这样一声不吭地跑来上课，会引起轰动。你这样是要负责任的！"

"我管不了这么多了。"杜米黄酷炫地顶了一下自己的墨镜，"我已经一个多月没见霁温风了，我要来找他。"

杜米黄，当红炸子鸡，一个多月前曾在 S 城开个人演唱会。当时，霁家小少爷和他的朋友就坐在前排，经纪人让杜米黄好好讨好霁小少爷，跟他搞好关系，毕竟杜米黄刚刚拿了霁氏集团旗下一款 App 的代言人合约，要吃饭的嘛！

然而万万没想到，霁家小少爷，竟可爱至极！原本只是营业的杜米黄，对霁温风颇有好感了。要不是霁小少爷那个讨厌的朋友阻止，杜米黄这会儿早已经拿到了霁家小少爷的微信号了。

杜米黄这一个月里，反反复复看自己的演唱会视频，就为了看那几秒钟摄像机扫过前排时，高糊的人像。高糊依旧掩盖不了霁小少爷可爱的面容。

杜米黄在连续赶完一个多月的通告以后，杜米黄终于有了三天的假期。听说母校正在进行学生会选举，霁小少爷还要竞选学生会主席，他匆匆赶来为霁温风助阵，也希望可以趁机多接触霁温风。

杜米黄想到这里，催促助理道："快，快把宣发物料搬出来，去学校里装上！"

陆容正在指挥全员恶人做户外广告的张贴。

颜苟负责把粘贴式小广告贴在餐厅饭桌上。老王负责在最近的小鱼饼纸巾上印满候选人信息。李南边把发传单的活派给了牛艳玲等人，让她们夹在各班级的窗玻璃上。邓特负责抢占一个又一个蹲坑，在厕所挡板上写候选人的竞选标语，保证大家上厕所的时候被疯狂洗脑。

正当全员恶人全体出动的时候，杜米黄的经纪团队捧着鲜花、红毯、条幅、氢气球等物料走进了校园。

只见他们铺开红毯，在红毯两边摆好了花篮，花篮上书：恭喜霁温风大少爷竞选学生会主席！

蜘蛛人爬上了五层校舍，从教学楼两边垂下大大的条幅：霁大少爷才艺双绝，投他一票绝对不亏！

工作人员在操场上迅速吹起了四五个氢气球，下面垂着标语。

一帮助理身穿黑色西装，在学校门口支起了遮阳伞、搬来了几张桌子，上面摆着"霁温风竞选后援团"的三角名牌，开始现场宣传。

"霁温风了解一下""人美心善大帅哥""始于才情忠于人品""只要你为哥哥投一票就可以领取一份精美伴手礼哦"。

李南边凑到看呆了的陆容身边："酷还是霁温风酷。"

陆容再看看自己手中的传单："……"

是在下输了。

"钞能力"大法果然名不虚传。

"不过这样也好。"陆容安心道，"我就知道霁温风的选举不用担心，让他自己去折腾吧！"

全身上下包得严严实实的杜米黄鬼鬼祟祟地经过陆容身后，跟他擦肩而过，浑然不知这个才是他心心念念的人。

杜米黄全心全意为霁温风竞选学生会主席送上了一份大礼，让助理把校园布置成霁温风主题，自己则鬼鬼祟祟摸上了（1）班的教室，在自己的位子上坐下。他埋伏在桌子边，四处探索到底哪个才是他的小哥哥。

同学甲："你是谁？你为什么坐了我的座位？"

杜米黄："虽然我只在开学后来过一次，但这是我的座位。"

同学甲掀开了课桌板。

杜米黄一看里头全是杂志，嗯了一声："确实是你的座位，对不起。"

同学甲安然入座。

杜米黄站在教室里，茫然四顾，不知道自己的位子在哪里。

全班齐刷刷盯着他。

杜米黄浑身冒汗："呃……咱们班是换座位了吗？"

班长："……你谁？"

杜米黄："那个……我……我不能说。"

班长："那就没有你的座位。"

杜米黄火大，一把掀开了自己的伪装："太过分了！欺人太甚！我只不过两个月没来上课，你们就不把我当同学了吗？！"

满堂沉默。

终于，有个女生出声了："你……你不是杜米黄吗？"

大家一看还真是，瞬间如鸡群出笼。

女生甲："姐姐爱你！"

女生乙："我就听说杜米黄是我们的学长，原来是真的！"

女生丙："啊，真人比视频还帅……"说完她晕倒了。

班长与同桌交头接耳一番，郑重其事地告诉杜米黄："你的教室应该在楼上。"

杜米黄："……"

杜米黄："告辞。"

他是大一某系某专业（1）班的，他都给忘了。

很久都没有念过书、一直在到处演出的当红炸子鸡杜米黄上学第一天走错了教室，最后留下来签了四十五个名，才被放回了（1）班教室。

在这里他吸取经验教训，找到了自己的空位子坐下，继续搜索霁温风小少爷的踪迹。

刚好霁温风跟梁闻道做完实验，彼此搀扶着回来。

杜米黄一眼认出来了：这不是霁小少爷的那个坏朋友吗？！

霁温风感受到刺目的目光，惊讶抬头，看到了坐在教室后排的包头人。

霁温风长眉一蹙:"是你?!杜米黄。"

杜米黄被看穿了伪装,丢掉面罩站了起来:"好啊,看来仇人见面分外眼红这句话是没有说错了。"

霁温风:"你来这里干什么?!"

杜米黄呵呵一笑:"我来找霁温风。"

霁温风:"……"

霁温风:"你找霁温风干什么?"

"我呢,要做霁温风的'好朋友'。助力他竞选成功。"杜米黄说道,"你阻止不了我接近他。"

(1)班人看不下去了:"他就是霁温风。"

杜米黄:"啥?!"

杜米黄看看霁温风,又默想了一番自己在演唱会上偶遇的少年,再看看霁温风:"不可能!霁家小少爷,明明很清秀很可爱,才不是你这样子!"

"很清秀很可爱?"霁温风想起了陆容在演唱会上的表现,脸刷地冷下来了。

"你记错了,根本没有这个人。霁家小少爷,一直只有我一人。"霁温风冷冷地回道。

"你骗我。"杜米黄的眼神也认真起来,"我不会记错。"

霁温风暗自磨了一下后槽牙。

"那你有本事,自己去找他吧!"霁温风大步流星地走到了自己的座位上。

两人目光对撞,火花带闪电。

稳如霁温风

杜米黄当天在学校里到处打听,有什么可爱的男孩子跟霁温风关系特别好。

同学甲:"可爱的男孩子……"

杜米黄:"很清秀,高高的,黑色头发!"

同学甲:"哦,那就是副班长令仁了吧!他们经常同进同出一起讨论班级事务,看上去关系很好的样子。"

杜米黄转身,头顶上竖着一撮倔强的黄毛,活力四射地挥挥手:"谢谢!"

同学甲喃喃自语:"虽然令仁也不是特别可爱……不过至少符合高高的、黑色头发这两项要求……应该没错吧?"

令仁正在准备视频竞选,突然被人一把从背后搭住了肩膀:"……找到了!"

令仁回头。

杜米黄吓退了一步:"你谁?!"

令仁不耐烦地推了一下眼镜:"这句话该我问你吧!"

杜米黄叹了口气,自言自语:"真是的,都说了我找的是'霁温风',为什么把你介绍给我?"

"虽然我对你也没好印象,但你说的话还真是无礼至极。"令仁把笔记本"啪"地合上,高贵冷艳地端起了自己的英式红茶,"杜米黄是吧?两个月没来上课,今年的日常评定就是不及格了。"

"别这样……当明星可是很忙的!"杜米黄拿了把椅子,抱着椅背懒洋洋地坐下,把小脸贴在椅子横档上,跟端着瓷器喝茶的令仁倒起了苦水,"即使是偶遇了他,都因为正在开演唱会没有空问他要微信号,因为这件事后悔至今——喂,你知道霁温风的'好朋友'是谁吗?"

令仁闭着眼睛不耐烦道:"不知道。"

一秒钟以后回过神来:"难道你说的那位……是霁温风的好朋友吗?"

杜米黄盯着在座位上写论文的霁温风:"十有八九。你看,霁温风都不愿意告诉我他叫什么,住在哪里。"

令仁:"……虽然不知道霁班长什么时候有的好朋友,但是别人的好朋友不要抢啊!考虑一下霁班长的感受啊!"

杜米黄:"我跟他好朋友交个朋友为什么要考虑他的感受?这是我

们两个人的事，跟他有什么关系呢？"

令仁："……"

可恶，我竟无法反驳，并且觉得这个无耻之徒说得颇有几分道理！

杜米黄凑到他跟前："快快快，告诉我在这个学校里有谁像霁大少爷的好朋友！"

令仁："……"

杜米黄："黑发，皮肤很白，高高瘦瘦……应该跟他关系很好才对！"

令仁转头看向了梁闻道："符合你要求的好像只有……"

杜米黄手疾眼快地把令仁的头拨回来："不是他，太丑了。"

梁闻道："不要以为我没有听到啊，浑蛋！再说我哪里丑了？"

坐在后排的霁温风冷冷地勾起唇角：太天真了，怎么可能让你追踪到陆容的存在？

当天下午，全体候选人排队去演播室拍摄竞选视频。

陆容和方长一起找了个位子坐下。方长拿出稿子背诵，对接下来的竞选认真对待、全力以赴。

方长背了一会儿，转头看向陆容："等一下，你怎么没有稿子？"

陆容："我不想当体育部部长。"

陆容对学生会没有任何兴趣，到这里来只是为了走过场。

霁温风和梁闻道站在他们对面，依旧在聊着脚臭实验的问题，已经深入到如何培养菌群尝试各种物质的杀菌功效的程度。

正当他们俩进行激烈的探讨时，杜米黄来了。全体女生凑上去问他要签名，整个走廊里闹哄哄一片。

霁温风整个人都绷紧了，瞥了一眼对面的陆容。陆容对发生骚动的原因一无所知，好奇地探头看了一眼人群汇集的方向。然后又似有感知地回头看了一眼，正撞见霁温风的视线。

霁温风下意识地哼了一声，傲娇地挪开了视线。

刚做完这件事他就后悔了，用余光扫了一眼陆容，陆容坐在位子上，亦是低下头去看方长的稿子。

霁温风攥紧了拳头。

杜米黄和陆容现在相距不足三米，要是让他们俩见上面、搭上话，那还不知道是什么后果。

杜米黄脚臭也就罢了，他要是脚不臭呢？！

脸长得好，又有才艺，还很有钱……

霁温风忍不住望向杜米黄的脚，他穿着一双运动鞋，还套着潮牌篮球袜，确实是脚不臭的穿法呢……

可恶，他还从来没有遇见过这样实力强劲的对手！

霁温风托着腮帮，面沉如水地思考起了对策。

要是从前，他可以一个命令把陆容带走，不让任何人接触他，但是今时不如往日，连跟陆容说话的资格都没有，更没有资格要求陆容做什么。

那么，只能想个办法把杜米黄支开了。

"要是杜米黄真的去竞选学生会主席，拥有广大女生基础的他极有可能获胜，那我处心积虑为陆容开通的职位，岂不是刚刚方便了杜米黄吗？！我这一番操作猛如虎，最后只不过亲手帮杜米黄织了嫁衣！"

他绝不能让杜米黄竞选学生会主席！

打定了这个主意，霁温风脑海里突然冒出来一个主意……

他偷看了一眼陆容，又看了一眼人群中签不完名的杜米黄，站起来，分开众人走到他面前："杜米黄。"

杜米黄眼神一寒："干吗？！"

两大学院男神面对面站着，眼神对视间火花霹雳，电光石火，引得一群不知真相的吃瓜群众既惊讶又激动。

霁温风手插着裤兜，下巴一抬："跟我来。"说罢他就转身朝男厕所走去。

杜米黄见状，暗自磨了一下后槽牙，跟了过去。

绝对不能输给这个混账，必须从他嘴里套出小可爱的姓名！

霁温风关上了厕所门："杜米黄，你要竞选学生会主席？"

杜米黄："没错！你不让我见他，也不告诉我他的名字，那我只能昭告天下，是我把你从学生会主席的位置上踢下去的，是我赢了你！"

霁温风冷笑一声："你确定你赢得了我吗？"

杜米黄："我少女杀手的名号可不是白取的！没看见整个学校都是我的粉丝吗？！"

"喜欢我的人，也不在少数。"霁温风从兜里掏出厚厚一沓情书，潇洒地展示在他面前。

杜米黄看着这数量庞大的情书，脸色一变。

"这还只是今天的。"霁温风修长的十指插入发间，傲然仰起头，眼神邪肆，"更何况我霁家……你究竟哪儿来的自信战胜我？！"

"你竟然背后玩这种贿选的阴招！"杜米黄吃惊地望着他。

霁温风淡定从容地拽了拽衬衫领口："贿选倒不至于，只是校长如何裁定最终人选，我可就不确定了。"

"呵，你要是以为这样就能吓唬我，那你可找错人了！"杜米黄惊慌一瞬，露出狐狸般狡诈的笑容，"我可是在娱乐圈里腥风血雨杀出来的，你以为你唬我一通，我就会把学生会主席的职务拱手让人吗？！绝不可能！"说着他拉住男厕所的门把手想要走出去。

霁温风眼中精光一闪，伸手越过杜米黄的肩膀，啪的一声关上了厕所门，在杜米黄耳边低声道："今年的学生会新设立了一个职务，叫学生会主席的小助理……就是他！"

霁温风双手插兜，潇洒地直起了身："原本，这个位置是我为他专门设置的。"

"你把这个重要信息透露给我，是为了什么？"杜米黄觉得这是一个陷阱，本能地察觉到了危险。

"现在，助理依旧是他，可是学生会主席，却会落在我们两人之间。鹿死谁手，拭目以待。"霁温风与杜米黄擦肩而过，眼锋一扫，嘴角勾起冷嘲的笑意，"让我们……好好赌一场。"

说罢他一把拉开了厕所门。

外头挤满了吃瓜群众——

164

"你们说霁少爷和杜米黄在厕所里干什么呢？会不会打起来啊？"

"霁少爷有个从未露脸的大小姐妻子，杜米黄出道至今没有任何绯闻，他们不会是……"

霁温风："……"

不远处的陆容朝他投来冷冷的一眼，霁温风一挑眉，微微勾起唇角，当着他的面徐徐关上了厕所门。

陆容恼怒地不再看他。

霁温风大步流星走到他对面坐下，微微敞着双膝，双手搁在膝盖上，盯着他的脸，大脑陷入了疯狂演算当中。

刚才他告诉杜米黄一个半真半假的信息，那就是：陆容注定会成为学生会主席的助理。

杜米黄无从考证，所以他只能选择相信。

那么这个时候杜米黄看起来就只有一种选择：跟他竞争学生会主席，斗个头破血流！赢者通吃，败犬一无所有！

这是一个标准的零和博弈，杜米黄失去一切的概率是50%，自己得到一切的概率也是50%。

但实际上，杜米黄还有一种隐藏选择：将竞选意向从学生会主席，改为学生会主席的助理。以他的人气之高，必定打败陆容。这样，学生会主席是自己，助理是杜米黄，这种情况下，没有赢家。

这是一种最为保险的做法。

霁温风飞快地扫了一眼从厕所里出来的杜米黄：在娱乐圈摸爬滚打的杜米黄，无疑知道怎么选抗风险能力更强。

在校长会拉偏架的时候，他替代陆容，比替代霁温风，是更保险的选择！

可以说霁温风通过话术，把杜米黄逼入了一个死胡同里。

更值得高兴的是，一旦杜米黄改变竞选意向，去竞选自己的助理，这将给陆容无比惊人的压力！

虽然他私自改变了陆容的竞选意向，但如果陆容本人不配合，在镜头前胡编乱造一气，这个竞争激烈的职位就会落到别人头上。

他与陆容的关系现在正岌岌可危，连话都说不上，那为何不通过任何直接影响，让陆容改换心意？！

因为此时陆容和自己正在冷战当中，出于自尊，陆容根本无法向自己打听杜米黄究竟是谁，和自己是什么关系，他极有可能已经陷入了一种幻想的修罗场中。

他去竞选学生会主席，而杜米黄一个当红炸子鸡去竞选助理，就是如山铁证！

面对人美歌甜的杜米黄，陆容又将如何抉择？

如果陆容想与自己搭档，他是绝对不会让杜米黄有任何可乘之机，那么首先，他必然一改之前冷淡的态度，向学生会主席的小助理一职发起冲锋！

脑海中的演算结束。

霁温风逆转颓势，嘴角疯狂上扬。

"下面开始录竞选视频。第一位，霁温风。"老师从演播厅里走了出来，手里拿着一张名单，叫响了名字。

"在。"霁温风站了起来，淡定从容地走进了演播厅，与陆容擦肩而过。

他的余光扫过陆容紧蹙的眉头，暗自一笑。

他霁温风是不会输的！

第十二章
决定命运的时刻到了

电视里播放着各个候选人的实况转播。

霁温风:"大家好,我是(1)班霁温风。我竞选的职位是学生会主席。报名之后,我就彻夜难眠,不知道我是否能够胜任这个职务。"说着他低下了头,长长的睫毛颤动着,"我发现我身上有个致命的缺点……"就是脚臭,"我不知道这么不完美的我是否可以承载大家的期待,也不知道这样不完美的我还配不配拥有我的专职助理。"说着,他抬起凤尾花一样漂亮的眼睛,不着痕迹地瞥向屏幕外,"原本打算竞选上学生会主席以后,为我的助理唱首歌以示合作诚意,现在一切都成了不定数,所以想把这首歌,献给屏幕前的你。"

说罢他走到工作人员特意为他准备的钢琴前坐下。

修长有力的手指按下了第一个琴音,英俊无比的少年闭上眼睛,用充满磁性的声音伴着空灵的音乐哼唱了起来——

总想要透过你眼睛。

凤尾花一般的眼角扫过屏幕,屏幕前的女生集体兴奋地尖叫。

男生："……"

陆容："……"

他望着屏幕上放大的脸——听听，这是人唱的歌吗？

令仁："大家好，我是（1）班的令仁，来竞选的职务是组织部部长。刚才的霁温风是我们的班长，你们一定奇怪，为什么一个班里会有两个人来竞选学生会重要职务……"说着他一推眼镜，"其实我之所以要挺身而出，恬不知耻地再为（1）班占一个位置，是因为我看霁温风不爽已经很久了！别看我跟他是一个班的，但我此来，是为了在学生会中更好地掣肘他！凡是霁温风赞同的我就反对，凡是霁温风反对的我就赞同，如果不想看到霁温风一手遮天，请投票给我！我一定会努力让霁温风出糗的，男同胞们！"

男生们："哦哦哦，牛！虽然不知道兄弟你是谁，但你只要反对霁温风，就是我们的亲人！"

女生们："真是无耻的竞选策略呢……"

…………

方长："大家好，我是方长，……"

南城人："这就是那个把营销从食堂做到厕所的方长吗？"

…………

梁闻道："大家好，我是梁闻道。别的不多说，选举我为学习部部长，我会把我的学习经验录成《梁闻道十三讲》，让本专业同学期末总分平均拉高 30 分。限时免费哦！"

电视机前的南城人："别说了投你。"

萧竹清出现在电视屏幕上："我是谁，你们可能不晓得，但我敢保证你们都看过或者听说过我写的文。我的大名叫萧竹清，来自（8）班，我的外号叫 × 女，想起我了吗？嘿嘿。"

南城人："……"

萧竹清："话不多说，女孩们联合起来投我吧！从此以后角色扮演也好洛丽塔装茶话会也好甚至是漫展，都会努力筹备的！"她眼睛一眨吹颗爱心。

男生们集体举手："老师，可不可以投反对票。"

萧竹清如有耳闻，不屑地掏了掏自己的耳朵："男生也不要乱叫，有女生想着你们，还表明你们的青春有点儿价值。别说得好像你们本来会有甜甜的初恋一样，我们给你们写拉郎配，是抬举你们了。"

男生们："太过分了。"

…………

沈御双手抱着后脑勺，懒懒散散地坐在椅子上："啊，大家好，我是（12）班的沈御，我是来竞选……的。"

广播站里，颜苟早已黑进了转播网络，十指如飞地把"学生会主席"四个字消音，李南边坐在他身边抱着话筒配上"风纪部部长"铿锵有力的四个字。每到沈御说到关键处，就是哔的一声。

南城人："你是认真的吗？"

电视机前的沈御坐在高脚凳上，漫不经心地举起了拳头，挥舞了一下："如果你们……我就……"

颜苟机警地把他"如果你们能投我一票，我就努力工作"的原话抹掉，李南边在一旁激情配音："如果你们不投我，我就揍死你们！"

电视机前的男男女女："……"战狂沈御，名不虚传。

沈御走出演播厅，其他候选人看他的眼神都充满着畏惧和嫌弃。

邓特酷酷地问："为什么会发表这种宣言？"

沈御："我只是来走个过场嘛。"他对上霁温风探究的视线，又忍不住坐直了。他不能让霁温风知道他是硬着头皮来的。

"下一个，邓特！"老师喊道。

邓特走进了演播室里。

人刚站稳，广播站的李南边就把BGM推到最大，是一首潸然泪下的《二泉映月》。

在BGM的加持下，邓特回忆起了自己悲惨的童年、悲惨的少年，预料到了未来悲惨的青年、悲惨的老年，仅剩的右眼里浮起了心酸的泪水："我叫邓特，来自（6）班，来竞选体育部部长。我出生在一个单亲家庭，爸爸爱喝酒，三岁的时候妈妈被爸爸打跑了……我小时候没有朋友，经常挨揍，被人打坏了左眼，有一个拳师看我可怜，教我拳术，我一路打上南城，上学的钱是我从地下拳场打黑拳赚的……"

整个南城闻者伤心见者落泪，一片啜泣之声。

邓特在演播厅里讲了整整十五分钟："我小时候唯一的朋友叫阿布，是一只仓鼠，被我爸爸压死了……"

老师终于受不了了，敲了敲门："邓特，你已经占用了三个人的时间，下来吧！"

邓特酷酷地道："哦。"

邓特临走的时候，凶悍的老师按住了他的肩膀。

"拿去吧！"老师把一个厚厚的红包塞进了他的手里。

邓特酷酷地道："老师，我不能收。"他现在长大了，有正经收入了，每年在全员恶人组做保安顾问，年收入都抵得上一个普通工人。

老师拍拍他的肩膀："收着吧，大家都已经在为你筹集善款了。"

邓特："……"

一个又一个候选人完成了自己的竞选演讲，轮到杜米黄上台。

霁温风屏气凝神，决定命运的时刻到了。

只听见杜米黄铿锵有力地说一句："大家好，我是超人气明星杜米黄，今天我回母校，想要竞选的职务是学生会主席……"

霁温风不动如山。

"……的助理！"

霁温风眼眸精光一闪，上钩了！

南城人议论纷纷——

"杜米黄怎么会去做助理？"

"他这么金光闪闪的人不应该啊……"

"莫非他是故意把学生会主席的职位让给霁温风的？他们俩有什么关系？"

"与其说故意让给霁温风，还不如说是为了霁温风去竞选了小助理吧……"

"果然，帅哥跟帅哥之间哪怕相隔万里也会互相吸引……"

霁温风坐在长凳上，微微敞着双腿，手肘靠在膝盖上，低着头，此时抬眼，目光如电地探向陆容。

正因为流言心神不宁的陆容接触到他的目光，恼怒地挪开了视线。

杜米黄的竞选视频很快录完了，老师走出来叫道："陆容。"

霁温风暗中一笑：陆容，你会怎么选？

陆容起身，走向演播厅。杜米黄出门，与他擦肩而过。杜米黄像是意识到了什么，刹那回头，陆容已经进了演播厅。

视频上传来黑发少年清秀的影像。

"我叫陆容，来自（8）班，我想竞选的职位是……"

重要人物早就已经录完了，陆容是谁根本无人知晓，所有人都凑在走廊里喝着水谈起了可能的竞选结果，只有霁温风、杜米黄抬头看着视频中的少年。

他纠结了一阵，微微咬着嘴唇，看着地板，良久，才将目光重新对准了摄像头："学生会主席的助理。"

杜米黄看清了陆容的脸，咬牙切齿地问霁温风："是他对不对？！"

霁温风大马金刀地坐在位子上，霸气侧漏地抬起头来："杜米黄，你已经输了！"

霁温风此时的心意无比坚决。

虽然他脚臭，陆容还是在意他会与别人搭档！

原本以为自己这一生已经再也没有机会的霁温风绝处逢生，手插着裤袋站起来，周身散发出无与伦比的气势："我劝你自行离开，金毛败犬。"他轻轻一挑杜米黄的黄发，戏谑地松手，"连人都认不出来，有什么资格跟我抢搭档？"

杜米黄冷笑一声："游戏还没结束，大少爷。接下来，你会是学生会主席，而我是你的助理。"

"哦，是吗？"霁温风挑起了唇角，"你怎么知道……你一定能赢他呢？"

杜米黄心想：该死，莫非姓霁的还留有后着？！

霁温风并不言语，只是一声冷嘲，手插着裤兜离开了演播室的走廊。走到无人处，他掏出手机，给这两天疯狂在朋友圈打广告的全员恶人发了条微信：竞选套餐还有吗？你们要多少钱都可以，我要推个人上去。

全员恶人：谁？

霁温风：学生会主席的助理，陆容。

他绝不会让陆容输给任何人！

陆容录完竞选视频出来以后，遭受了全员恶人组的围追堵截："老大，你什么时候去竞选起了助理？"

"以老大的能力做个助理太浪费才华了吧？！"

"莫非跟霁温风有关……"

"别问了。"陆容扶额。

一想到霁温风和那个长相漂亮的大明星站在一起的场面……他就一失神说出了竞选助理的话。

幸好之后的竞选人里面，十个有八个是冲着竞选助理去的，他也不算太出格，只是免不了让别人觉得他花痴而已。

陆容喝止了组员的八卦，组员就老老实实递上了民调："老大，助理我们看中的其他候选人，民意调查结果都非常高，只有您……"

陆容一看自己的支持率，不足 0.1%

排在最前头的是杜米黄，有 48% 之多。

在助理这一项上，杜米黄是个男人，比女性候选人有更大的天然优势。女性候选人全是冲着霁温风来的，自己没有希望也绝不会选其他女性上去，必定选男助理，而杜米黄无疑是所有男助理中最讨人喜欢的一个。而且仅仅半天，霁温风&杜米黄的组合就超过了霁温风所有其他组合的总和。

陆容则查无此人，演讲视频临时录得也毫无特色可言，根本拉不到任何票。

于是出现了滑天下之大稽的一幕：南城大学的幕后黑手，这个学校真正的掌权校霸，辅佐无数人登顶，却唯独扶不起自己。

全员恶人："……"老大好没排面。

陆容看着那刺目的48%支持率，面无表情地道："没事，我自有办法。"

"对了老大，这个人说不管出多少钱，都要让你当选。这一单接了？"李南边兴高采烈地掏出了手机，向他展示着新来的冤大头。

陆容一看头像，心脏就从胸口跳了出来——是霁温风！

霁温风……想让我当选？

他接过手机一翻聊天记录，千真万确。

那……那个大明星是……

"他故意的。"陆容迅速理清了来龙去脉，"他拿不准我会不会去参加助理的竞选，想试探我——霁温风诈我！"

那些长久的冷战，故意的交好，深情的吟唱，都是为了让他患得患失，进而逼出他那句话！

他竟然会被如此拙劣的手段所蒙骗……

"可恶……"陆容将手指插入发间，自嘲一笑，他还真被霁温风给套路了。

不过……好像结果也不是太坏？

陆容定定地盯着屏幕上霁温风那句"你们要多少钱都可以"，嘴角轻扬。

那个家伙不也在我面前暴露无遗了吗？

"老大，讹他多少钱？"李南边搓搓手。

"市场价，一千块吧！"陆容收拾好心绪，面无表情地把手机还给李南边。

"这么少？"比方长还少一半。

陆容嗯了一声。

意思意思，让霁温风安心而已。

不收的话，霁温风还不知会出什么幺蛾子呢。

他心里已经有了万全之策，不需要霁温风插手，心意到了就好。

明天是投票日，看他如何力挽狂澜！

战斗吧！

第二天，就是南城大学的竞选日。

竞选日的规则极其简单。

每个人都会发到标有学生会所有职位的七彩特质选票夹，学生会主席、风纪部部长、组织部部长等选票都可以从上面撕下来，把这神圣的一票投入每个候选人各自的小木箱子里，到时候再把箱子里的选票倒出来唱票统计就可以了。

跟往年不同，今年的竞选日格外热闹。

因为不明势力的加入，这届候选人的宣发投入直线增加，各种条幅、横幅、广告展板、宣传单出现在学校的各个角落，甚至还有人搭台唱戏。连校门口小鱼饼摊位上的老王都拉起了广告位，往常贴着小鱼饼彩灯的地方亮起了"陆容"的名字。纸巾上的××物语也换成了"请投陆容一票"的宣传语。

同学A："陆容是谁？"

同学B："不知道，是哪个候选人吧？"

老王："是竞选学生会主席的小助理的那个。"

同学C、同学D："哦哦！"

他们还是记不起来是哪个，真是个平平无奇的男人。

走进学校里，半空中到处飘扬着霁温风的竞选物料，天空中的氢气球垂着"霁大少爷才艺双绝，投他一票绝对不亏"的条幅，洗脑效果一级棒。

萧竹清带领女孩们一大清早就投了票，但是她不满足固有票仓，此时抱着沉甸甸的箱子到处拦人。

邓特头顶自己的选票箱，手拖一辆手拉板在校园里到处晃悠。手拉板上坐着李南边，怀里抱着蓝牙音箱，播放着那首《二泉映月》。

经过昨天的视频宣传和后续的网络宣推，邓特的经历已经尽人皆知，此时熟悉的BGM响起，路过的同学们纷纷撕下了体育部部长的小选票，缄默地塞进邓特头顶的选票箱。

邓特酷酷地说着："谢谢！"车后座的李南边则接过男生的红包、女生的投喂，活像一对江湖卖艺的乞丐兄弟。

令仁穿着校服、披着"反风小分队"的绶带，带领一群人站在主席台上宣传自己的方针政策："我将会全力阻止霁温风的政策！"

路过的女生纷纷投来嫌弃的眼神，令仁丝毫不以为忤。眼见男同胞们都毫不犹豫地加入了他的队列，拼投票数量，他是不会输的！

"恶人真是个恐怖如斯的男人。"令仁心悦诚服地想，"真是天才的竞选方案！"

…………

沈御根本不在乎自己的投票结果，睡到大中午才赶来学校，发现竞选组委会已经倒空了三次他的选票箱，上头写着风纪部部长——沈御。

沈御："我竞选的明明是学生会主席啊？"

唱票员："不，你不是。你竞选的是风纪部部长。"

沈御："我为什么要去做风纪部部长，你不觉得这很荒唐吗？我选的明明是学生会主席。"

唱票员："其实……这两者的荒唐程度根本差不多吧！"

沈御："差很多！"

学生会主席因为有霁温风，自己根本不可能选上！

风纪部部长那就……

不对。

风纪部部长我也不可能选上。

想到这里，沈御就安心了："现在多少票了？"

唱票员："1989票，位列第一。"

沈御："怎么会有这么多啊？！"

唱票员："……"

怎么会有这么多你自己心里没有数吗？！

昨天挥舞着拳头在竞选视频里说"谁不投我我就揍谁"的难道不是你吗？！

现在你又来装什么"白莲花"啊！

梁闻道穿着白大褂站在操场中央，用两张桌子拼起了一个实验台，兜售他的脚臭药水："同学，你脚臭吗？这是我最新研发的脚臭药水，抗真菌消炎除臭，现在免费哦。这一支给你，拿好。顺便把你的投票留下。"

他的投票箱里很快就全是大家换脚臭药水的选票。

"真不愧是学神……"

"用这个季节最受欢迎、最有市场的脚臭药水来交换选票，真是天才的想法！"

"不，他根本不需要这么做吧！他原本就是最有可能竞争到学习部部长的人，没看见除了他根本没有什么人再去竞选这个岗位吗？也是因为毫无胜算。与其说是学神用脚臭药水来买选票，不如说他给所有投票的人附赠了这个季节最受欢迎、最有市场的脚臭药水，他真是太温柔了！"

梁闻道眼中精光一闪：嗯，这样临床试验的数据就有了，他的脚臭药水很快就可以申请专利进入市场，发财！

在一片热闹中，颜苟在群里分享了两小时后的票数统计。

"不妙啊……"梁闻道轻声说。

"怎么不妙？连邓特都拿到了一千票以上，我们的候选人应该可以说高枕无忧，等着上岗就行了。"李南边不相信地道。

"是老大出了问题。"颜苟把显示屏上的数据展示给大家。

果然，他们最担心的事情发生了：老大竞选学生会主席的小助理，出师不利！

"容容，你怎么还没来？！情势大大的不好！"李南边迫不及待打了个电话给陆容。

就在这时，一双学院风皮鞋迈入了南城大学的大门，修长的双腿坚毅地在大门口停下。

"不用担心，我来了。"电话里低沉的男声听起来镇定自若。

同一时间，coser（角色扮演者）陆容，定定地望着"南城大学学生会投票日"的横幅，浑身散发出必胜的气势！

喧闹的校园突然安静下来。

众人仿佛感受到了这股逼人的气势，通通停下了手中的工作，像沙漠中的狐獴一样竖起了脑袋，望着校园大门口的方向。

清脆的走路声不紧不慢地传来。

靠前排的男生通通睁大了眼睛，脸上泛起了红晕，这种状况很快蔓延到其他人身上。

"好漂亮哦……"

"这是哪里来的，简直像是从某国动漫中走出来的一样！"

"是哪个学校的，身上的制服根本没有在S城见过呢……"

只见陆容在全校同学面前，淡定自若地走过，然后找了个阴凉地，抖开了手中的白色油布纸！

上头写着——

"我叫陆××，我的哥哥是（8）班的陆容。

"我们俩相依为命，家里很穷。

"我哥哥这次想要竞选学生会主席的助理一职，希望能够更好地在霁温风少爷身边学习工作的技巧。

"可是哥哥昨天晚上很忧郁地说，他可能没有办法选上，昨天半夜忽然病倒了，现在还在急诊室里抢救。

"我希望继续哥哥未竟的事业，帮他赢得这次选举！

"请各位给我哥哥投上宝贵的一票！

"我一定一生都不会忘记的……"

铺完之后往白色油布纸上一坐，他卑微地抱着膝盖，闷头哭泣。

歪歪扭扭的黑色油性笔写的字，充满卖惨的小学生作文，看上去完全没有认真编造的凄惨故事……他的小摊位之前一下就围满了大学生。

大学生A："真是太可怜了……"

大学生B："陆容是谁？"

大学生C："说起来应该是某个竞选霁温风小助理的家伙吧……完全没印象呢！"

人群中蹿出来一个正义之士，一拳头打在他的脸上："说的什么混账话！为什么要在陆××面前说'他'哥哥的坏话，'他'哥哥还躺在ICU里啊！"

众人附和："就是，太没有同情心了！"

"我绝不允许你这么说我们的陆容！"头上已经扎上了"陆××全球后援会"标志的李南边蹿了出来。后面跟着同样装束的颜苟、梁闻道还有邓特。

颜苟蹲下来，一把按住了陆容的肩膀："陆××，我们是你哥哥的好伙伴，你在学校里的安全就由我们来守护！"

陆容："……"

你不是从来不会说话的嘛！

只有强者，才能拥有助理

因为陆容在竞选当天出动了陆××，导致他的竞选箱很快被挤爆。

这也难怪。竞争学生会主席的助理一职的，大多是女生，全部醉翁之意不在酒，冲着霁温风去的。

这就导致女生的票数极其分散，大家就算不投自己，也绝对不会投你！

男生则全部弃权——混账！

越是可爱的女孩子，他们越是不能投！他们就算死了，从这里跳下去，也绝不能便宜了霁温风那个大众情敌！

就在这个时候，陆××横空出世，靠着惊人的颜值吸引了所有直男的票仓。陆××又不是自己来竞选的，大家纷纷嚷着要为陆容献上宝贵的一票。

陆容嘛,去霁温风身边当助理那不是很好吗?既能锻炼能力,又能跟霁温风搞好关系,过几年还能去霁氏集团实习呢,努力赚钱改善我们陆××的生活水准!

陆容看着这水涨船高的支持率,唇角上扬。

就在这时,一个不速之客来到了陆容的摊位前。

"陆容……"沈御从喉咙里发出滔天怒吼,握紧了拳头,拳头上青筋暴露,"我要杀了你!"

他发现自己票数一路领先之后,去重新看了系统,他的志愿竟然被改成了风纪部部长。而他的视频也被人篡改了,展现在大家眼前的是张牙舞爪的自己:"我要竞选的是风纪部部长,不选我就打你哦!"

虽然没有任何证据,但是在他的印象中,南城大学只有一个人有头脑、有实力干得出这种事!

陆容眼睛一眯:糟糕,他忘记了,在这个学校里还有一个人可以看破他的扮装!那就是沈御!

陆××的后援会在战狂沈御的怒火下完全被压倒了气势,人群纷纷往两边闪躲,为沈御空出一条路。沈御燃烧着自己的小宇宙,一步一个脚印地走到陆容面前:"陆容,你的游戏,结束了。"

陆容暗自一咬牙,该死。

人群中议论纷纷:"沈御为什么管'他'叫陆容?"

"不应该啊,搞错了吧……"

"据我所知陆容长相平平无奇,我去问了(8)班同学,他们都说他脑子有问题。"

"可是看沈御这么信誓旦旦的样子,好像是认识啊?"

"这……不会真的是陆容自己假扮的吧?!"

颜苟、李南边、梁闻道、邓特张嘴反驳:"不可能!"

陆容:你们几个喊得那么响做什么!

最应该认出我来的就是你们几个吧?!

因为沈御的打断,陆××的粉丝立刻分为了两拨。一拨是唯陆××党,认为如果是陆容扮装的话那就太恶心了。另外一拨是团饭,认为不论是陆××还是陆容容，我都可以！

沈御是在场唯一没有受到陆容扮装颜值暴击的人。

他一回来，又被陆容篡改志愿去当什么风纪部部长，他唯一想做的事就是撕掉陆容的伪装，让大家看清陆容的真面目！

陆容感受到了沈御的敌意，气势突然变得冰冷，站了起来，表情严肃。

"你只不过是个无所不用其极的骗子！"沈御潇洒地伸出了手指，直指陆容的鼻尖。

面对沈御不留情面的指责，陆容微微张嘴说了句什么。

沈御甘拜下风。

陆容冷哼一声，犹豫就会败北！

陆容拿过自己的投票箱，递到他们眼前。

杜米黄正在学校里到处找陆容，经过万人膜拜的陆××身边，不屑一顾地说道："根本没有陆容千分之一。"

就在陆容为了成为霁温风的小助理而不断努力的时候，霁温风也在为了成为陆容的学生会主席心机用尽。

此时此刻，穿着全套西装端坐在霁氏集团第四十八层总裁办公室里的霁温风，正陷在真皮沙发中，优雅地喝着咖啡。

"你就是杜米黄的经纪人？"霁温风托着腮慵懒地问。

经纪人双手撑着膝盖："是！"

"杜米黄最近不忙吗？有空到学校里竞选学生会主席……的助理。"

经纪人一愣："助理？"

霁温风搅动着勺子，眼睛一眯，果然，杜米黄临时改变自己的志愿没有和经纪人商量。

"是啊！以他这样的人气，要是跟我一样选择竞选学生会主席，我还真要头痛一下。没想到他纡尊降贵，想做我的助理呢！"霁温风漫不经心地瞥了一眼经纪人。

经纪人冷汗直冒。

之前他就不同意杜米黄回学校选举。杜米黄念书的时间很少,要是真的因为人气成为学生会主席,那不但不是他的加分项,还会被喷上热搜。无法承担起责任的学生会主席,对学校、对杜米黄都不会有好的影响。但是学生会主席的助理……

他都能够预料到一旦消息传出去,会是一场多么猛烈的腥风血雨!

杜米黄会小小年纪就被贴上抱……大腿的标签,这对他的打击是致命的!

霁温风双手交叉,叠在下巴上,冲他一笑:"你担心的,也是我担心的。我也不希望传出这样的传闻。"

"知道了,我会回去处理。我这就打电话给校方,停止杜米黄这次的竞选行为!"

"嗯。"霁温风满意地点点头,"那么为了补偿他,下两个季度的代言人合同,已经拟好了,请过目。"

霁温风打了个响指,助理将代理合约交到经纪人手上。

经纪人不由得对霁家大少爷刮目相看。

虽然年纪小,但是很懂等价交换,也不让人吃亏,真是让人恐怖的少年。

经纪人打电话训斥了杜米黄,又打电话给校方取消杜米黄的竞选计划,这才签了合约。

"他听起来很生气啊!"霁温风排挤掉了陆容最大的竞争对手,身心舒畅。

"是这样子吧,似乎在学校里想找什么人。不过小孩子,闹几天也就好了。"

霁温风打了个内线电话,通知经纪人道:"为了让小杜换一下心情,这两天就让他去塞岛拍下个季度的广告片吧!会有专机带你们过去。"

经纪人:"那真是太谢谢了!"

杜米黄还没找到陆容,就被莫名其妙扔到了塞岛拍片,打了个电话痛骂霁温风:"你是魔鬼吗?!"

霁温风冷哼一声。

当杜米黄大哭大叫地被拖走的时候,霁温风当选为南城大学第四十三届学生会主席。

而陆容趁霁温风来之前,去厕所里换了校服,没有让霁温风发现一丝一毫异状。

他站在学生当中,抬头望着霁温风的脸,听到校长在主席台上宣布:"第四十三届学生会主席的助理——陆容。"

四周响起雷鸣般的掌声!

"陆容从 ICU 里站起来了,天佑陆××!"

"我们给陆××的心意,传达到了陆容身上呢!"

"真好啊,陆容终于达成了心愿……"

品牌创始人的温情故事

就职典礼结束以后,学生们都散了,新任学生会成员通通走下了主席台。

队伍里的霁温风抓着陆容的衣服,逆着人流将他拉到了主席台后头,不为人知的角落里。

"干什么?"陆容试图挣开。

霁温风不说话,然后邪肆地一笑:"嘴上说着不愿意,最终还不是当了我的助理?"

陆容瞪了他一眼:"明明是有人不择手段也要我当选,看来你认为有钱就是可以为所欲为?"

霁温风一把拽住他。

"只是我一个人的功劳吗?你最后还不是……"

"有句话,我想问你,现在你老实告诉我……"霁温风道。

陆容:"你要问什么?"

霁温风郑重地问道:"你先保证,遵照你的内心,真实地回答你的感受。"

陆容:"……哦!"虽然他看起来很严肃的样子,但不知为何心中有不好的预感。

霁温风做了一番心理建设,正色道:"陆容,我的脚,真有那么臭吗?"

陆容:"……"

陆容从灵魂深处发出了匪夷所思的声音:"啥?"

"这几天,我一直在研究防脚臭药水。"霁温风丝毫不觉得哪里不对劲,自顾自说了下去,还避开了他的目光,"我知道比起你我的脚很臭,可我一直在努力变香!"

陆容无言以对,陷入了回忆当中。

那天他忽悠霁温风买鞋的时候,好像诬陷说霁温风脚臭。

他顺带也蒙混过关那双鞋是从梁闻道脚上借来的事实。

"你这几天对我不理不睬,就是因为这个?"陆容问。

"我也不想。"霁温风手插着裤袋,深沉地走了几步,眺望远处的夕阳。

"只是如果脚很臭的话,再怎么努力,也没有资格跟你并肩吧?"霁温风转身,痛苦不堪地望着陆容,"所以我在心中暗暗发誓,如果没有办法把脚臭根除,我就再也不跟你说话。"

陆容:"……"

他真是万万没想到呢!

霁氏公子为何突然冷漠,真相竟然是这个!

陆容在心底里烦躁地啧了一声,松开了衬衫扣子,眼神从认真等待审判的霁温风身上掠过。

不过……所有反常和努力,全是因为自己的一句话……

陆容走过去,正色道:"不臭。"

霁温风显而易见地松了一口气,但还是忐忑不安地问:"你是在安慰我吗?"

陆容:"不是……"

"我不需要你的同情,我需要的是你真心实意的肯定!"霁温风眼中闪烁着希望之光,"自从你说我脚臭以后,我就跟梁闻道一起,仔细分析了脚臭的成因,试验了上千次寻找抑制真菌的药物,现在已经取得了初步成功。如果能通过临床试验,就打算投入生产。"

陆容:"……"

看来忽悠你还能为人类文明做贡献呢!

"我已经不是从前的我了。"霁温风和陆容在主席台的阶梯坐了下来,把自己的右腿郑重其事地递给陆容,"我自己已经用上了,卓有成效。你脱下来闻闻。"

陆容:"……"

霁温风见陆容当场石化,失望地垂下了头:"我知道了,还是很臭。我走了,再也不会来烦你了。"

陆容:"……"

霁温风没想到即使付出了那么多努力还是无法获得陆容的肯定,怏怏地收回了脚。

这时候,陆容握住了他的脚踝,脱掉了他的球鞋,低头闻了一下。

陆容很快抬起头来。

霁温风紧张地咽了口唾沫,仿佛要接受末日审判。

陆容咬牙切齿:"你往脚上倒了多少香水?!"

霁温风一愣,嘴角疯狂上扬:"是香的,对吗?!我就知道。"

他尾巴高高地翘了起来,潇洒地一捋头发,以施恩的态度高高在上道:"那就再给你闻一下吧!你这贪心的助理。"

陆容:"……"

走开,不要拦我,我要把他的脚塞到他的嘴里!

就在这时树丛边的闪光灯一闪。

陆容和霁温风同时眼睛一眯,警觉地回过头:"……谁在那里?!"

萧竹清拿着单反,从树丛里一脸复杂地站了起来。

陆容:"你竟然偷拍我们?!"

萧竹清喊了一声:"本来想用学生会主席小助理密谋作为校刊恢复第一期的头版头条,没想到只看见小助理捧学生会主席的臭脚!呸!

陆容，你真是个没有骨气的男人！只是一个学生会主席就让你谄媚至此！"说完，萧竹清骂骂咧咧地走了。

霁温风、陆容：她偷拍得好生理直气壮！

霁温风彻底解决了脚臭问题，和陆容重归于好，来到化学实验室，找到了在这里夜以继日研发脚臭药水的梁闻道。

霁温风："我和我好朋友已经和好了，我要退出这个项目组。"

梁闻道反问："这跟你好朋友有什么关系？"

霁温风："呃……"

糟糕，他无意间说漏嘴了！

如果说是因为好朋友从前嫌弃但现在不嫌弃他脚臭，那至少说明他曾经脚臭！他现在刚刚当选学生会主席，绝不能传出这种负面新闻！

霁温风圆了回来："我朋友觉得我现在不怎么陪他玩，生气呢。"

梁闻道冷嗤一声。

霁温风拍拍他的肩膀："好好干，等临床试验成功了就去注册知识产权，然后我给你建个厂子，专门生产销售脚臭药水，我们按比例分成。"

梁闻道："啊！"

想不到他梁闻道第一项投入实际使用的知识产权会是治脚臭的药水！虽然听起来不怎么高端大气上档次，但是试问大学一年级学生谁能做到这样？！他觉得作为起点已经非常高了。

霁温风："其他都由你研发，品牌由我命名，就叫'容珍'。"

梁闻道："听起来有点儿……"怪怪的。

霁温风不容置疑："不行！一定要叫'容珍'，这是有纪念意义的名字！"他希望以后所有因为他们的产品改变人生的人，都传诵着品牌创始人的故事。

梁闻道："……好吧！"

霁温风既然强行使用了共同研究的命名权，想要给他一点儿补偿。他从书包里拿出那双鞋，打开盒子递给梁闻道："这双鞋，送给你。"

梁闻道："……"我看着有些眼熟。

霁温风："我打算把我以前的球鞋都处理掉，这双特别臭。送别人他们会吃不消，从来没有过那么好的鞋子，心态会崩了。但你不一样，你本来就有一双。你可以两双换着穿。"

梁闻道："哦，谢谢！"

霁温风："说来也奇怪。这双鞋我只是套了一下，连五分钟都不到，就比我其他所有的鞋子都臭，你知道是为什么吗？"

梁闻道："……不知道。"

霁温风把那双鞋大方地塞到梁闻道手中："那我先去上课了。"

梁闻道："再见。"

目送霁温风离开实验室，梁闻道面无表情地盯着怀里的鞋。

这鞋确实很臭。

梁闻道突然有一个大胆的猜测，浮上了他的心尖——莫非，脚臭之人，原来是我？！

一件衣服引发的"血案"

霁温风从实验室出来，率先坐上了老宋的车，发现副驾驶位上放着一个纸袋子。

霁温风拨了一下袋子，指着里头的东西问老宋："哪儿来的？"

老宋："二少爷订的。"昨天二少爷匆匆在网上下单，让他同城取货，今天用完了就换下来放在了副驾驶位上。

既然是陆容的东西，霁温风就不由得好奇地打开袋口，看了一眼。

他不看不知道，一看吓一跳——袋子里面赫然是一套演出服！

霁温风突然兴奋……

霁温风假装无事发生地靠在椅背上，浑身散发出淡然自若的气势。

陆容拉开了车门，看了霁温风一眼，坐了进来。

霁温风双手交叉放在腹上，饶有兴味地盯着他。

他想不到容容为了挽回自己，不但努力争取助理一职，甚至还要穿着演出服来讨好自己？

幸福来得猝不及防，霁温风唇角一勾："你倒花了不少心思。"

陆容奇怪地看了他一眼，不明白他在说什么。

霁温风托着腮，眯着眼睛凝视他半晌，发现他伪装得什么都不知道，坏坏地闷笑一声，戳穿了他的计划："真是让人没有想到呢……"

陆容暗自一磨牙。

都怪他一时之间失心疯，不但做了霁温风的小助理，还为了安慰霁温风破碎的自尊心去捧他的臭脚，现在霁温风尾巴都翘到天上去了。

陆容双手环胸，眼见他逐渐膨胀，把脸一冷："这也不算什么。"

他要做霁温风的助理，不过是出于政治考量。

没错，是政治！

如果学生会主席身边有了别的人，那他控制南城大学的阴谋就不容易落实。谁知道那些人会对霁温风说什么。

他才是要做南城霸主的男人，绝不允许他的傀儡身边出现什么祸国妖姬，就是这样。

陆容恼羞成怒地想着。

但凡他的一点儿不同表情，在霁温风眼里都能自带柔光滤镜，此时他恼羞成怒的样子，自然也让霁温风解读出了完全不同的意味。

他回头，冷酷且不失狂热地吩咐老宋："开快一点儿。"

你有什么花招，全拿出来吧！

车一到在榕山庄园，霁温风就打开车门，大步流星赶往自己的房间。

老宋和陆容看着霁温风赶着去投胎的背影："……"

不知道他发什么疯。

陆容懒得理他，问老宋："我让你藏好的东西呢？"

老宋哦了一声，伸手拎起副驾驶上的纸袋，递给他。

那么私密的东西为什么摆在副驾驶位上啊？！

陆容无语地接过。

突然，他想到什么，转头问老宋："宋叔，他刚才，不会是……"

老宋一愣，缓缓把手握住方向盘，目视前方，一本正经地开着车。

陆容眼神一厉："他看到了，是不是？"

老宋依旧把着方向盘，目视前方，一本正经地开着车。

陆容拎着纸袋，慢慢移到老宋脑袋边上，一把攥住了纸袋。纸袋发出了惨烈的声音，仿佛人被掐住了脖子。

"再有下次，就是这个下场。"陆容冷冷地说道。

老宋："……是。"

霁温风在自己的卧室窗口，看着底下陆容抱着衣服进门，唇角一勾，脱掉了衬衫，赤脚走向衣柜。

霁温风打算去浴室，突然发现抽屉里还有一样别致的小玩意儿，亮得刺眼。

他双手抓过绵软的布料，放在身前抖开，是一件亮黄色性感内衣。

霁温风抓着内衣，陷入了回忆之中……

那时候自己刚和陆容相识，误会他是……自己是个大善人，一心想把他从深渊中拉出来……

不过，经过这一个多月的改造，陆容的性子已经改了不少，虽然为了达到和自己和好的目的，还是会穿表演服之类的，不过不碍事。

霁温风眼神变深，大手一挥，将亮黄色性感内衣扔在了床上。随即他大步流星地冲进浴室。

方晴和霁通此时正在卧室里，进行一场推心置腹的谈话。

霁通："晴儿，我有一个问题，一直想问你。"

方晴："说。"

霁通："呃……好像自从我们结婚以后，一直没有见过你那件饱和度相当高的性感内衣。"

方晴哦了一声，心下了然，打开了抽屉，展览着自己的所有的性感内衣，冲他一挑眉，魅惑道："你想要哪件？"

霁通:"……"

霁通:"我不是不正经,我是真的上上下下都没找到。"

方晴眼睛一眯,感觉事情并不简单:"你为什么要找我的内衣?"说着她哦了一声,心下了然,再次伸手在空气中缓缓一挥,展览着自己的所有性感内衣,"你可以在这里随便挑一件,我会帮你选择适合你胸围的。"这次她的口气像个专业内衣店员。

霁通:"……我既不是要你穿,也不是想自己穿,我是在正经跟你谈论你丢了一件内衣这件事。"

方晴消化了一阵:"哦,你想谈论什么?"

霁通眼神一寒:"你的内衣哪里去了?"

方晴费解:"你不是说丢了吗?丢了就是丢了,没有了,我要是知道在哪里,它就没有丢。"

霁通咄咄逼人:"内衣怎么会凭空丢呢?!"

方晴正色道:"只要是东西,就会丢。内衣也是东西,自然也会丢,这没有问题。"

"你说得倒有几分道理……"霁通回过神来,拧了拧眉心,"晴儿,内衣这种私密性很高的东西一般是不会丢的!要不被人偷了,要不就是你脱下来扔在了它不该在的地方……"

方晴沉吟片刻:"嗯,我觉得是小风偷的。"

霁通:"你怎么回事啊?!我是在暗示你出轨你没有听见吗?!"

方晴充耳不闻,竖起了一根手指摇了摇,摆出一副名侦探的样子在屋子里踱来踱去:"被人偷了,被谁偷的?这个霁家大宅里面的常住人口,只有你、我、小风、容容。你有我所有内衣的使用权。"

"是解开权。"霁通申明,"我从来没有使用过。"

方晴从善如流:"你有我所有内衣的解开权,你用不着偷。容容是我的儿子,他是一个正经的孩子,所以也不会是容容。剩下的只有小风了。"

方晴搭住了霁通的双肩:"去跟小风好好谈一谈吧,我是他这辈子不可能得到的女人。"

"都说了我在暗示你出轨……"霁通还没说完就被方晴推出了门。

霁通:"……"

他跟方晴在一起的每一天,都那么刺激,那么惊心动魄。

方晴真是个神奇的女人。

霁通走到二楼,敲了敲霁温风卧室的门。

虽然霁通完全不相信小风会偷方晴的内衣,但是内心深处还有点儿忐忑的。

毕竟方晴那么漂亮,风韵犹存,而方晴从一开始就觉得小风长得比他帅得多得多……

等一下,那应该是方晴偷小风的内衣才是!

霁通:"……"

发现自己的思路逐渐"晴"化,霁通把脱缰的思路拽了回来。

不过小风这个年纪的男孩子,正是对两性关系最为好奇、又有探索欲望的时期,因为一时冲动做出某些不道德的事,确实也存在这种可能性。方晴跟小风又没有血缘关系,就算现在还没有苗头,他作为父亲也应该旁敲侧击地了解一下儿子的问题。

霁通想着,敲了敲门。

没有回音,依稀可以听见流水的声音。

小风在洗澡。

霁通回头就走,打算一会儿再来,走了几步,心中却响起了魔鬼的声音:想彻查小风有没有对方晴存在不该有的想法,当然是趁他不注意冲进去把衣柜翻一遍。

他犹豫了三秒钟,做出了决定:这个家里有一个没有素质的方晴,有一个偶尔没有素质的容容,也不多一个偶尔没有素质的霁通!

他想着,按下了把手,偷偷进了霁温风的房间。

然而他根本用不着翻衣柜,方晴的那件亮黄色内衣,就这样不知廉耻地扔在小风的床上!

啊！

霁通这个老父亲心碎地在床边坐下。

怎么会这样子呢？

陆容：我只是想赚点儿钱……

就在这时，啪嗒一声，浴室门打开，霁温风脖子上搭着大毛巾，施施然走出了浴室。

没想到是他爸爸，他爸爸一脸怜爱地抚摸着床上的……霁温风汗毛倒竖："爸，你在干什么？！"

霁通气急败坏："你想干什么？！"

霁温风一愣：难不成陆容跑到爸爸那里告状去了？！不应该啊！

霁通看他帅气俊秀的脸上浮起了又气又急的红晕，心里一沉：现在的大学生真是恐怖如斯！

霁通气得胸口疼："你……你……我把你养那么大，你就是这样报答我的吗？！"

霁温风心口一窒。从小到大，爸爸都是很温柔的人，从来不会斥责他，总是耐心地跟他讲道理。现在爸爸一上来就骂他辜负了养育之恩。

霁温风辩解道："关爸爸什么事？！"

"关……关我什么事？！"

霁通气得说话都结巴了，强压下怒火，推了推眼镜："小风，你有青春期萌动，是很正常的。知错就改，爸爸还是会原谅你的。可是你这样蛮不讲理，还有一点儿身为人子的自知吗？！"

"凭什么？"霁温风据理力争。

只是cosplay都不行，都什么年代了？

霁通："你不知廉耻！她虽然跟你没有血缘关系，但毕竟是你母亲！"

霁温风刚想反驳，结果蓦然听到后半句："啥？！"

看着眼前气得像头发怒的公牛的爸爸，霁温风陷入了沉思。

难道爸爸一直在说的是方姨？

霁温风努力捋了一遍刚才的对话，伸出双掌，否认："我不是，我没有。"

霁通举起了手中的亮黄色性感内衣："小风，你口口声声你不是你没有，那你说说，方姨的内衣为什么在你的床上？！好好一个孩子，你羞不羞？！"

霁温风一看内衣被霁通抢走了，劈手抢了回来："什么偷？这不是我偷的！这也根本不是方姨的，你不准碰！"

"这个款式、颜色、上头的花纹，分明就是你方姨的！"霁通气得满脸通红，作势要抢。

"胡说八道！别想蒙我！我还不知道这是谁的吗？！"霁温风可是亲手从陆容脚下捡来的，哪儿能那么容易松手？

父子俩一人拉着一边胸片，差点儿没把内衣扯成两半。

刚巧王秀芳拿着洗衣篓来收衣服，推开门就撞见这一幕。

霁通："你快松手！"

霁温风："胡说！明明是你才应该松手！"

霁通吓得一激灵，手指一松，霁温风抢下了内衣，满脸都是阻止了父亲的松释感。

"你刚才说什么？"霁通分明听到"陆容"二字，却根本不敢相信，"这件内衣……到底是谁的？！"

霁温风到此时也瞒不下去了，叹了口气："是陆容的。"

"怎么会这样……"霁通瘫坐在床边。

王秀芳津津有味地看完了全场，默默地替两父子关上了门。

霁家，不会好了。

霁温风送老父亲到门口。

"这件事你就别管了。这都是个人爱好，也没有什么大不了的，又不影响什么。"霁温风充满私心地说着。

霁通："那还是要管管的。我这就去跟你方姨通通气，让她跟容容好好聊聊。"说着他尴尬地指了指霁温风在指尖旋转的亮黄色性感内衣，"这个……可以还给我吗？"

霁温风手势一收，攥紧了内衣："都说了是陆容的。"

"我刚才看了一下，左罩杯底下有一处脱线了，的确应该是你方姨的。"霁通扶额。

"……原来如此。"霁温风一听是方晴的，手忙脚乱地扔给了霁通。

霁通转身欲走，突然想起来一桩事，回头问儿子："有一件事，我一直想不明白。"

"什么？"将要关门的霁温风若无其事地扶着门框。

"既然是容容偷了他妈妈的内衣，最后为什么在你的床上呢？"霁通一推眼镜，镜片反射出名侦探的光芒。

霁温风："……"

霁通："……"

霁温风肃然道："当务之急，是赶紧去找陆容谈谈。"说着他砰的一声关上了门。

霁通："……"

霁通回到房间里，把在霁温风房间里得知的一切报告了方晴。

方晴："不可能！我家容容堂堂男子汉，根本不会干这事！"

霁通："可是小风说……"

方晴："一定是小风偷了我的内衣，没有担当，嫁祸给容容！"

霁通："你这样说小风，可就有点儿过分了啊……"

方晴："是骡子是马，拉出来遛遛就知道了！"

说着她抢过霁通手中的亮黄色性感内衣，雄赳赳气昂昂地下楼，先是敲开了霁温风的门："你说容容……"

霁温风刚洗完澡，穿着纯棉T恤和家居短裤撑着门："啊！"

方晴气势汹汹："敢不敢当面对质？"

霁温风："技术层面上，敢。"

只是如果陆容知道自己把他扮装的事捅到了爸爸妈妈那里，可能

193

会发飙。霁温风刚才已经意识到爸爸来找自己只是为了亮黄色性感内衣了。

这曾经只是他们俩兄弟之间的小秘密，现在他泄露了出去，陆容恐怕不会原谅自己。

可是事到如今，不说出真相，他就会变成偷女人衣物的变×。相较之下还是让爸爸妈妈误会陆容比较好吧？这样瞒下去事态只会越发不可收拾。

霁温风想通这一层，坚毅地抬起头："战略层面上，也敢！"

"好吧，既然如此我们就一起去找容容，当面锣当面鼓，看你们俩到底谁在说谎！"方晴带头，霁温风、霁通殿后，朝陆容的房间走去……

此时此刻的陆容，正在房间里静悄悄地写作业。

可是今天他写得心神不宁。

微信一直在响，全员恶人组里刷屏不断。

老大，陆××在吗？

老大，陆××微信给一个？

老大，陆××喜欢什么颜色的花？

老大，陆××有男朋友了吗？

陆容极其无语。

男大学生恋爱不需要视力。

老大，全校男生都想要陆××的照片，你可不可以传几张照片……

求你了……

我们给你跪下了。

陆容眼前一亮。

陆容：全校男生都想要陆××的照片？

李南边：千真万确！

陆容冷漠：十块钱一张。

全员恶人：……

老大是什么魔鬼？！竟然卖起了亲人的照片？！

书桌前的陆容淡定地放下了笔。

虽然很不喜欢别人……自己，但是，他也很喜欢钱。

最近他都没赚什么钱，一次选举忙成狗，地主家也没有余粮了。

陆容一脸肃然地站起来，伸手拿出了纸袋里的表演服……

"容容！"方晴毫无素质、气势汹汹地一掌拍开了陆容的房门。

下一秒，瞳孔紧缩，她愣在原地失去了一切言语。

第二个进来的是霁通，他把嘴巴张成了一个大大的O形，赶忙低头，非礼勿视非礼勿视。

最后一个抵达的是霁温风。

他往房间里看了一眼，差点儿鼻血"噗"地喷了出来。

陆容："……"

陆容僵硬在原地。

他正穿着一整套表演服……

为什么在这种时候他们全家都冲了进来啊？

方晴"扑通"跪在地板上，"是在下输了……"

陆容："……"

父慈子孝恋爱咨询会

霁家召开了紧急会议。

与会人员有方晴、霁通、霁温风、犯罪嫌疑人陆某。

主审人是方晴。

她严厉地扫了犯罪嫌疑人陆某一眼："怎么会这样？是从什么时候开始的？"

犯罪嫌疑人陆某坦白从宽："一开始是你们婚礼上排演那次……后来去DSN穿了一次，再然后就是刚才。"

在方晴身边负责录入的霁通列了一下时间点，眼睛瞪圆，他发现了问题："每一次干这事的间隔时间越来越近了……"

霁温风把一切推给了客观原因:"现在社会毒性很强,怪不得他。"

主审人方晴情绪开始不稳定:"为什么会染上这种瘾?为什么是我们家啊?"

霁温风:"阿姨,此言差矣,这……也没什么的。"

方晴:"你懂什么!你人帅多金,喜欢你的小姑娘从东排到西,可是容容呢?!现在有两千万光棍,容容在择偶上的唯一的优势,就是性别啊!"

陆某:"……"

方晴捶桌:"现在他喜欢上这个,连最后的优势都失去了,他这样怎么在竞争激烈的婚恋市场上出头,他会娶不到老婆的!"

霁温风"噌"地站了起来:"但你有没有想过,他另辟蹊径……"

方晴恍然大悟,然后面露哀痛,紧紧握住了陆容的手:"妈妈不想你再重蹈覆辙,过跟妈妈一样的人生!"

霁通一脸蒙地抬头:"……啊?"

陆某自开审以来一直保持沉默,此时深沉地看了方晴一眼,惜字如金地开腔:"你过得还挺好的。"

方晴陷入了沉默。

审讯桌边死一般寂静。

方晴慢慢坐回了自己的位子上:"你说得好像也有几分道理。"

她思索了一会儿,抓起一旁的镇纸,在桌子上一拍,做出了最终审判:"既然你已经决定了,就这样过下去吧,只是不要影响学习。"

陆容与霁温风对视一眼,通通松了口气。

"等一下,我还是有一个问题——既然是容容偷了他妈妈的内衣,那内衣为什么在你的床上呢?"霁通目光如炬地看向霁温风。

霁温风:"……"

陆容:"……"

两人起身:"我们先回去做作业了。"

霁通:"不要无视我啊!"

他拿镇纸拍桌子,可是两个少年早就溜了。

霁通和方晴回到卧室里。

方晴套上外套准备出门。

霁通："你到哪儿去？"

方晴一撩头发："给我儿子……"

霁通："……"你接受得也太快了吧？

方晴："他这个年龄应该穿高中生纯棉弹力小背心。"

霁通："……"她接受了之后重点好像也不太对呢！

霁通正色道："没什么。只不过现在应该关心的是小风和容容的关系吧！我总觉得他们俩闹别扭。容容……又故意把内衣脱在小风的床上，我问他们到底怎么回事，他们还老是转移话题……"

方晴闻言，脸色大变，单手拎起了霁通的衬衫："混账，你说什么？！你在暗示是容容诬陷了小风？！呸。"方晴流里流气地吐了口唾沫。

霁通承受着方晴的怒火："家里不准随地吐痰。"

"而且我只是在跟你聊两个孩子的教育问题。"

方晴叹了口气，丢开了他，大马金刀地在床边坐下，怒气冲冲地道："我现在不想聊这个。"

霁通逃出生天，喘了几口粗气："……"

"刚刚知道容容喜欢扮装，已经够刺激了，完全不想去想他们还有啥不良习好的可能性！"方晴抱着脑袋，逃避现实，"如果他们真的关系好，那容容一定是扮演弱者的那个角色——这倒不是说小风多有男子气概，只是容容现在都这样了，除非小风也穿，那么他们俩究竟谁更娘这件事也尘埃落定了——啊，我跟你打的赌，终究是我输了！"

霁通推了一下眼镜："这时候放下奇怪的自尊心关心一下孩子们吧……"

方晴站起来："总之，容容的这件事，已经给了我致命的打击。再让我接受他有别的，我方晴，做不到！"说着她扭过头对霁通飒然一笑，阳光正好照在她泪流满面的脸上，"我啊，在养孩子这件事上，半点儿也不想输给你呢……"

霁通:"……"

"走了,给容容买衣服去了。"方晴手插着裤袋,大摇大摆地一脚踹开房门,心情郁闷地出去了。

方晴不靠谱,霁通下楼去找霁温风。他要跟小风深入谈一谈,好好了解一下这两个孩子的现状。

陆容接受完来自家长的盘问,怒火中烧地回到卧室,霁温风一声不吭地跟在他身后。

陆容摔门,霁温风伸手拦住,想挤进来。

陆容猛地回头,冷笑一声:"你还有脸进来。"

霁温风早已准备好面对狂风暴雨,低声唤他:"容容……"

"我问你,是不是你把我这点事情捅给叔叔和我妈的?"陆容环着胳膊凛声问道。

情况紧急,但是霁温风看着眼前穿制服的陆容,一时失语。

"果然是你!"陆容愤恨道。

霁温风连忙解释:"我看见我爸爸要拿了那件衣服,没办法才吐露了实情。这件事是我不好,我向你道歉。"

"谁有性感内衣了啊!"陆容五官都扭曲了,"我根本就没有性感内衣!"

"容容没有,哥哥给你买。"霁温风温柔说着,拿起了手机,"我这就联系独立设计师给你自创一个内衣品牌。"

"神经病啊!"陆容发出了崩溃的嘶吼,抢过他的手机丢在一边,"你这样让我以后怎么做人!"

"容容,你放心,我会保密的。"

"保密?我要你保密?"陆容意识到霁温风今天态度格外好,看了看自己的打扮,明白了。

他冷笑一声,解开扣子,脱一件往对面扔一件:"你看清楚我是谁!"

霁温风左手抓着外套，右手抓着下装，又飞来一件衣服蒙在了脸上。

陆容穿上了自己的白衬衫，一脚把他踹出了房间。

虽然方晴不肯面对现实，但是霁通是一家之主，现在必须面对的问题就是，容容不但是个问题少年，而且小风还为他保密。

他打算跟儿子推心置腹地谈一谈。

他一下楼，就看见儿子左手抓着外套、右手抓着下装失魂落魄地站在容容的房门外。

霁通一颗心提到了嗓子眼："你……你跟容容怎么了？"

霁温风咬着嘴唇低下了头："我把容容的事情告诉了你，你又告诉了方姨，他现在生气了。"

霁通把心放了回去："这也难怪……"

"都怪你！"霁温风狠狠瞪着霁通。

霁通："……"

霁通领着霁温风回隔壁屋："你没有替他保守秘密，他怨你也正常。不过这件事越早跟咱们说越好，容容他跟其他小男孩相比有一点儿特别，他需要家长的监督和引领……等一下，为什么你告密以后，容容会把全身的衣服丢在你身上啊？"

霁通一颗心又提到了嗓子眼。

霁温风垂头丧气地坐到床边，睹物思人："我看到容容穿着这身衣服，就觉得他很行啊，可是他生气了，这是为什么呢？"

就是这个！

霁通敏锐地意识到，如果这件事没有处理好，小风很可能会走到其他路上去！

霁通严肃地搭上了儿子的肩膀："也就是说，你对扮装容容和普通容容的态度，是不一样的。"

霁温风："嗯……其实也没有很不一样吧？"他只是会比平时更觉得有意思罢了。

霁通睿智地一笑："你这样不敢肯定的语气，说明你自己心中也是清楚的。同样是一个人，你对扮装容容更好，容容感觉得到，可他根本没有变，他还是他，你却区别对待，他当然会觉得你只是对扮装容容感兴趣，而冷落了真实的他。"

"他竟然会这样想吗？！"霁温风猛地站了起来，"我现在就要去告诉他，我根本就不是这个意思！"

"嗯，去吧！"霁通很高兴地看到了儿子的成长。

这样一来，霁温风就能时刻记得容容是他的弟弟，哪怕面对有问题的容容也克制自己，与容容做一对好兄弟。

而霁温风接受了父亲的表扬，暗暗发誓：这样一来，我就要时刻记得一样对他。

"谢谢爸爸指点迷津！"霁温风感激地道。

"不客气。"霁通挥挥手。

房间里充满着父慈子孝的气氛……

方晴在霁温风之后敲开了陆容的门。

陆容："滚！"

方晴一愣，打开了新世界的大门。她儿子不但某些方面有了问题，而且脾气也变大了。

陆容骂完之后发现是妈妈，不是霁温风，顺从地站了起来，准备迎接接下来的单人批判。

方晴什么也没说，只是招招手："来。"

陆容老实地走到她身边。

天可以塌，地可以塌，妈妈面前乖宝宝的人设不能塌。陆容作为儿子还是很有孝心的。如果没有意外，他会一直在方晴面前扮演一个平平无奇的儿子。

方晴带着陆容下了楼，坐进了老宋的车里："去购物中心。"

老宋："是。"

陆容不明其意，方晴也高深莫测地没有说，母子俩坐在后座。

到了地方，方晴还是招招手："来。"

陆容走到她身边，不明其意。

方晴带着他走进一家内衣店："有什么适合男孩子穿的……吗？"

店员："啥？"

陆容："……"

他回头就跑："不，我不需要。"

方晴追了上去，拦在他身前："怎么不需要？妈妈是过来人，妈妈知道穿不合身的……有多难受！"

陆容赶忙冲上去捂住她的嘴："小声点儿，大家都在看着我们指指点点。"方晴又开始逐渐失去了她的素质。

"这有什么？"方晴拿掉他的手，"虽然你……大家会觉得你有点儿奇怪，可是妈妈眼里你永远是最可爱的！"

陆容："……"

好了，现在大家不但知道了他们没素质，还知道他穿着有问题了。

"走，妈妈给你挑漂亮衣服去！"方晴牵着陆容的手，开开心心往店里走去。

沈御当天晚上正在市中心的日料店里庆祝。

他的小弟庆祝他当上学生会风纪部部长。

沈御喝了点儿酒，看着这热闹的宴会，觉得整件事都透着一股荒诞：我沈御，喝酒、打架、天天被教务处长逮到办公室里去，我怎么会当上风纪部部长呢？我的小弟们还庆祝起来，唉，这个世界还会好吗？

他胸口充斥着一股烦闷躁郁，中途离席，去外面透透气。

就在这时，他眼角余光捕捉到一个熟悉的身影。

在购物中心的另一侧，陆容一闪而过。

沈御一下热血上头。

冤有头债有主，原本这个时候，他应该在外面喝酒、打架，现在却在开什么风纪部部长当选庆功宴，这一切都是陆容的错！

要不是今天下午，那个陆××，他早就把陆容弄死了！

现在他貌似穿着校服！沈御觉得自己可以惩罚他一下。

方晴拿着一套学生土味风衣服："这件不错，进去试试。"

陆容拿了衣服，没感情地进了试衣间，不一会儿换完出来。

方晴叹为观止："小风哥哥说得没错，你确实可以骗钱——你怎么早不跟妈妈说你喜欢打扮成这样呢，妈妈从来一直想要个乖顺的孩子的。"说着她温柔地捏捏他的脸，"你在这儿等着，妈妈给你去结账。"

就在陆容等待方晴付账的间隙，沈御冲了进来。

他左右一瞧，没有瞧见陆容的身影："陆容，你在哪里？！"

陆容："……"他拿起一边的帽子，静悄悄地盖在自己脸上，一步一步往外挪。

动态捕捉视力极佳的沈御捕捉到了他："是你！"

陆容放下了帽子："你怎么看出来的？！"

"可恶！你……你这个恶心的人！"

沈御捏着指骨，一脸阴森地靠近他："出来混，是要还的，别以为你穿这身我就不敢打你了，呵呵！"

他走到陆容面前，扬起了下巴，脸上洋溢着猖狂的笑容："陆容，你终于落到我手里了！"

下一秒，方晴大喊一声从天而降，用胳膊肘狠狠撞上沈御的老腰，把他撞飞，抓起了陆容的双手："容容，你没事吧？"

陆容摇了摇头。

方晴拎着大包小包，冲保安道："就是这个变×，他跟踪我们很久了，我假装结账离开，果不其然他就对我儿子下手了，真是丧心病狂！"

保安A："现在的学生真过分呢……小小年纪就这么不学好，以后长大了可还得了。"

保安B："看到颜值高的就忍不住想接近，是人之常情，可是发展到变×的程度就太过分了，身为男人最引以为傲的就应该是自制力！"

保安C："哪个学校的？把名字报上来！你们学校的风气纪律也太

坏了吧！"

沈御被方晴揍得脊椎都快断了，颤颤巍巍地扶着墙壁站了起来，指着陆容道："你们清醒一点儿，他是个男孩子，借着柔弱不断欺负我！我只不过是想要揭开他的真面目而已！"

众保安齐刷刷看向了陆容。

陆容当机立断，盈盈欲泣地低头，左手抓住了右胳膊，看上去是多么文雅脆弱。

而方晴拎着大包小包张开双臂挡在陆容面前，像一只暴跳如雷的老母鸡："你胡说八道些什么！你对我家孩子有什么意见？"

保安A："没错……"

保安A："苗条瘦弱，欺负你这个快一米九的男生根本是无稽之谈。一定是你污蔑，真是丢尽了男生的脸！"

保安C："年纪轻轻，竟然已经学会了事不成反咬一口，你们学校的风气纪律真是差到家了！"

沈御被众保安以骚扰罪押走了。

沈御声嘶力竭："陆容，我做鬼都不会放过你！"

陆容：呵呵！

方晴按住了陆容的双肩："男孩子出门在外也要注意安全，知道吗？"她想来想去，不行，学校里沈御这样的人还有很多，"我问你霁叔叔要一些保安来保护你！"

陆容心想那怎么行，这学都不用上了："不用了，小风哥会保护我的。"

方晴热泪盈眶。

她最担心的就是因为容容和别的孩子不一样，导致他受欺负，被孤立。她想不到小风早已经知道容容的特别之处，还毫无偏见地站出来保护他。

少年之间的友谊真是纯粹得让人落泪！

方晴买了一车衣服送给陆容。

陆容脸上笑眯眯、心里无奈地收下,回家以后,心烦意乱地躺在床上。

过不了多久,窗户突然从外面被人推开,一个人影熟门熟路地跳进了他的房间,把他吓得从床上跳了起来。

"你来干什么?!"陆容狠狠瞪了他一眼,"滚。"

陆容恨死了霁温风。

就是这个家伙让自己第一次扮装,扮了一次又一次,现在他扮装都不用做什么心理建设,完全是套上就行。蓦然回首,陆容感觉自己的内心深处已经发生了巨大的变化,他失去了什么重要的东西!

也是这个家伙,把他扮装的事情捅了出去。原本,以陆容强悍的意志力与自控力,他极有可能发现自己的问题并及时改正,但是在他本人还处于懵懂之际,霁温风就把他扮装问题学长事散播出去,现在全家都知道了,还本着"每个人生来都是自由的、要消除对少数人群的偏见"的人道主义精神,对他表示了强烈的支持和鼓励!

就算他现在想回头,"容容扮装"这件事也永远印刻在全家老小的记忆里,以后逢年过节就要拿出来说一番!毕竟方晴苦于陆容平平无奇、没有任何技能已经很久了,每次逢年过节她都会输给其他家长,她以后一定会忍不住和大家炫耀自己儿子是个问题少年!

陆容脑海里响起了方晴苍老以后的声音:"你们不知道,你们陆容叔叔/舅舅/大伯小时候啊,还是个扮装少年呵呵呵……"然后他的叔叔伯伯侄子侄女就发出了会心的笑声:"姥姥/奶奶/小姨婆,快给我讲一讲嘛!讲一讲嘛!"

这一切的源头,就是霁温风这个可恨的男人。

"我不滚。"霁温风表现出死猪不怕开水烫的劲头。

陆容看见他就来气,打开衣柜,把方晴送的衣服全拿出来塞到霁温风手里:"给你!都给你!这么喜欢,抱着它们过日子去吧!"

霁温风也不言语,陆容塞到他怀里,他转手就扔到了窗外。

等陆容搬空了整个衣柜,才发现霁温风全给扔了,节俭爱财的本性让他趴到了窗框上,低头看着满地的衣服,又恼怒地看向霁温风:

"你!"

"爸爸已经教训过我了。让你误会是我不好。"霁温风正色道,"不是因为你有问题,才觉得你好。是因为是你,才觉得扮装的人有趣。"

陆容:"你等等。"

他思考了半分钟才把这句听上去很绕的话理解了。

看霁温风那么认真,陆容也耐着性子坐了下来,企图开诚布公地跟他谈一谈:"霁温风,不管你怎么想,根据你的表现来看,你应该去找女朋友。"

霁温风沮丧地垂下了头,又鼓起勇气道:"我只是想让你感觉到家的温暖。"

陆容愣了良久,嘴硬道:"胡说八道什么。"

声音里却泛着一丝哽咽的酸意。

第十三章
学生会长的新剧本

霁温风和陆容终于解决了关于扮装的误会，严肃地畅聊未来，一整晚都没有吵架，过得很和谐。第二天坐车去上学也一派和乐。

但是一下车，霁温风就率先一步，丢下陆容一个人走了，走到一半还回过头来，给了他一个心领神会的犀利眼神。

陆容："……"

这是搞什么？

他们不是好不容易当选了学生会主席和助理，有了在学校里掩人耳目的身份，可以肩并肩上学了吗？

陆容想不明白霁温风的脑回路，背上书包，不紧不慢地跟在他身后，隔了几步路的距离。

霁温风走到校门口，发现没有风纪部的成员检查仪容仪表，同学们一个个兴高采烈地走进了校门，爱咋穿咋穿。他询问了在做值日的同学是不是一早就这样，大家纷纷反映风纪部就没有人来过。霁温风眉头一蹙，觉得沈御需要一顿毒打。

正在这个时候，陆容跨过了校门。

霁温风一挑眉，装作丝毫不认识他似的："陆助理？"

陆容："……"

他好像有点儿明白霁温风想要做什么了。

他低头敛目地走到霁温风身边："主席早。"

"嗯。"霁温风蹙着眉头，心不在焉地应了一声，心绪烦乱，"今早安排各位部长来我办公室开会。"

陆容装模作样拿出了纸笔："会议时间呢？"

霁温风："就定在早自习吧，不要影响正常上课。"

陆容："好。"

霁温风说罢，就捉到了拿着小鱼饼匆匆进门的邓特："邓部长。"

邓特酷酷地从他面前走过，目中无人，恍若未闻。

霁温风一巴掌按在他的肩膀上："邓部长。"

邓特叼住小鱼饼，揉着他的手腕反手就是一个过肩摔。

眼看就要在校门口发生袭击学生会主席的行为，陆容大吼一声："住手！"

邓特听到熟悉的声音，停下了动作，霁温风一米八八的个子，被他背在背上，恼羞成怒："放我下来！"

邓特这才意识到差点儿摔死了徒儿，把他放下，酷酷地说道："教过你了，不要从背后摸我肩膀。"

霁温风重新站稳，隐含薄怒地拽了拽衬衫领口："邓部长，今天你就站在这里检查同学们的仪容仪表。"

邓特终于反应过来"邓部长"是自己，后知后觉地哦了一声，照做。

解决了这个问题，霁温风冷冷地朝前走去。

他走了几步，回头问陆容："陆助理，你是怎么来上学的？"

扬起的下巴，好看的脖颈线条，少年的脸迎着阳光，睫羽灿烂流金。

陆容："……"

我怎么来上学你不知道吗？

我就坐在你旁边啊，大哥。

不过霁温风要的当然不是这种答案，陆容心知肚明。

他现在显然是走起了"学生会主席和他的小助理"剧本。

陆容低头酝酿了一下神情，抬起头，冲着霁温风懵懂地说道："我是……坐公交车来的。"

"……这样吗？"霁温风陷入了沉思，半晌，冷漠地道，"太晚了，建议你换一班车。作为我的助理，你起码要比我早半小时到校。等我进办公室处理文件的时候，你早就该把昨日小结和今日行程放在我的桌子上了。"

陆容："……"他好一个冰山工作狂的人设啊！

陆容战战兢兢地抱紧了书包道："好，好的。"

霁温风嗯了一声，意味深长地道："我喜欢守时的人。"

陆容使用口耳相传法通知了所有的学生会部长在早自习前来开会。

学校给霁温风配了一个独立办公室，平时就作为学生会的大本营。

霁温风倚在书桌前，听各位部长做个人介绍。

等把人都差不多认全了，霁温风缓缓道："陆助理，你加一下各位部长的微信，组个群，以后有事看群。"

陆容："是。"

霁温风掏出手机，当着众人的面，递给陆容："来，加一下我。"

陆容："……"

他和霁温风，好友一个月，聊天信息破万条。

陆容一犹豫，霁温风喷了一声，手掌向前一递："怎么，不愿意？"

陆容发现其他人也都奇怪地盯着自己，连忙装出一副心慌意乱的模样，手忙脚乱地掏出了手机："没有……不是……请等一下……"

他打开扫一扫，滴的一下扫了霁温风的二维码。

画面出现的是是否通过申请。

陆容："……"

霁温风为了演戏，提前把自己删了！

霁温风如愿以偿地加上了陆助理，唇角疯狂上扬，又不动声色地绷住，继续布置接下去学生会的各项任务。就在这个时候，风纪部部长沈御推开门走了进来。

众人齐刷刷回头看着他。

霁温风脸色一冷："陆助理，开会是几点？"

陆容眼观鼻、鼻观心地回答："预备铃 7 点 50 分响，8 点整准时开始早自习，所以通知了最晚 8 点到场。"

霁温风从书桌前站了起来："那么，风纪部部长的职责是什么？"

陆容："维持校内纪律，检查仪容仪表。"

霁温风手插着裤袋走到沈御面前："今早，你干什么去了？"

沈御昨天被陆容陷害，进了派出所，大半夜才被保释出来，被爷爷骂得狗血淋头，倒头就睡，结果一大清早又被学生会闹起来，心中正有火。但遇到霁温风，他发不出来。

沈御猛地看向陆容，终于找到了发泄口："这个风纪部部长，是陆助理害我的！"他指着陆容道，"是他要阴谋诡计把我选上去的，我根本不想当！霁主席你一定要明察！"

霁温风慵懒地哦一声，抬手抓住沈御的衣领。

霁温风不紧不慢道："查什么？"

沈御："仪容仪表。"

霁温风："谁查？"

沈御："我。"

霁温风："你是谁？"

沈御："南城大学风纪部部长。"

霁温风嗯了一声："清楚就好。"

霁温风收手。

啊，这个学生会主席是什么魔鬼？！

陆容默默地双手奉上一张纸巾，霁温风高贵冷艳地擦了擦手，冲其他部长淡淡地道："我只有一个要求——做好分内之事。听明白了

没有？！"

众部长个个挺胸抬头喊破了音："是！"

霁温风开完会，就把众人放回去了，包括陆容，并没有对他表示出特别的关照和兴趣。

毕竟他们现在的关系还处于刚刚认识阶段，人设也变成了高冷学生会主席和战战兢兢助理。

陆容原本最担心的就是一旦有了公开关系的机会，霁温风就不顾一切地跟着他，现在却松了口气。

众所周知，霁温风对演戏是认真的，绝不会做崩人设的事情，所以并不会在这个时间点对他出手。不过也快了。

一上午的课过去，霁温风就等在（8）班门口。

下课之后，教室里一下开始交头接。

女生甲："霁温风今天也好帅！不，比平常更帅了。嗯……究竟是为什么呢？"

女生乙："因为今天的他不再是霁班长，而是霁主席！权力是男人最好的装饰品。"

女生丙："他在这里等谁啊？不会是在等陆容吧？"

女生通通看向陆容。

女生甲："不会不会。应该是在等萧竹清吧，萧竹清是我们班进学生会的唯一一个女生。"

陆容慢腾腾地收拾好东西，抱着英语书，低着头乖巧地走出教室。

"喂。"头顶传来学生会主席冰冷的声音。

陆容："……"

"跟我来。"霁主席冷冷丢下一句，率先逆着人流朝楼梯口走去。

陆助理抱着英语课本，愣了一下，望着霁主席的背影，快步追了过去。

女生甲："果然是学生会主席的小助理！好羡慕能跟霁温风吃饭！"

女生乙："占了天时地利人和，这就叫站在风口上猪也会飞吧！"

陆容："……"

霁主席从不拖泥带水

霁温风带着陆容去了一家日料馆，环境高雅，装修别致，服务良好，价格高昂。

他们一到就进了包间，身穿和服的服务生早就已经把所有菜都上齐了。

陆容走到门前，突然停下了脚步。

霁温风淡淡一回头："怎么了？"

陆容战战兢兢地小声说："这个……很贵的吧！"

霁温风打量了他一眼，平静地道："一般。"

陆容："这太贵重了，我不能吃。对不起，我……我要回去食堂吃小鱼饼了。"说着他转过了身。

"站住。"

陆容吓得一抖。

霁温风走到他面前，深深地望着他："这就受不住了？这可不像我霁温风的助理。"

"你可以走，只是如果你踏出这道门，回去就递交辞呈。"

陆容："……"

这个剧情走向，好像他加入学生会有什么目的，不论如何都不能丢掉助理这个职务似的。嗯，看来霁温风做了详细的人物设定啊！

陆容默默到桌子前坐下。

霁温风帮他夹了一只阿拉斯加帝王蟹，摆在他的盘子里："你为什么会竞选助理这个职务？"

陆容偷偷瞧了他一眼，说实话，他没看过剧本。

"为了得到这个职务，让陆××亲自上阵——你付出的代价可真不小啊！"霁温风冷笑一声。

陆容："……"

完了，他让陆××拉票的事情败露了，要做点儿什么来挽回！

"我……我是听说霁少爷是商业天才，想在霁少爷身边学一点儿东西，所以不想放弃这个机会。"

"这可不是你这个年纪该想的事。"霁温风慵懒地托着下巴，仔细端详着他的小助理。

陆容垂下了眼睛："因为家里条件不太好……"

霁温风装模作样眉头一蹙："哦？"

"是单亲家庭，还有兄弟姐妹，所以压力会大一些。"陆容做出一副为难的样子，随后冲霁温风坚定道，"我一定会做好您交代的工作，请您多教我一些赚钱的本领，我想供兄弟姐妹念书！"

霁温风眯着眼睛审视他良久，嘴角一勾："看来要多'特别照顾'你一些了。"

陆容猛地一抖，不明白为什么他要这么说。

霁温风拾起了筷子，优雅地低头吃饭，好似什么都没有发生过，好像方才的言语只是他的错觉。

吃完饭，霁温风把陆容送回了学校，就转身走了，后来一下午都没有联系他。

放学以后，他也自顾自地走出了校门，没有等陆容。

陆容不知道他什么意思。

难不成他真的让自己坐公交车？

不应该啊！他现在是一个单亲家庭出来、拖家带口住在贫民窟里的励志少年人设，要是演全套也不该是坐公交车回家，总不能随便坐上一辆车回贫民窟去吧？

要是放学之后就不演了，霁温风好像也不是这个意思。

演戏停止，霁温风就应该等着自己，跟他一起坐老宋的车回家。

陆容被霁温风烦死了，背起书包走出校门，兵来将挡水来土掩，霁温风肯定已经写好了剧本。

正当他像往常一样走向老宋的车时，一只大手突然按住了他的肩膀,把他拖进了一旁的小巷。

陆容定睛一瞧,竟然是头上包着白纱布的沈御!

陆容:"你在这里干什么?"

沈御冷哼一声:"你这个混账,不但骗了我九千块,还把我骗去学生会!现在我天天要早起,在学校门口检查仪容仪表,还要被雾温风威胁。你对我骗身骗钱,难道没有做好会被我寻仇的准备?!"

陆容不太确定:"不会是雾温风指使你来的吧!"

设置被欺负的人设好让他英雄救美什么的,怎么看都像是雾温风会写出来的剧本呢!

沈御啊了一声:"我看起来像被他指使的吗?"

陆容:"……哦。"

沈御揪住了他的领子,把他抵在墙壁上:"你为什么这么淡定?"

陆容:"我就是不明白,你被雾温风揍了这么多次,每次都代价惨重,你为什么还是没有学乖,会想对我下手呢?"

沈御冷冷一笑:"因为打不过雾温风,现在打你!"

陆容:"……我到底该说你蠢还是夸你聪明?

"受死吧!"沈御抬起一拳,就要往陆容脸上揍去!

下一秒,沈御的后背被一只大手抓住,啪的一声果断地按上了墙。

沈御"……"

"你没事吧!"雾温风透过沈御的肩膀,面无表情地望着陆容。

陆容挤出几滴眼泪,慌慌张张地抹了抹眼睛:"没……没事。"

沈御:"……"混账啊,你刚才还不是这样的,你这个戏精!

雾温风确认陆容没事,斜眼望向沈御:"风纪部部长,你把陆助理堵在巷子里,是想干什么?"

沈御:"检查他的仪容仪表。"

雾温风:"陆助理是我的人,轮不到你检查他任何东西。他的仪容仪表,我会亲自检查。"

"见陆助理如见我。下次再让我发现你对陆助理不敬……"雾温风的眼神突然变得可怕起来,"就不是这么简单了……"

沈御："……是。"

霁温风松开手，朝前走了几步，回过头，对抱着书包瑟瑟发抖的陆容丢下一句："愣着干什么？跟我来。"

陆容委屈地追上了霁温风的脚步。

直到这一刻，陆容依旧没有搞清楚，沈御到底是不是霁温风派来的配角。

霁温风领着陆容正大光明地走到车前，拉开了车门，略歪着脑袋望着他，示意他进去。

陆容："我……我可以自己坐公交车回去的，不麻烦您了。"

主驾驶位上的老宋听闻二少爷这么说，嘴里的烟都要掉了，目瞪口呆地转过头看着两人。

今天，大少爷气势如虹，冷漠如冰；二少爷战战兢兢，懦弱可怜。

什么情况？

大少爷翻身做主人了？

老宋忍不住扒着椅背，兴致勃勃地看起了热闹。

霁温风淡淡地扫了一眼陆容的膝盖："刚才，被沈御打伤了？"

当然没有。

不过陆容还是做出一副"你怎么知道"的模样，小心飞快地瞥了他一眼。

"别这样看我。"霁温风冷冷地说道。

陆容赶紧钻进了车后座。

霁温风随即上车，双膝微张、四肢闲适地坐在车上，一派王者风度。

"去榕山庄园。"霁温风吩咐老宋。

老宋："……"他们本来就去那里啊！

他好像说的不去那里还有别的地方可以去似的。

"老宋，这是我的助理，陆容。以后他去哪里，你就送他去哪里。"霁温风吩咐。

陆容连忙推辞道:"不用了真的,我坐公交车就可以……"

霁温风严厉地扫了他一眼:"我不希望我霁温风的助理,出去挤公交车,你丢的是我的脸。"

陆容不再说话了,低头拨弄着书包带。

"听到没有?"霁温风冷厉的眼神扫向老宋。

老宋:"……听到了。"

虽然老宋完全搞不清楚状况,而且本来就是二少爷去哪里他都要接送,甚至还要帮二少爷偷运私货回家、偷运大少爷去医院什么的……但这种时候只要顺着答应大少爷说的就行了。

老宋感受得到,他现在在一个非同小可的剧本里!

到了榕山庄园,老宋拉开车门,护着二少爷下车。

陆容看着自家房王,眼里闪烁着钱的光亮:"这是……"

"你的脚受伤了,今天就住在这里。"霁温风高傲地手插着裤袋站在喷泉前,眼神和表情都是那么霸道。

陆容:"可是……"

霁温风:"我的决定,不容置疑。"

陆容垂下了眼睛:"……是。"

两人一前一后走上了阶梯。

老宋从怀里掏出一口烟,点上。

今天的年轻人,也很会玩呢……

霁温风和陆容一前一后走进客厅。

霁通正叼着雪茄坐在沙发上看报表:"回来了?"

霁温风嗯了一声,扫了陆容一眼:"这是我爸,叫叔叔。"

陆容上前一步,乖巧地喊道:"叔叔好!"

霁通:"唉。"

霁温风满意地点点头:"走,我们去楼上。"

两个少年像来时一样匆匆上了楼。

半分钟后，霁通回过神来。

好像有哪里不太对？

霁温风走到自己的卧室前，打开了门："客房没有打扫，你今天就住在我这里。"

陆容："……"

你不觉得你的剧本，剧情发展有点儿太快了吗？！他们今天刚认识啊。

霁温风用眼神凶他：怕什么。

陆容："……"

就在这时，打扫阿姨吴桂英路过，听到了霁温风的那句"客房没有打扫"，赶忙否认："不，大少爷，客房都是准备好的，随时都可以住人的。我打扫得很干净的！"

霁温风："……"

"而且二少爷的房间我天天都在打扫的，一点儿灰尘都没有，我今天还晒了被子呢！他不用住你的房间。"吴桂英天真地道。

霁温风儒雅随和地圈过吴桂英的肩膀："是吗？那我看看。"说着他打开了陆容的房门，把吴桂英塞了进去，锁死。

吴桂英："……"

霁温风干掉了一个没有眼力见、不按剧本走的女人，回头冷冷地对陆容道："我从来没有带其他同学来过家里，她有点儿不适应。"

陆容情不自禁地抬手给他鼓掌。

今天的霁导演，超甜！

霁温风干掉不好好走剧本的杂鱼，携陆容走进自己的房间，把书包往茶几上一放，指着对面的懒人沙发："你可以坐在那里做作业。"

"好的。"陆容放下书包，跟他一起席地而坐，拿出作业做了起来。

一时之间房间里只有水性笔摩擦纸页的沙沙声。

陆容从来没有在霁温风的房间里做过作业，一般都是霁温风赶着投胎一样冲进他的房间里。

想到霁温风以前的所作所为，陆容就忍不住抬头偷看他一眼。霁温风此时坐在懒人沙发上，握着笔，姿态优雅地做着试卷，两个多月没剪所以有些过长的头发垂了下来，半掩着漂亮的眼睛，脸绷得紧紧的，一股浑然出世的优雅贵公子的模样……

陆容：冰山高冷学生会主席，果然高！

霁温风抬眼，淡然地扫过他："怎么？"

陆容回神，将英语课本推向他："……这个完形填空，有点儿吃力。"

霁温风接过，匆匆浏览一遍题目："这里选 C。因为……"

陆容忍不住乖乖挨着他听他讲题……

"要不要再给你讲一遍？"霁温风冷不丁问了一句。

陆容："……啊？"

"我看你刚才什么都没听进去。"霁温风云淡风轻地说着，严厉的眼底飘过一丝恶劣的笑意。

陆容："……"

陆容脸红了红，攥着试卷退回了自己的位置。

"有不懂的再问。"霁温风冷冷的声音里掺杂着一丝不为人知的温柔。

"嗯……"

为了不去楼下吃饭打断高冷冰山学生会主席＆柔弱书生气小助理的独处时间，霁温风和陆容当晚叫烧饭阿姨把吃的端到卧室里解决。

吃完饭，做完作业，霁温风就吩咐陆容："去洗澡，准备睡觉。"

陆容假装为难："我没有带换洗衣服……"

霁温风拿了一件 T 恤出来："换下来的放在洗衣篓里就好。"

陆容接过 T 恤，进了淋浴房，不一会儿穿着 T 恤出来。

陆容用吹风机吹起了头发。霁温风收回了目光，进了浴室，快速洗了个凉水澡，陆容已经在沙发上铺起了被子。

霁温风一愣："你做什么？"

陆容轻声细语道："哦，我看这里只有一张床，我睡沙发就好了。"

霁温风坐在床头，按亮台灯看起了书。陆容于百忙之中抽空上线，审阅了全员恶人组今日财报。

半小时以后，霁温风熄灯："晚安。"

陆容："晚安。"

陆容忍不住翻身起来，用胳膊肘支着额头，借着月光打量着霁温风……

这也太入戏了吧？

他演了一天了，专业演员都没那么敬业。

陆容强烈怀疑霁温风是在跟他比较谁先出戏。

到底为什么呀，他那么爱演……

正当他满脑子问号的时候，突然发现霁温风枕头底下压着一个淡金粉色的小信封，露出一角。

陆容伸手抽了出来，信封上写着三个字：to（给）陆容。

陆容瞄了霁温风一眼。霁温风还是睡得很安静的模样，但陆容总觉得这个家伙刚才偷笑了一下。

陆容又暗中观察了他好一会儿，见他真的没有动静，确实睡着了，这才把注意力放到了信上。

陆容从来没听他说要给自己写信，这是偷偷藏着什么了？他有什么事情不好当面说？他们明明从早到晚都待在一起。

陆容转身进了被窝，打开手机手电筒，叼着手机，轻手轻脚地拆开了浅金粉色的小信封，抽出了里头充满设计感的浅米色纸笺。

上头是少年流畅遒劲的行书。

"陆容，当你看到这封信的时候，一定很奇怪我为什么热衷演学生会主席和他的小助理……"

陆容：不，我更奇怪你为什么要写信。

"还记得我们是怎么认识的吗？那天我正在测试游戏，爸爸叫我下来，你就站在地下室的角落里。爸爸跟我说，这是容容，以后你们就是一家人了……"

看到"一家人"三个字，陆容静静地捂住了嘴。

"学生会主席和他的小助理，一个外冷内热，一个善良努力矜持。因为工作相识，从陌生到熟悉……"

"就像是另一个世界的我们会发生的故事。"

陆容：另一个世界的我，根本不想跟你发生这样的故事！

"你一定在想……'另一个世界的我，根本不想跟你发生这样的故事！'"陆容隔着纸张都能看见少年一笑，猜对了他心事时，稍稍有些恶劣又得意的微笑。

…………

陆容关掉了手电筒，猛地钻出了被窝，手中攥着那张薄薄的信笺，撑在床上。

那张因为承受了他的重量，而变得有些皱巴巴的信笺。

陆容收拾好心绪，偷偷把那封信装好，藏到了自己的枕头底下。

第十四章
办公室二三事

在霁温风和陆容协商每天 7 点以后才开始"霁主席和陆助理"剧情开拍时,沈御正带着自己的单反,埋伏在榕山庄园外的草丛里。

沈御从前是一个狂人,在学校里横着走就没怕过谁,谁知道短短一个礼拜之内,被霁温风和陆容骗了九千块钱,进了学生会这个只进不出的组织。

沈御咽不下这口气。

经过昨天的事,他已经深刻地意识到:暴力不能解决问题,他打不过霁温风。

沈御就动起了歪脑筋。

虽然他素有战狂之名,但他其实是个卑鄙无耻、阴险下流的小人。他也不是全靠一双拳头,让南城大学的人闻他之名为之色变。他还有很多恶毒的招数,让人一辈子翻不了身。

沈御昨天晚上在病床上冥思苦想一整夜:现在霁温风风头正劲,支持率高到惊人,普通的法子对付不了他。要让他身败名裂,不能一蹴而就，首先要巧妙分化支持他的人。

想通了这一层，沈御就知道当务之急是什么了。

他要曝光霁温风和陆容暗箱操作。

一阵汽车马达声唤回了他的神志。

一辆漆水锃亮的宾利轿车开出了榕山庄园的大门。

沈御赶紧抓紧时间，举起手中的单反，"咔嚓咔嚓"拍了几张照片。

他花了大价钱购置镜头，成片非常清晰，可以清楚地看到霁温风和陆容一同坐在汽车后座。

"哈哈哈哈哈……"沈御发出了如同霁温风一般反派的笑声，把照片导出来发到南城贴吧、BBS和各个群里。

帖子一经发出，点击评论就开始疯长。

"不会吧！他们俩是什么关系？"

"啊，怎么能这样……"

"我就说陆助理这个人不简单。全校四百多人竞选学生会主席小助理一职，此前悄无声息、没有人脉背景的人突然当选，要说不是暗箱操作我是不信的。"

"大家不要这么阴谋论好不好，上学顺路带一下同学怎么了，又刚好是自己的助理。"

"天真，霁家住在城外高档别墅区，谁顺路能顺到那里？"

……

"光靠这几张照片说明不了什么吧……"

…………

沈御上线留言："会有进一步爆料。"

他攥紧了手机。

这还只是开始……

陆容和霁温风一到校，照例去学校门口检查沈御的风纪岗。

沈御昨天已经召集部员开了会，把每天早上的轮岗安排下去了。

他不但安排了检查仪容仪表的人员，还在校门口安了摄像头，专门对准霁温风和陆容拍摄，要直播抓拍他们在一起的证据。

沈御藏在大树后头，拿着手机看着陆容和霁温风并肩走向摄像头，嘴角扬起邪恶的笑容……

霁温风走到镜头前，表情严肃，一丝不苟。

而陆容跟在他身后，捧着笔记本，面无表情，看上去就是平平无奇的助理。

霁温风："呵，今天总算有人查岗了。"

陆容："昨天已经通知沈部长安排仪容仪表抽查，沈部长连夜召开风纪部会议，把任务安排了下去，听说一直排到了他卸任。"

霁温风："嗯。"

陆容："以后这块工作不需要再担心了。"

霁温风："这样偷懒的做法，怎么会不出问题？轮岗是否公平？轮值人员资质是否合格？如果检查人员长期固定会不会出现腐败问题？都是需要领导班子开会研究讨论的。沈部长投机取巧，一会儿把他叫到我办公室来。"

陆容："是。"

…………

直播间里的同学原本都是来看学生会主席和小助理的，没想到看了这样的画面。

沈御："不是这样子的你们听我说！"

沈御在校门口没有捉到霁温风和陆容在一起的证据，打算去学生会办公室碰碰运气。

刚才陆容通知他了，让他去学生会办公室挨骂。

沈御偷溜到学生会办公室，架设摄像头，在窗帘后头藏了起来，拿起手机继续直播。

不一会儿，霁温风和陆容一前一后进入了房间。

只见陆容拿着笔记本，站在霁温风身边开始汇报工作，霁温风坐在位子上，手肘撑着桌面，认真听着。

沈御对这种认真工作的场面嗤之以鼻：都是假的！假的！

陆容好不容易汇报完了，霁温风沉吟片刻："帮我泡杯咖啡。"

"是。"陆容走向了咖啡机。

霁温风望着陆容的背影，意味深长地问："我的口味，你知道的吧？"

陆容淡淡地回头看他一眼："当然。纯咖加冰，恒温15摄氏度的口感。"

霁温风闭上了眼睛，双手交叉放在腹上，微微一笑："不愧是你。"

沈御眼中精光一闪：开始了！

陆容走到咖啡机旁（沈御：你们怎么还有咖啡机），拿出了猫屎咖啡豆（沈御：真的没有问题吗，这个咖啡豆），开始现煮。陆容煮完了用昂贵的英国瓷器装起来，低眉顺目地捧着递给霁温风。

沈御正在直播，直播了二十分钟学生会主席与助理的日常，全是一些生活日常，一点儿波澜都没有，观众纷纷在弹幕里骂了起来。

沈御咬牙切齿：他需要更好的演出效果！现在这个程度是远远不够的！

刚巧陆容端着热咖啡走过他面前，沈御突然福至心灵：就是现在！

他默默地从窗帘后头伸出一只万恶的脚。

陆容一脚绊上，整个人朝霁温风扑了过去！

沈御：漂亮。

只听见哐当一声，雕花金属托盘掉在了地上，随即是瓷器碎裂的声音。

霁温风被泼了一身冰咖啡，咖啡顺着他的头发往下淌，即使如此依旧维持着跷二郎腿的姿势，双手交叉端坐在办公椅上，连神情都没有变。而陆容席地而坐，喘着粗气，惊魂未定。

沈御：就是这样！

一直冷冷清清的直播间也像是感应到了他的心情一样，弹幕突然挤得全屏都是，观看人数不断上涨！

陆容赶忙从口袋里抽出一块手帕,轻轻拭去霁温风脸上的咖啡:"对……对不起……"

霁温风脸上阴晴不定,却微微歪了下脑袋。

等擦干净脸,霁温风居高临下道:"连这点儿小事都做不好吗?"

陆容低下了头:"实在很抱歉……"

霁温风不动声色地扫了眼陆容修长的双腿。虽然上头没有玻璃碴,不过膝盖上的布料显然有了磨损。

霁温风眉头一蹙,抓起了桌子上的电话:"校医院吗?学生会办公室出了重大安全事故,快派个医生过来紧急支援。"

校医:"好的!"

陆容大吃一惊:"我没事,没有必要请校医过来!"

霁温风淡淡地警告道:"我不喜欢别人质疑我的决定。"

陆容:"那……那我自己去校医院比较好,不然别人可能会说我们学生会滥用学校资源。"

霁温风:"有这个时间理会旁人的闲言碎语,不如先做好自己的工作。"

陆容:"……是。"

霁温风皱眉问道:"刚刚那一跤是怎么摔的?"

陆容回想了一下,道:"好像被什么的东西绊了一下。"

两人一同转头看向窗帘后头。

霁温风从位子上站起来,大步上前,哗啦一下拉开了窗帘。

正在重启摄像头、连通直播间的沈御像是不见天日的吸血鬼突然被阳光照射到,发出了惨烈的尖叫:"啊——"

霁温风抢过他的直播设备,摔在地上:"果然是你。"

"我的摄像头!"沈御发出了血泪的控诉。

"有那个闲工夫,还是先想想你自己吧!"陆容上前一步,和霁温风肩并肩,居高临下地望着他。

沈御仿佛被两座大山狠狠压制,一代战狂发出了尖叫:"你们……

你们想要干什么？！"

霁温风和陆容对视一眼，一左一右举起了拳头！

沈御顶着熊猫眼走出了学生会主席办公室。

外头，萧竹清带着一一群女生靠着墙、叼着 pocky 等他。

沈御正想走，一只雪白粉嫩的小手啪一下撑住墙，挡住了他的去路。

萧竹清举起了手机，正是沈御的直播间："东海战狂，是你？"

沈御否定三连："我不是、我没有、你不要胡说。"

萧竹清严肃推理："东海战狂偷偷躲在学生会办公室里直播霁温风和陆容；直播刚刚中断；你刚从办公室里出来还被揍了。除了事情败露被两人联手暴揍还有什么别的理由——你左右两眼的熊猫眼深度不一样。东海战狂就是你！"

沈御想起了刚才被学生会主席和小助理统治的恐惧，赶忙挡住了自己的脸："放过我！"

眼前的女人微微一笑，白嫩的小手搭上了他的肩膀。

今天的沈御，也刚出虎穴，又入龙潭呢！

经过沈御这一番直播，高冷冰山学生会主席和柔弱书生气小助理组合火遍了南城大学。

萧竹清严肃认真："别忘了我们的任务。霁主席昨天对我们文艺部下达了指标，要把校刊发行量增印到一千份以上。如果想要同学们对学校发生的事情感兴趣，八卦采访是最快的捷径。"

众部员："是！"

霁温风和陆容从学生会主席办公室里出来的时候，万万没想到，外头已经变天了。

两人跟从前一样肩并肩走过长廊。

两人走到教学楼的分岔口，陆容奇怪地回头看了一眼走廊："总觉得有一股奇怪的被窥探感。"

霁温风从小就长得好看,早就习惯被人偷看了:"你要慢慢习惯。"

陆容敏锐道:"我怀疑直播还在继续。"

霁温风:"沈御都被打成这样了,他再也不敢了。你就是'一朝被蛇咬,十年怕井绳'。"

陆容:"嗯……"

陆容:"那我先回去了。"

霁温风:"等一下。一道去厕所。"

陆容和霁温风走到厕所门口。

陆容:"你进去吧!"

霁温风:"你不去吗?"

陆容:"我没感觉。"

霁温风进了厕所。

陆容等在外面。

第十五章
一场严肃认真的探讨

第二天清早,陆容一上微信,就发现朋友圈里热火朝天地在讨论学生会主席和小助理。

有图有视频有分析帖,面面俱到。

陆容:"……"

万万没想到啊!

想当初他怎么就脑袋一抽把萧竹清扶上了文艺部部长这个职位呢?!

现在她人力、物力跟从前不可同日而语。

他真是一世英名全毁了。

陆容挺直着腰背,气定神闲地试探问道:"最近学校里出现了关于传闻,您听说过吗?"

霁温风呵呵一声:"不但有传闻,似乎还有无聊的赌局!"

他果然知道了!

陆容眯起了眼睛。

赌局的事情被霁温风知晓，以霁温风的性格，哪怕没有投钱在里面，也一定会全力以赴！

这个人就是如此的争强好胜——哪怕是在毫无意义的事情上。

陆容撑着额头，心烦意乱地瞄了一眼斗志满满的霁温风。

霁温风察觉到陆容的目光，一动不动，只高贵冷艳地施舍了他一眼，冷笑一声。

果不其然！

这种态度，说明霁温风已经一脚跨入了战场，他彻底失去了信息优势！

现在他也只好比谁的心更硬！

陆容呵呵一笑："您这是哪儿的话？其实我也很因为流言蜚语很困扰呢！"

霁温风："我们都不用去理会外边的流言蜚语。"

陆容："是的，您完全不用担心，这种事都是无稽之谈。到校了，我先去准备今天的会议资料。"

陆容开门而出，离开了。霁温风紧随其后，摔门而去。

老宋握着方向盘，深深地瞥了一眼那一前一后的两道少年的身影。

刻章生意

两人一到校，立刻受到众人夹道欢迎。

陆容和霁温风，只是拎着书包，一前一后步履稳重地向前走着。

霁温风甚至说出了冷酷的话："不要跟我走在一起。"

陆容反唇相讥："我也是这样想的，我也很头痛。"

说完，两人就一左一右掉头，离去。

萧竹清看着前方发来的战报，下巴都快掉了，攥紧拳头一捶桌子："怎么会这样？"

不一会儿，学生会办公室召开部长级会议。

因为是周五,要做一礼拜的工作总结和下礼拜的工作布置。

霁温风做了半天的工作指示,发现萧竹清一直保持着神游天外的姿势,而且出汗量超大,不悦道:"萧部长,你有在听我说话吗?"

只见萧竹清瞳孔一缩,双手猛地一拍桌,撑着桌面站了起来。

她朗声宣布:"这周的美术作业是刻章子,据说把心上人的名字刻在章子上,就能一生一世在一起!"

满座皆惊!

学生部副主席方长率先回过神来:"这是哪里来的传闻啊?!我已经刻了'期末考试总分本专业第五'怎么办?"

组织部部长令仁一推眼镜:"喂,你怎么能在一枚章子上刻这么多字?"

体育部部长邓特陷入了沉思:"美术作业?"

学习部部长梁闻道冷笑一声:"呵,封建迷信。"

风纪部部长沈御看着萧竹清坚毅执着的脸庞,瞬间明白了她的意图!

沈御呵呵一笑,把脚高高跷到桌面上,懒洋洋地推波助澜:"这没准是个爱情诅咒也说不准。"

梁闻道:"什么诅咒?不就是把对方的名字刻成自己的私章而已吗?"

"你懂什么。我可在酒吧,听说过这个诅咒的名字哦!"沈御潇洒地一钩头顶的绷带,冲众人魅惑地道,"这叫作……call me by your name.(请以你的名字呼唤我。)"

萧竹清肃然起敬,起立鼓掌。

天纵奇才啊,沈御!

当天,学生会部长会议提前结束,因为学生会主席现场干起了刻章的勾当。

大局已定,陆容带着胜利者的笑容,脚步轻快地离开了会场。

其他人也散了会,留下学生会主席一个人在里头笨手笨脚地刻章。

萧竹清和陆容一前一后走在回教室的走廊上。

"真有这回事吗？"陆容突然问身后的萧竹清。

"啊，我确实在办公室听到美术老师这么说过……"萧竹清机智地回答。

"嗯。"陆容没有追究是真是假，只是收回了目光，腋下夹着文件夹，四平八稳地从一个个班级前经过。

萧竹清一颗心忐忑地落回了肚子里，跟在他后头。

两个人各怀心思地走了一段路。

一路上，陆容都在认真打量走廊上擦肩而过的同学们，侧耳倾听他们之间的谈话。

待走到（8）班门口，陆容站定，转过身来询问萧竹清："这么有趣的事，知道的人多吗？"

萧竹清猛地紧张了起来："呃……应该不少吧！"

"我怎么没感觉到呢？"陆容冷冷地望着她，"我们的同学们，谁心里没有喜欢的人？若是有刻章即表白的风潮存在，学校里一定人人都在忙着刻章，谈论的话题也无外乎是谁刻了谁，不是吗？"

萧竹清心里一惊：被看穿了！

这是她的一个谎言！

萧竹清手心里渗出了冷汗。

不料陆容非但没有翻脸，反而和颜悦色地拍了拍她的肩膀："好好加油。"

萧竹清："……"

"其实，学生们对副科作业不重视这个现象，主席已经头疼很久了。我们南城大学长久以来以教育质量好著称，其实素质教育这一块却广为诟病，是时候做出改变了。"陆容一本正经地胡说八道，"美术课作业背后有个爱情诅咒，会激起大家的创作欲望和讨论度。身为文艺部部长的你不该尽全力把这个消息传播出去，重燃同学们对艺术的热情吗？"

萧竹清："……"

你咋这么能说啊？！

虽然不知道陆容又打起了什么主意，不过只要陆容不反对，对她百利无一害，萧竹清积极道："是，我这就去做好宣传工作！"

"嗯，去吧！"

陆容目送萧竹清匆匆离去，眼神一敛，面无表情地给李南边发信息。

陆容：校园刻章业务做起来。

李南边：啥玩意儿？

陆容：这礼拜的美术作业是刻章，对普通人来说很难上手，我们可以提供代刻业务。二十块钱一个，原料都是美术课下发的，我们纯赚手工费。

李南边：美术作业……大家都是糊弄的吧？谁会认真去做这个作业啊！没有人会买的。

陆容：马上就有了。

李南边：可是我们也没有这方面的技术人才可以代刻印章啊？

陆容重复：马上就有了。

李南边不再多问，赶紧在全员恶人的朋友圈里发了代刻印章的广告。

陆容布完局，安心上课。

中午下课的时候他接到霁温风的微信，是一张照片。

霁温风骨节分明的手指捏着一枚青色的印章，出镜的手上满是细细的伤口。

霁温风：我要刻章子，不去吃饭了。

霁温风：猜猜我刻了什么？

陆容盯了那张照片几秒钟，把手机揣裤兜里，出门去医务室。

他买完碘酒、棉签和创可贴，刚巧看到沈御抱着两盒盒饭从食堂出来，陆容把人叫住，将塑料袋递给沈御："给。"

沈御："……"

陆容:"反正你也要给他带饭,顺便把药也给带了吧!"
沈御:"你怎么知道我要给他带饭?!"
陆容:"……"

陆容走进食堂里点了碗面,一个人端到食堂中央坐下,一边吃面,一边竖起耳朵听。

喧哗声从四面八方席卷而来——
"你打算刻谁的名字?"
"讨厌不要问啦!"
"反正到时候也要拿出来看啊!"
…………
"我刻不好她的名字……"
"朋友圈里有人可以代刻哦!"
"在哪儿?"
…………

陆容吃完面条,慢条斯理地放下筷子,打开手机,询问李南边:多少单了?

李南边:老大神机妙算!一百三十多单,看样子还得往上加。

陆容:加大宣传力度。

陆容收好手机,出了学校,走了两个街口,找到了街角旮旯配钥匙的小店。小店夹在两栋楼的中间,摆着手写的白底红字的"配钥匙"板条,当是门面了,不细看根本看不出右上角还写着"刻章"两个字。店主坐在黑黢黢的机器后头,打着盹。

陆容抬头看着他那机器的走线:"刻章多少钱?"
店主有气无力地道:"要看料石。"
陆容:"最便宜的料石。"
店主端详了一下他:"三十块吧!"
陆容单手插着裤袋,面无表情地道:"我这边提供原材料,起步三百单,五块钱一个做不做?"
店主一脸蒙地看着他。

陆容淡淡道:"你就出点儿电费。其实电还是从隔壁店偷的。"

店主:"行行行。"

陆容摸了把机器:"这周末刻得完?"

店主:"机刻,快得很。"

陆容:"嗯。"

陆容吩咐李南边赶紧收美术课下发的料石,收了送来跟店家做这件事,五六百人,做一单净赚十五元钱,一个周末赚几千块不成问题。

陆容把事情都布置下去了,安安静静地离开。

他了几步,突然停了下来,回头跟店主道:"把你那电线用胶带缠一缠,一会儿赶工短路,谁都没好处。"

店主一愣:"唉。"

店主拍了拍裤管站了起来,不知怎么,突然就有干劲了。

霁温风大少爷想要我说什么

陆容这天回家,敲开了霁通的书房的门。

霁通瞧着这内向文静的养子,从心底里涌现出无穷的父爱,忙放下电话,轻声跟他说话:"容容回来了?今天在学校里过得怎么样啊?"

"挺好的。"陆容道。

他就跟平常一样,赚点儿辛苦钱。

"是遇到什么难题了吗?跟叔叔说说。"霁通知道这个年纪的男孩子无事不登三宝殿,他们又是重组家庭,要不是陆容遇到了自己解决不了的事,懂事乖巧的陆容才不会主动来找自己。小男孩脸皮薄,不好意思开口,他就直接问了,省得陆容尴尬。

陆容果然小脸红红地问:"叔叔,我想问,您为什么给小风哥取'霁温风'这个名字?"

霁通一听是这件事,哦了一声,笑道:"小风的名字,是根据一首诗取的。"

陆容:"诗?"

虽然语文还不错，但是他书看得少，诗也没背过几首，并不知道霁温风这个名字背后的典故。

霁通站了起来，踱到窗边，缓缓吟诵道："岭衔宵月桂，珠穿晓露丛。蝉啼觉树冷，萤火不温风。"

"萤火不温风……"陆容轻声跟着念道。

他没有想到原文是不温风啊！

霁通念完以后，顿了两三秒钟，回头冲陆容："一首并不出名的宫体诗，你不知道也很正常。只是写得很美，没什么深刻的含义。"

"就算原诗本身没有很深刻的含义，作为哥哥的名字，却承载着叔叔的一点儿寄望吧？"陆容冷静地看着他。

霁通儒雅地笑道："那是当然。'萤火不温风'，这句诗文很寒华哀婉，说的是萤火虫的光，连吹过的风都无法温暖。而我呢，是希望小风，哪怕只是茫茫人海中一个小小的萤火虫，至少要发光发热，照亮经过他生命中的所有人。"

陆容愣了一下，站起来冲霁通鞠了一躬："谢谢叔叔！"

"这么客气干什么？"霁通受宠若惊，"这么小的事情。"

"对我来说，不是小事。"陆容郑重地说完，飞快地笑了一下。霁通突然觉得他的养子有点儿小孩子的模样了。

"嗯，叔叔我先走了。"陆容跟来时一样安静地离开了。

"感情真好呢……"霁通望着他的背影，流露出慈爱的笑容。

他跟方晴结婚以前，最担心的就是两个青春期男孩处不好，现在看来是杞人忧天：这不是很快就交上朋友了吗？

陆容前脚刚走，霁温风后脚就钻进了霁通的书房。

"刚才容容找你什么事？"霁温风逼问他爹。

霁通道："没什么，就是问你的名字有什么典故。"

霁温风嘴角疯狂上扬："我就知道。"

他大摇大摆地横着走了。

霁通："……"

这孩子，有这么高兴吗？

陆容回到卧室里，做完其他作业，拿出了美术课下发的料石。料石红中带青，纹理像是冰封下的湖面，深邃无序。

这一刻他心中没有作业，没有赌局，亦没有比赛。

如果就像萧竹清说的，刻下一个人的名字，可以与他一生一世，自己会刻谁？

陆容在台灯下无声地问自己。

"一生一世，真是好大的口气。"良久，陆容苦笑着摇摇头，这群无知无畏的少男少女……

陆容自打生下来就没有少年人的骄矜意气，从小就是个成熟冷静的小大人。

活着那么不容易，光是过完今天都要用尽全力，谁想一生一世的事？他连明天都不曾想过。

世事瞬息万变，人的际遇也起起落落。只有这群什么都没经历过的少男少女，才敢开出这样心比天高的赌局。

"反正就是个如果。你想跟谁永远在一起？"心底里又冒出萧竹清不怀好意的声音。

陆容想了想，所有人。

陆容并不讨厌人类。讨厌人类，冷漠地对待人类，那是中二病的特权，活得很不容易，所以会尊重善待身边的每一个人。

李南边、颜苟、梁闻道、邓特、方长、令仁、郭靖、牛艳玲、萧竹清、沈御、霁通、方晴、老王、老宋……哪怕是不靠谱的洗衣阿姨王秀芳。

人的十八岁能有多长？

十八岁也就是一眨眼的事情。

以后都会各奔天涯的吧？

如果可以，全想留在身边，永远这样下去……

陆容长长地叹了口气。

纤细修长的手指郑重地拂过那行寒华哀婉的诗句。

萤火不温风……

哪里是萤火呢？

明明是灰烬世界里猝然点起的篝火，只是远远看着，就觉得温暖。

…………

霁温风大摇大摆地从窗台跳进来的时候，陆容趴在书桌前睡着了。台灯温柔地悬在他的头顶，白纱帘被风吹动，拂过少年的脸。

霁温风屏住了呼吸。

过了周末，霁温风来到学校里，沈御正在学生会主席办公室外长廊尽头，背靠着墙等他。

沈御问："怎么样？"

霁温风镇定道："这会稳了。"

沈御问："你确定？陆助理可是个狡猾的人。"

霁温风嘴角疯狂上扬。

沈御嗯了一声，给他发了一枚风纪检查的红袖章，然后给对面教学楼的萧竹清发了条消息：可以开始了。

萧竹清接到命令，猛地扭头看向窗外的陆容。

李南边手里拿着报表，正在给陆容汇报上周营收："提供学习服务项目营收3852块，因为接近期末，与上月同期同比下降9.7%；刻章子收入7780块，支出1945块，损耗79块，利润5756块；小鱼饼分红1311.7块；咸鱼卖了件衣服收入3600块；潮鞋代购收入2368块，合计收入16887.7块。"李南边汇报完，又说，"老大厉害，代刻业务又狠又准！"

陆容道："这还不仅仅是钱的问题。"

李南边："啊？"

陆容瞄了一眼他的手机："刻谁的名字就是喜欢谁，现在基本上你已经知道全校的暗恋秘密了吧！"

李南边捏着手中的手机，愣了一下，嘿嘿一笑："没错。"

"秘密，就是无价之宝。"陆容把食指按在唇上，眼底闪过狡猾的光。

李南边似懂非懂，虽然不知道秘密有什么用，但他确实八卦了一整个周末："连邓特都有喜欢的人了呢……"

陆容："谁？"

李南边看了他一眼："是陆××。"

陆容："啊？！"

李南边叹了口气："颜苟和邓特要抢老婆了。"

陆容："……"

这根本不是抢老婆的问题！

他有机会要找邓特和颜苟聊一聊个人作风了。

这时，萧竹清率领一群好事者蜂拥而出，把陆容堵在了走廊上。

萧竹清兴致勃勃、干劲满满地对陆容道："美术课收作业啦！陆助理，把你的章子亮出来吧！"

陆容淡淡地扫了她一眼："现在？"

萧竹清等不及了："快点儿快点儿！"

霁温风和沈御也恰到好处地戴着红袖章排众而出："堵在这里干什么？"

萧竹清眼睛一亮，理直气壮地道："霁主席，我在收美术作业，请把霁主席的章子交出来。"

霁温风故意装作恼羞成怒的模样："你这是以下犯上！"

萧竹清早就跟他们串通好了，一点儿也不怕他发火。

"萧部长，别只针对我。"霁温风话是冲着萧竹清去的，眼神却飘向房间的一个角落。

陆容一副傲娇模样："我一会儿自己交，走开。"说着他推开霁温风就要溜。

霁温风身边的沈御一伸胳膊，把陆容拦下，道："陆助理这是怎么了，欺负我们萧部长是女生吗？收不上美术作业，萧部长可要被怪罪的。"

237

陆容又委屈又愤慨地看了他一眼，慢腾腾地从裤兜里掏出了章。

他还没拿出来，萧竹清就心急地一把夺过，定睛一瞧，脸色大变："天哪！"

陆容在这一瞬间给萧竹清使了个眼色，萧竹清只喊了两个字就乖乖闭上了嘴，只是难以置信地看着他。

陆容假装恼羞成怒地夺回他的章子。

吃瓜群众纷纷议论了起来。

"陆助理到底刻了什么啊？"

"是啊，是啊，快说快说！"

……………

四周的言语，以及陆容涨红的脸，让霁温风不疑有他，毕竟他昨晚亲眼见过那枚章。

霁温风自信一笑，从裤兜里掏出了自己拴着红绳的章子。

只见他的印章上，规规整整刻着四个大字——霁夫人印。

这就是渣男沈御给霁温风支的最强绝招，既满足了刻给心上人的条件，也绝不会输的办法！

霁温风一手插着裤袋，一手拎着印章，悬在陆容与众人的面前，坦荡宣布："我的章，可不是专门刻给谁的，而是刻给我老婆的。"

吃瓜群众倒吸了一口凉气。

沈御觉得不对猛地回头，看向萧竹清："他到底刻了什么？！"

萧竹清结结巴巴道："他……他什么都没有刻！"

霁温风又猛地扭头盯着陆容。

陆容这个家伙居然使诈，这样他也算间接输了啊，陆容什么都没刻，可是他刻字了啊。

陆容在位子上坐下，询问李南边："多少？"

李南边："1 赔 80，赚翻了！"

第十六章
"他"

陆容不知道邓特和颜苟是怎么了,竟然同时喜欢上了陆××。

他必须处理一下这件事,维持全员恶人组内的稳定。

陆容料理颜苟的方式简单粗暴。

陆容:颜苟。

颜苟:老大好!陆××好吗?陆××饿了吗?

陆容:没有陆××。

陆容:陆××是我假扮的。

颜苟缓缓打出一个问号。

陆容差李南边去打听打听颜苟的近况,李南边回来以后摇摇头说:"不行了,打不起精神,泪如雨下。"

陆容云淡风轻地道:"他总要经历这样一个过程。毕竟,他以后还会失恋很多次。"

李南边:"……"你是魔鬼吗?

陆容无情地解决了颜苟,打开手机找邓特。

陆容：闯王在否？

邓特酷酷地回：在。

陆容：放学以后有事吗？想跟你见面聊聊。

邓特酷酷道：我也想。

陆容和邓特约在了校门口。

两个人一碰头，陆容就扬起了亲切和善的微笑："闯王，饿了没，我买个小鱼饼给你吃？"说完之后他就觉得这个开场白好像颜苟。

邓特摇摇头，郑重其事地道："我不饿。我有很重要的话要对你说。"

陆容："……"

邓特酷酷地道："我，喜欢陆××。"

陆容："嗯，我已经知道了，我还知道你为陆××刻了表白印章。"

邓特酷酷的脸上浮起了红晕。

陆容："我就是要来跟你谈这件事的。我们都是同龄人，我很能理解你的感受，我们正处于青春期，看到美丽的女孩都会有朦胧的心动，但是闯王你才十八岁，心智发育并不完全，你对爱情的理解还是很不成熟，再加上你还要学习、打拳、在全员恶人组当顾问，在这种情况下，你没有时间也没有精力去跟人展开一段这样的关系。我建议你把这种美好的感觉放在心里，十年之后再回过头来仔细回忆、品尝，你会觉得青春期暗恋的酸甜滋味，是人生最美丽的体验。"

陆容深谙因材施教之道，颜苟这种一看就不可能拥有爱情的男人，当头棒喝可以让他清醒，从血泪中变得更坚强、更实际。

而邓特这种一看就会被人骗，也有人骗的男人，还是先多骗他一段时间吧！

作为邓特的老大，陆容会骗邓特往好的方向发展，可其他人只会骗他的钱，骗他打拳……

为什么邓特要经历这一切？他还只是个孩子啊！

邓特听完这段话，失去了一切动作，仿佛被按了暂停键，又仿佛网速不好当场掉线，延迟高达八秒钟。

陆容："……闯王？"

邓特回过神来，酷酷地抓住了陆容的手腕："老大，你跟我走。"

陆容："……"

面对着校门口其他同学的指指点点交头接耳，陆容赶忙把手抽了回来。

陆容觉得问题大了。邓特为什么让自己跟他走？

邓特二话不说拉起他的胳膊就往前跑。

陆容："……"

你跑得也太快了吧！

我追不上了！

我飞起来了！

…………

南城大学的学子们从一开始的兴奋，到之后的目瞪口呆，再到冷眼旁观，纷纷拿出了手机拍摄。

飞奔的闯王以及他身后跟跑的学生会主席助理，成为当日亮丽的一道风景线。

邓特拖着陆容跑了五千米。

陆容坐在花坛边疯狂喘气。

他抬眼环顾四周，是个巷子里的老小区，跟他老家差不多。他既不知道这是哪儿，也不知道附近有没有人。

"这是哪里？"陆容抬头问道。

邓特面无表情道："我家。"

陆容："……"

邓特酷酷地道："就在这里等一下，我马上下来。"说着他扭头就走。

陆容："？"

闯王真是个谜一样的男人。

三分钟以后，邓特抱着一只胖乎乎毛茸茸的小土狗，站在陆容面前。

邓特伸出双手，把小土狗递到陆容面前："莉莉。"

它是条刚出生才不到一个月的的小狗啊！

陆容稳定了一下情绪："说吧，什么事？"

邓特小心翼翼地把它抱回怀里，仅剩的右眼宠溺地看着怀中的小土狗，温柔地抚摸着狗头："爸爸，不许我养它。"

小土狗没有牙的嘴叫着，咬他的手指。

邓特抬头，哀求地望向陆容："莉莉，垃圾桶边捡的，没有妈妈了，被丢掉会饿死。"

陆容心中一动。

"我想带莉莉离家出走，可是小桂一个人在家，吃什么呢？"邓特酷酷的脸上露出一丝惆怅，他轻轻叹了口气。

小桂是那次秋游以后陆容送给他的兔子。

陆容："你应该担心你跟莉莉离家出走后吃什么吧？"

邓特一愣，显然没有想过这个问题。

陆容打了个响指，帮助邓特断线重连："你是想让我帮莉莉找个好人家对不对？"

邓特用力点点头。

"我会的。"陆容答应他。

说着他接过了邓特怀中的小狗，小狗毛茸茸的，闻到陌生人的气息，在半空中挣扎起来，奶声奶气地叫着。邓特后悔了，又用力把它藏回了怀里。

"给我吧！以后还能来找它玩。"

陆容坚持地伸着手。

邓特跟小狗依偎了半天，依依不舍地把它交给了陆容，又给了他一根狗绳。

陆容得到了小土狗，很宝贝地把它搂在怀里。

陆容："不过它得改个名字，不能叫莉莉。"

邓特酷酷地问道："为什么？"

陆容奇怪地看了他一眼："因为莉莉是……是跟陆××有关。"

邓特眼神涣散，思维紊乱，陷入了回忆的旋涡。

陆容忍不住提醒："就是那天竞选日来学校里拉票的。"

"哦。"邓特恍然大悟，"我记得陆××……"

关于养狗的探讨

陆容受邓特所托，决定自己领养莉莉。

不过他自己也是寄人篱下，要在家里养它，他得跟霁温风、霁通还有方晴商量，不能自作主张。

如果他哀求的话，他们都会顺自己的意，不过增添家庭成员会影响所有人的生活，应该让所有家人自己选择。

他把它装进书包里，恍若无事发生地跳上了老宋的车，把书包搂在怀中。

它在书包里扭动。

陆容把莉莉带到房间里，给它喂了点儿牛奶，一边逗它，一边给霁温风发消息。

陆容：我想养狗。

霁温风：不可以。

陆容：为什么？

霁温风：我不让你养。

陆容：……

陆容戳了戳小土狗的脑袋："你大哥哥不想要你。"

陆容把它放在脸盆中安顿好，起身去找其他人。

他先敲开了霁通的书房。

因为霁温风在青春期，正是六亲不认的时候，霁通常常觉得自己是

个空巢老人。最近他跟养子的关系变好了很多，填补了他内心深处的空白，温暖了他这颗老父亲的心，所以霁通用满腔无处堆放的父爱迎接陆容："容容怎么啦？"

陆容郑重道："叔叔希望家里多一条小狗吗？"

霁通："我倒是没有问题，你问问妈妈和小风想不想要吧？"

陆容："谢谢叔叔！"

两人一同走到楼上，霁通陪着陆容询问方晴，万万没想到，方晴竟然大为反感。

方晴："我不要养，绝对不要养。"

陆容保证："我会全权负责的。喂饭也好铲屎也好，全会保质保量地做好。就像我照顾自己一样。就像这个家里没有这条狗一样。"

方晴："那也不行，这事没商量！"

陆容失魂落魄地离去。

霁通望着养子失落的背影，坐下来询问方晴："孩子都这么说了，为什么不答应？家里又不是没有草坪，养宠物也可以锻炼孩子的责任心。"

方晴捂住了肚子，严肃地冲霁通道："我有了。"

霁通："……"

方晴低头，用双手捧着大肚腩："万万没想到，我不是胖，我是有了。"

霁通激动得变了形："真……真的吗？"

方晴："千真万确，三个多月。"

霁通欣喜若狂，朝天祈祷："已经有两个儿子了，希望这个是闺女！"

方晴叉着腰，一脸严肃地坐在床头："所以绝对不能养狗，这是为了我闺女着想。"

霁通安慰道："不用那么紧张。小狗肯定养在花园里，不会到家里来，只要隔离做得好，卫生能保障。"

方晴摇摇头："我咬得过狗，可我闺女刚出生，牙都没长齐，不一定咬得过狗，所以家里不能养狗。"

霁通："……"

陆容回到自己的房间里，把它抱了起来，举在身前。
陆容："没人要你，不过我会养你。"
小狗尿了他一身。
陆容："……你这样会失去你唯一的亲哥。"
他把莉莉放回了脸盆里，看着自己身上的尿渍。这狗确实不能偷养在房间里，会出大问题。
但是家里人不同意，也没法把它放养在花园。
陆容扭头看着窗外，花园草坪工整，一片翠绿，家家户户隔着绿篱。

他眯起了眼睛。

嗯……

脑海中冒出了一个魔鬼的主意：没法放养在自家的草坪上，也许可以放养在别家的草坪上。

陆容有了点儿想法，把陆××塞进校服里，抓起了那根狗绳，从容自若地下楼。

陆容走到外头，给狗拴上狗绳，在小区里装模作样遛起了狗。

它跑得跌跌撞撞，还时不时要绊倒，陆容这时候就放慢了脚步，耐心等它自己站起来。

小区有专门的散步道，全是鹅卵石铺地，周围是花园景观，坐落着美式别墅。

陆容从山下牵着它下来，一双漆黑的眼睛盯上了46号人家。

别墅区向来入住率低，小区七十多套别墅，装修完毕的不足一半，每天都有人进出的更是只有十几家。46号购进三年无人看管，前两天大雨，主人今天才开着车过来照看，此时一辆的牧车停在车库，电动门不曾关。

陆容牵着它假装无意间路过。

"要帮忙吗？"陆容对车库里挽着裤腿辛苦倒水的年轻人问道。

年轻人回过头来。

是很漂亮的男人，比霁温风还漂亮，雌雄莫辨的秋水眼，看人的时候像一只精明却慵懒的猫。陆容想起前几年某个大火过的小明星，不知道是不是同一个人，好像叫高阳。

高阳被他搭讪，随意地耸耸肩膀："这个水淌得太多，估计要请施工队上去重做防水了。"

"没有用。"陆容道，"别墅的地下室就是很阴，就算上头不漏水，下面也会潮，我家地下室还有不少白蚁，铺大理石才能好点儿。"

"烦人。"高阳把盆一丢，坐在台阶上抽起了烟。

这套房子是他背着韩成湘偷偷买的，没钱装修，也没空住。现在他跟韩成湘住在城里，更是把这套房子捂得严实，根本不想让韩成湘知道。这不，漏了水还要背着韩成湘偷偷跑来舀水。

"就不能不做吗？"高阳真想把地下室给填平了。

"不做地下室也不行，那样潮的就是一楼。我爸妈说的。"陆容看向山顶上的房王。

高阳顺着他的目光看过去，又顺着他的目光看回来，对这个眉清目秀的小公子刮目相看。没想到啊，这是大户人家的小公子。

"高阳。"高阳拿出一张名片，塞到他手里，跟他握了握手。

"嗯，你好。"陆容维持着小霸总礼貌生疏的姿态。

两人寒暄完，高阳又被拖入了现实中，叉着腰感慨："真想把这房子卖了。"

"不好卖，二手别墅交易周期长，买家少。这里离城区远，周围也没房产中介，看房麻烦。"陆容冷静地分析着，说到这里突然一顿，想起了什么，"不过上次开派对的时候，我周围倒是有几个朋友很喜欢这里的环境，我可以帮你问问。"

"好啊！"富二代圈子里的小朋友买别墅太正常了，高阳也是从小富贵过来的，并不觉得陆容说的话有什么问题。

陆容一板一眼地问:"你打算卖什么价钱?"

高阳:"我入手九百四十多万元,四年前了,现在怎么着也得一千四百万元吧!"

陆容:"好,我按照这个底价给你去谈。你要是不方便过来,可以把钥匙放我这儿,我们家就住山上,下山几步路,我可以带我朋友看房子。"

高阳琉璃色的眼珠子一转,这才意识到这个小子在跟自己做生意。

刚好小区保安开车巡视,见到陆容和高阳,主动打招呼:"高先生好!"

高阳:"你好。"

保安对陆容道:"小陆,放学了啊!今天怎么这么早来散步?"

陆容腼腆地说道:"我哥哥出门了,我在等他回来。"

保安:"需要我们送你上山吗?"

陆容:"不用了,谢谢!"他扭头淡然地对高阳道:"你考虑得怎么样?"

高阳看了他两三秒钟,笑了,这个小朋友可真不简单。

一不是中介,二不是熟人,敢接这样子的单,这是胆子大。

看出自己对他的身份怀疑,立刻通过与保安的寒暄来证明自己,这是脑子活。

他真是有勇有谋啊!

正巧,高阳也是个胆子大、脑子活的聪明人,从不拘泥于条条框框,明人不说暗话:"我可以全包给你,要是你真帮我卖出去,我给你4%的提成——不过你也要帮我看好房子。"高阳摸出钥匙,在陆容面前晃了晃。

"没问题。"陆容接过,揣进兜里,"你楼上门窗锁了没?这里不太平。小区太大了,有流浪汉偷偷进来,把没人住的毛坯当自己的大本营。"

高阳吓了一跳:"不会吧?!"

"我爸妈说的。"陆容淡淡地道,"你要是不放心,我把我的狗借给你看家。"

它正在他脚边发现了一只小虫子。

"就这条，真的假的？"高阳被他逗乐了。

"凶得很，小偷一听声就不敢来，"陆容怜爱地抚摸着小狗的头，"别看它还小，长得快，你下次来就是一条好狗了。"

"行吧！随你。"高阳松开了钥匙，钥匙落在了陆容的手心。

眼看陆容把莉莉拴自己门上，高阳觉得这个小伙子挺认真负责的："等你的好消息。"他上了车，风风火火地走了。韩成湘总就快要下班了，他要是在韩成湘下班之前都没赶回去，韩成湘说不定就会通过种种蛛丝马迹推理出他在外面有一处房产——这可是他唯一的私房钱了！

陆容目送他离去，坐下来摸了摸小狗的头："你有地方住了。"

这里离家很近，照顾得到，又有草坪可以跑，还不碍着家人。

"而我，会有钱。"陆容望着远处的夕阳，唇角勾起一抹欣慰的笑容。

莉莉叫了起来。

"即使只是一条小奶狗，也要努力工作，靠自己的劳动去创造挡风避雨的屋檐，知道吗？"

这是陆容给莉莉上的第一课。

陆容回到家里，让老宋搬了点儿清理工具过来，把高阳的房子仔仔细细打扫了一遍，连草坪都不放过。

他打扫干净后，又从王秀芳那里收缴了一个大纸箱子，用美工刀在底部开了一道边，塞进去可以替换的硬纸片，摆在院子的走廊上，给狗晚上做窝用。

忙到天黑，陆容累得坐在走廊上，给它喂食。

它喝了牛奶，倒头就睡，手掌大的一只，身上毛茸茸的。

陆容就这样坐在灯下，托着腮，一下一下轻抚着它，不知道在想什么。

过了二十多分钟，柏油路上传来马达声，两道刺眼的灯光在道路尽头转弯，照亮了门前。

陆容和莉莉同时抬起了头。

那是老宋接霁温风回来了。

"怎么在这儿坐着？"霁温风看到陆容的身影，忙让老宋停了车，从车上下来。

他今天去公司了，穿的是正装，喝过一点儿酒，白衬衫领口微敞着，露出薄红的白皮肤，手肘上搭着一件手工定制西装。

陆容仰视着霁温风，有点儿想不起今夕何夕，好像醉了，大梦一场。

他们俩都醉大发了。

二人回了家，方晴推开门大吼："容容，我有了！"

霁温风、陆容："……"

第十七章
霁家大宅闹剧不少啊!

因为是大事,方晴和霁通打算跟孩子们好好谈谈。

方晴进了陆容的房间,霁通把霁温风叫了出去。

方晴的表情像傍晚时陆容问大家要不要养小狗,小心翼翼的:"我……我有了宝宝,三个多月了。容容想要弟弟妹妹吗?"

陆容无语:"……我想不想要,你都得把人家生下来吧!"

"倒不是这样说……"方晴惆怅地捧着肚子,"这不是爸爸妈妈决定好了的事,毕竟年纪也已经很大了,对我们来说也很突然,我和爸爸都没有料到。我们商量了一下,想问问你和小风哥的想法,因为你们会多一个弟弟或者妹妹。"

容容只不过想养一条小狗,都会听取他们的意见。而她怀孕,好像并没有考虑过大家的感受。

方晴认真地望着陆容:"既然是一家人,你们的感受,也很重要哦!不是有这种家庭惨剧吗?"

陆容:"……想得还真多啊,你!"

方晴依旧一脸认真。

陆容叹了口气,摁了摁眉心:"我们都不是这样的人。而且……你也应该拥有自己的孩子吧!"

他不是方晴亲生的,已经拖累她到三十七岁了,方晴有了自己的宝宝,他怎么可能不同意?

方晴自然明白陆容没有说出口的话,抬手轻轻碰了碰他的指尖:"正是因为我们俩……是这样的情况,这才觉得对容容有点儿残酷。"

陆容一愣。

方晴挪得离容容近了一点儿,像从前一样,圈住了她的大男孩:"如果我有了自己的宝宝,容容就连妈妈都要跟别人分享,我总觉得像叛徒一样。"

陆容鼻子一酸。

方晴揉揉他的脑袋:"如果不开心,也不要紧,我不是非得要这个孩子的。有容容当我的宝宝,我已经很幸福了……"

"你嫁给爸爸的时候,就不是我一个人的妈妈了。我们早就不是相依为命的两个人。"陆容打断了她的话,声音低沉沙哑,"世界上唯一不能跟人分享的家人,是丈夫和妻子。要一直在一起的,也是丈夫和妻子。要不要孩子,是丈夫和妻子的事。我以后也会成家立业,拥有自己不可分享的家人……"

"但是,不管在哪里,不管我几岁,不管妈妈有没有别的孩子,妈妈永远是妈妈,这一点永远不会变。"

月光下的少年扬起了脸,满脸泪痕,却笑得很温柔。

"你方姨有了。这次可能是个女孩,超想要的!"父子俩并肩站在露台上,霁通对着霁温风用力一握拳。

霁温风:"……还是别了吧!"

"当年你刚出生的时候,不是我吹,长得很可爱的!别人都是红皮老鼠,你可以去当选美冠军。结果是个男孩。"霁通的表情是无比嫌弃。

"总之我想要个女儿。"

霁通推了推眼镜:"小风,关于多个妹妹,你有什么想法?"

霁温风："没有。"

霁通："怎么会没有！妹妹超可爱的哦！一口一个哥哥还会超级崇拜你，你可以给她梳双马尾。"

霁温风："你对女儿到底有什么奇怪的幻想？"

霁通乐极生悲："可是养到二十多岁就会年轻男人给骗走！我还要亲手牵着她走过红毯把她交给那个坏男人。"

霁温风："想得真远。"

霁通仔细打量着他："真的对妹妹提不起任何兴趣？真是奇怪的孩子。"

霁温风："你才奇怪吧！"他懒散地往栏杆上一靠，"反正爱生不生，关我什么事。"

霁通严肃道："可是一旦我有了别的孩子，就会影响你的继承权。"

别的都是小问题，只有财产分配，会关乎家庭和睦。

目前，作为独生子，霁温风会继承整个霁氏。

二胎的出生无疑将对他的地位造成冲击。霁通担心两个孩子之间一碗水端不平，造成祸端。

想不到霁温风无所谓地道："就算你把霁氏传给我，我退休以后也要传给二宝的。"

霁通："……"

霁温风从露台下来，回到陆容的房间里。

"今天不辅导作业不行吗？"陆容无奈道。

霁温风理直气壮："我们家都要有新成员了，这么大的事情不商量一下吗？"

"……说得也是。"陆容回到自己的书桌前，电脑屏幕上全是育儿网站的页面。

霁温风盯着他搜集的资料："你也觉得他俩不靠谱吧？"

陆容："没错。"

霁温风："我小时候是保姆带大的，我爸常年不在家，只会每天跟我语音。我一度以为我爸是台电脑。"

陆容嗯了一声:"我更艰苦一点儿,是自己把自己养大的。"

两人的目光碰撞在一起,眼神都是一个意思:霁通和方晴,其实根本没有养大一个孩子的经验!

他们都是彻头彻尾的新手。

霁温风:"他们靠不住,必须靠我们。"

陆容:"没错,他们养出来的孩子不会好的。我在网上买了一些育儿书籍和育儿课程,我们两人分配一下。"

两个人打开电灯,开始详细制订育儿攻略,从胎教安排到大学。

陆容眼中有光:"一定会培养成才的。"

霁温风:"没错,德智体美劳全面发展,优秀到足以继承家业。"

我的确怀疑他们

霁通回到房间里,跟方晴担心道:"我觉得小风有点儿问题。"

方晴:"他不同意我们要孩子吗?"

霁通:"不是……他很赞同。"

方晴的眼神变得古怪起来。

霁通侧耳倾听,楼下房间传来阵阵欢声笑语:"跟我来。"

他招招手,招呼方晴跟上,两个人蹑手蹑脚地走出房间,潜伏到陆容房间外。

两个人在房间里说说笑笑。

霁通用力撞开了门。

方晴跟在他身后猛地一绊,两个人倒在地板上。

陆容发出了一声惨叫:"啊!"

霁通和方晴抬头,只见陆容端坐着,而霁温风拿着一根棉签,正在给陆容掏耳朵。

霁通、方晴:"……"

陆容捂着耳朵:"我的耳朵!我的耳朵!"

霁温风脸色铁青："你们突然进来干什么？愣着干什么，快叫救护车啊！"

第二天一早。
四个人一起吃早饭，陆容耳朵上缠着白纱布。
陆容幽幽抬眼："妈妈、霁叔叔。"
霁通、方晴像是被点到名的小学生，猛地一抖："……唉。"
陆容："以后能不能不要突然开门进来？医生说，再来一次，我就要失聪了。"
霁通、方晴："对不起！对不起！对不起！"
霁温风不悦道："你们昨晚突然进来干什么？"
霁通、方晴连忙摆手："没什么！没什么！没什么！"
你们还只是纯洁的互掏耳朵的孩子啊。
霁温风嫌弃地看了他们一眼，问陆容："吃完了吗？"
陆容喝完牛奶，放下了杯子。
霁温风拎起两个人的书包，搭在肩上，随意地说道："上学去了。"
两个男孩子一前一后走了。
霁通和方晴目送他们离去，相视一笑，感慨："真是少年人纯洁的友谊啊……"

当天陆容和霁温风回家以后，霁通递给他们两件T恤："准备一下，等会儿拍全家福。"
陆容抖开了T恤，发现上头印着"Sweet Family（甜蜜一家人）"，还被一颗爱心包裹着，对这大团圆的设计深表无语。
方晴搂着两个孩子的肩膀："老三快要出生了，趁他还没来，我们先拍。这样我们就可以向他吹嘘我们是先来的，他不容易骄傲。"
霁温风："……"这个孩子有点儿可怜。
不过他让那个孩子去学艺术的心是不会动摇的！
陆容："我们俩非得穿成这样吗？"他感觉他们有点儿傻乎乎的。

霁通骄傲地敞开了西装，他里面也穿了。

方晴："你霁叔叔亲手设计的。快去换上，半个小时以后摄影师来了我来叫你们。"

陆容无语地回房换上了T恤，突然想到一会儿拍照不知道几点结束，要把莉莉给饿着了。他赶忙把书包放下，拿了盒牛奶，偷摸溜出了家门，朝46号走去。

他用钥匙打开门，走进了花园，发现原本应该拴在门上的莉莉和狗绳一同消失了。

陆容："……"

不会啊，他早上上学之前明明经过这里，把小狗莉莉从纸箱子里头抱出来了啊！莫非它自己跳进去了？

陆容走到纸箱子上方，低头一看，也没有小奶狗的踪迹。

陆容："……"

陆容惊慌失措地在屋子前后走了一圈，除了没有装修过的房子，什么都没有！

陆莉莉，莫非被偷了！

一想到有这种可能性，他就到篱笆边上查看有没有入侵的痕迹。别墅都带独立院落，院落的篱笆并不高，没有装修过的房子，有点儿身手的人很容易翻进来。

他走了一圈，果然发现了篱笆上的两个脚印！

有人翻墙进来，把狗偷走了！

该死的偷狗贩子！

陆容当即打算走到小区保安亭那里查监控，今天有谁到这里偷过小狗！

正当陆容急匆匆往大门口走的时候，花墙对面突然传来霁温风的声音。

霁温风："把骨头叼回来，去，去。"

陆莉莉："……"

霁温风："小笨蛋。"

保安恰到好处地巡逻经过:"霁少爷好！"

霁温风:"好。"

保安:"遛狗啊！"

霁温风:"对。"

保安:"昨天也见着小陆在遛这个土狗。"

霁温风呵呵一笑，淡然装酷:"这不是什么土狗，而是名贵的荷尔拜因犬，十多万块一条。"

保安吃了一惊:"真的吗？怪不得，我就说霁少爷家怎么会养土狗……不过这名品看上去真的很像土狗，哈哈！"

霁温风不服气地撸了两把莉莉:"狗狗长开了就变帅了！"

陆容:"……"

什么荷尔拜因犬！你造的词吧？！是昨天为了把妹妹培养成艺术家专门去搜了绘画资料，发现了荷尔拜因这种牌子的颜料吧？！

霁温风吹着口哨继续遛狗，陆容把他叫住:"霁温风。"

霁温风一愣，转头看了他一眼，然后加快了脚步，假装不认识地牵着它从对面经过。

陆容:"站住。"

霁温风越走越快，连口哨的节奏都跟步伐统一。

陆容气死了:"霁温风，你把它拖死了！"

不光陆容追不上他，连狗都追不上他了，小短腿放弃追逐，躺在地上任由狗绳把它带去任何一个方向。

霁温风闻言，抄起小狗跑得飞快。

它弱小、无辜又可怜。

陆容急中生智，往地上一坐:"啊！"

霁温风这下总算肯回头了，揣着狗崽来拉陆容:"怎么了？！"

陆容简直要打人:"你怎么回事，跳进人家屋子里偷狗，你有病吗？"

霁温风涨红了脸:"你……你替那户人家照看房子、照看狗，我看你怪辛苦的，帮忙遛狗，这怎么能叫偷呢？"说着他又飞快地撸了两把狗。

陆容:"那我叫你，你跑什么？！"

霁温风假装无事发生,四处看风景。

他不说陆容也知道。

霁温风昨天信誓旦旦不要莉莉,但是心中又很想撸狗。而且偷偷狗遛这种事情,被人知道,霁温风都能把人灭口。

"既然喜欢,那就养啊!"陆容再次提议。

霁温风坚定地说道:"我不要养!"

陆容:"……"

陆容:"那这样,这条狗归你。不是我来养这条狗,而是你来养这条狗。"

霁温风垂下了眼睛,小心翼翼地望着他:"那我养狗,你愿意吗?"

陆容:"愿意。"

这时候电话响了。

陆容对霁温风道:"摄影师到了。"

霁温风和陆容带着小狗,大摇大摆地进了家门。

陆容在一旁低声提醒:"先征求一下大家的意见。一定要把它的可爱之处展现在他们眼前,让他们心软。现在的这个时间点对我们也很有利,因为要着急拍摄,这时候提出要求,为了不拖延拍摄进度他们有很大可能会妥协。如果他们说'先拍摄再说',你只要坚持'先答应再拍摄',这件事就妥了。"

霁温风自信地道:"不需要这么麻烦。"

正在花园里准备拍摄的霁通发现孩子们回来了,他们还带着一条狗,惊了:"这是……"

霁温风冷酷道:"我的狗。"

霁通推了一下眼镜:"好像没有听你说过这件事……"

霁温风冷酷地说道:"我要养狗。"

霁通:"可是现在你妹妹快要出生了,你方姨她有点儿担心……"

霁温风眼神一厉:"我不管,我要养狗!"

霁通:"好,好吧!"

霁温风把小狗塞到霁通手里:"它叫莉莉,叫啊!"

陆容看得目瞪口呆!

他达到目的,惯用的是谈判与心机。

霁温风达到目的,惯用的是威胁与恫吓!

方晴化完妆下来的时候,院子里有霁通、小风、容容,还有一匹马和一条狗。

方晴目瞪口呆地看着那匹马:"这是……"

霁通怀里抱着莉莉坐在椅子上:"……小风的宠物。我们蜜月旅行回来的那天,它拉过车。"

后来这匹马一直寄养在附近的马场,听说要拍照,霁温风第一时间打电话让人把霁容容送回来。

方晴:"哦!"

她在霁通边上摸索着坐下,心情很紧张。

整个构图就是方晴和霁通坐在椅子上,霁通怀里抱着酣睡的小狗,而陆容和霁温风站在后头,霁温风手里还牵着霁容容。

方晴直视前方,面容凝重:"……那匹马好像在吃我的头发。"

霁通让她坚强:"小问题,这只狗还尿在我身上了。"

摄影师:"茄子!"

霁通、方晴:笑不出来。

后来,这张全家福放大以后挂在了火炉上方。

夕阳、豪宅、面无表情的父母、面无表情的儿子们、一头吃头发的马、一只朝天尿三丈的狗。

所有见过这张照片的人都说,照片充满现代主义风格,很像《M国式哥特》。也有人因此断定霁氏家族艺术审美相当高。

私下里,即使是天不怕地不怕的方晴也经常抱怨:"看着怪瘆人的。"

霁通搂着她的肩膀:"等老四出生以后重新拍吧!"

方晴疑惑:"不是老三吗?"

霁通跟她科普:"莉莉才是老三。"

方晴:"那霁容容……"

霁通:"霁容容只是一匹马。"

"怎么会这样……"方晴对家庭排行产生了费解,"……这太难了。"

霁通盯着那张照片:"没错。"

他们做父母的,太难了。

霁会长与陆助理这对组合

八个月后,某个平静的日子里。

赵一恒找上了沈御求证:"喂,霁温风和陆助理到底怎么回事?"

赵一恒是前校草,自从霁温风转学过来以后就失去了校草地位,唯一的存在感就是和霁温风组过恒温组合。赵一恒为此伤透了心:可恶!不但输给了仇家,还要跟他组组合!

他天天巴不得霁温风谈恋爱,他不想被人误会。

原本蹭着霁温风的热度,他还有最后一丁点儿的存在感,现在连恒温组合都被风容组合所取代,导致他彻底查无此人了!

赵一恒气得额头长痘,对霁温风的恨意越发深了,甚至出现了一种难以启齿的哀怨——你怎么能跟别人组组合?

赵一恒循循善诱:"我知道你跟霁温风有过节,他总是以暴力威胁你。是他用权势和武力值逼迫你参与他们的宣传。你不用承认或者否认,如果你被绑架就眨眨眼。"

沈御:"……"

"如果你想挖小道消息,那你就找错人了。"沈御说着背上了拳套,打算出门打拳。

"为什么你这么维护那个男人,他明明每天都在威胁你!"赵一恒在背后大吼。

沈御云淡风轻地挥挥手:"那是从前了,现在我们每天一起打拳。"

"就这样饶恕曾经冒犯过你的敌人吗?!"赵一恒握紧了拳头,"你还记得你自己的名字吗？战狂沈御！"

沈御停下了脚步。

他转过头来，叼着烟夎毛道："不要再提这么中二病的外号了！"

赵一恒不甘心道："你曾是让整个南城大学闻风丧胆的男人，现在就只能每天打打拳，你对得起曾经的自己吗？"

话音刚落，一大群女生冲出来围住沈御。

"大大今天有空吗？晚上一起打游戏啊？"

"沈大大音频剪辑的时候遇到了这个问题该怎么解决啊？"

…………

沈御从一堆美少女中回过头来，神情淡然地冲赵一恒微微一笑："这一切，都是我自己的选择。"

赵一恒："……"

"不过我有一台单反。如果想知道真相的话，你自己去看看就知道了。"

赵一恒拿到了沈御的单反，坐在车里，盯着霁家的车。

放学以后，霁温风和陆容果然一起出了校门，一同坐进了车里。

赵一恒对司机道："追上去！"

司机踩下了油门，跟着汽车汇入了放学的车水马龙。

两辆车一前一后到了榕山庄园。

赵一恒找了个视野开阔的地方，埋伏起来偷窥霁家大宅。

只见霁温风和陆容神色如常地进了门，家里的用人都对两人毕恭毕敬。连霁通都出来跟两人说话，甚至还摸了摸陆容的脑袋。

赵一恒："怎么会这样？"

赵一恒继续暗中观察。

回到房间里，霁温风立刻对陆容道："快扮装。"

陆容："……"

霁温风："昨天你打游戏输给我了，说好的事，男子汉愿赌服输。"

陆容："……"

霁温风拿出了一套哥特风格的衣服："一会儿还要去医院看方姨，时间不多了。"

方晴到了预产期，前几天进了医院，目前待产中。

陆容恨恨地进了卫生间。

赵一恒："不会吧！"

司机打开了保温杯："怎么了？"

赵一恒放下了单反，冲司机严肃道："陆助理根本不是男生？"

镜头中，陆容一回到自己的房间就换上了哥特风套装，然后在房间里走来走去，干活做作业。

"哦……"司机捧着保温杯，喝起了海鲜时蔬汤。

……

司机瞠目结舌："南城又不是什么男校。"

他还是第一次发现他家少爷有编故事的天赋。

陆容做作业做到一半，突然肚子剧烈地疼痛起来。

霁温风问道："怎么了？"

疼痛很快就飙升到了不可承受的地步，陆容痛得浑身大汗，脸色苍白，连话都说不出来。

霁温风慌了，喊道："来人！来人啊！"

霁通正巧也在找他们："你们妈妈要生了！快，快去医院！容容怎么了？！"

"肚子痛，得送医院！你快去开车！"霁温风大声说道。

霁通："哦，好！"

情况太过复杂以至于他都没来得及问为什么容容穿成哥特风。

赵一恒眼看着一辆车开出了霁家大宅，缩进了自己的车里："走，跟上！"

司机把保温盖拧好，平稳地开下了山，不久之后跟到了圣婴妇儿医院。

赵一恒:"为什么会到这里来?"

陆容进了急诊科,诊断为急性阑尾炎,需要立即动手术,当即被推进了手术室。

医生:"哪位是家属?"

霁温风抢过笔签了个名:"大夫,他会有生命危险吗?"

医生:"少安毋躁,一般不会。"

一旁的霁通。

妇产科医生:"孕妇半小时前开始宫缩,已经进了手术室,请您签名。"

霁通抢过笔签了名:"我媳妇儿会有生命危险吗?"

妇产科医生:"高龄产妇一般比较危险,但您夫人的状况非同一般。"

霁通:"谢谢!谢谢!"

手术室亮起了绿灯。

霁通和霁温风急得像热锅上的蚂蚁,在手术室外踱来踱去,坐立难安。

…………

不远处的赵一恒端着镜头:"到底生了什么病?"

司机咀嚼着海鲜汤里的海带:"……该不会是生了吧?"

经过一个半小时的不懈努力,方晴顺利生产。

护士做好各项检查和记录:"恭喜您!是个健康的……宝宝!来,妈妈看看。"

方晴虚弱地说:"不看,滚。"

刚才疼死老娘了!

手术室门一开,霁通就冲进了里头:"晴儿!"

他根本没听清护士说的是男孩还是女孩。

方晴:"我恨你!"

她暴揍霁通。

护士长慈爱地竖起了大拇指："这个产妇果然不同凡响，状态超好。"

霁温风陪着陆容回了病房，两人想看看孩子。

护士把新生儿包好，递给霁温风。

霁温风激动地抱着对陆容说："……长得真像你。"

陆容虚弱地伸手："给我看看。"

霁温风小心翼翼地把宝宝放到他怀里，自己则在床边坐下，无比温柔地看着陆容柔声哄宝宝，时不时伸出修长的食指，戳戳宝宝软绵绵的腮帮子。

赵一恒手上的单反，掉了。

手插着裤兜，默默离开。

司机还没有把海鲜汤吃完："少爷，这就走了吗？"

"不走还能怎样？"赵一恒踹了一脚地上的易拉罐。

霁温风和陆容玩着玩着，宝宝的襁褓散了，他俩低头一看，是个男孩。

霁温风："……"

霁温风冷酷地说道："那以后就学艺术去吧！"

陆容："……"

霁通终于想起陆容还病了，摸索进了陆容的病房里。

霁通在看见新生儿是男孩后，笑容渐渐消失："啊，又是个男孩。"

霁温风和陆容激动地护住了宝宝，异口同声道："不要就给我们啊！"

第二天，请假在家休养的陆容接到了无数条慰问短信。

"老大辛苦了……"

"陆助理辛苦了！"

第十八章
校园新势力

大三的某一天,方晴把陆容叫到僻静无人的角落,捏着手机犹犹豫豫道:"容容,你妈妈……叫你回家一趟。"

陆容先是一愣,意识过来是哪个妈妈,立刻把脸扭向一边:"我没有别的妈妈。"他顿了顿,又道,"我家就在这儿。"

方晴叹了口气,伸手怜爱地拨弄着少年柔软的额发:"有些事,我还是要知会你。这次叫你回去,是打算分财产。"

陆容竖起了耳朵,将疑惑的目光投向方晴,半晌,低头敛目:"哦,那必须回去一趟了。"

前不久,霁温风在临江的楼盘买了房。

上下三层打通做复式,一进门就是将近九米高的挑空层,全部安了落地窗,采光良好,江景尽收眼底。

等陆容知道,霁温风已办完房产证回来了,产权是他们俩共同持有。

陆容高傲地扬起了脸:"那边什么时候叫我回去?"

陆容跟方晴谈完,霁温风看他脸色不好,关心道:"怎么了?"

陆容摇摇头。

他看霁温风是出门的装扮,道:"这么晚了要出去?一会儿还要给云闲做有氧操。"

霁温风的弟弟取名霁云闲,已经是满地乱爬的年纪,可是性格比一般小婴儿古怪得多,坐在那儿能一动不动。

陆容天天指使霁温风想办法让他弟弟动一动。霁温风就一边做卷子,一边拿脚趾钩着弟弟的摇篮摇晃,一个月下来,大腿增肌三千克。

原本霁温风也不愿意这么晚出门,可是情况特殊,他不得不走。

他在门口穿着鞋,脸色凝重道:"我们学校里出现了校园新势力。"

"啥?!"陆容惊了。

"没错,我们学校。"霁温风再次重复,"不过人已经被沈御当场抓住了,我过去看看。"

陆容脱口而出:"我跟你一起去!"

"你去干什么?"霁温风拧起了眉,"我、沈御、邓特,三个人足够了。你在家带云闲。"霁通和方晴都指不上,带娃还得靠陆容。

陆容一听是这三个人,哪里肯啊,赶紧上了车要跟他一起去。这万一是全员恶人组的人,邓特又是一根筋的主儿,到时候一审讯就穿帮了……这事儿必须他在场。

他坚持,霁温风也没办法,上楼把霁云闲的事项原原本本跟方晴交代了一遍,要求她当场背熟,这才下来开车跟陆容去学校,直奔体育器材室。

刚接到的消息,沈御和邓特把人抓住后,全关押在那里。

霁温风和陆容一前一后进门。

正是深秋,两人在校服外头穿了一件风衣。步履匆匆,带起一阵风,风衣猎猎作响。

一群大一新生瞥见有人来，也不敢抬头，规规矩矩蹲在体育器材室里。

风纪部部长沈御坐在篮球收纳框上，笑容邪肆，一支钢笔敲得铁质球框当当作响，敲得人心惶惶。

体育部部长邓特酷酷地满地转悠，病弱美少年的脸，碗大的拳头。头顶的节能灯闪闪停停。

那些人不敢动，一动都不敢动。

"怎么回事儿？"霁温风眉头一皱，从风衣兜里摸出一根烟。

"最近几天接到群众举报，说学院里有团伙打架斗殴收保护费，已致数十位南城学子轻伤住院，严重扰乱校园秩序。我们风纪部连同文艺部的妹子们花了三天时间调查取证，于今日放学后展开特别行动，与体育部联手这些人一网打尽。"沈部长掏出火机，低头给霁温风点上。

烟头一红，修长的双指夹下了香烟，薄唇吐出一口长烟。

霁温风眯着眼睛，微微歪着脑袋，望着体育器材室漆黑的角落，不知道在想什么。

"打头的就是这位，柯放。"沈部长朝最前头染黄头发的男孩努了努嘴。

霁温风回过神来，重新把烟塞到双唇之间，转身大步流星地走到他面前，蹲下来抬起他的脑袋："你怎么想的？！"

柯放对上霁温风闪着寒光的眼睛，战战兢兢："我……我是初次，请您别给我记过。"

霁温风一脸阴沉地抽着烟，坐在体育器材室唯一一把椅子上，潇洒地屈着长腿："要在南城念书，就得遵守学校的规章制度。念你们是初犯，给你们一个机会——来人，把他们的书包还给他们。"

沈御和邓特一个个把书包丢给他们。

霁温风拿下香烟，长长地出了口气："现在，把你们今晚的作业拿出来。"

有几个人慢慢地打开了书包，更多的人面面相觑，望着柯放不知所措。

柯放亦是不知所措。

霁温风抢过柯放的书包,当众抖了抖,啥也没有。

"今天的作业都不知道嘛!"霁温风猛地把书包摔在地上,眼神通红,恍如地狱爬出来的恶鬼,"作业啊!学生的本分,丢到哪里去了?!"

整个体育器材室里回荡着学生会主席的咆哮。

一旁的陆助理捧着他脱下的风衣,从背后给他裹上。霁温风冷静下来,把风衣穿好,夹起烟摇了摇头:"邓特。"

柯放一抖:"我们现在就回去拿,现在就去!"

霁温风抬手一看手腕上的表:"五分钟。我给你们五分钟。五分钟之后我看不到作业……"

五分钟后,全员一手拿试卷,一手拿水笔,坐在体育器材室仰卧起坐的垫子上。

霁温风坐在上首的位置上,身边分别是笑容邪肆、身形慵懒的风纪部部长和一脸冷酷、拳头碗大的体育部部长。

"给我做!"学生会主席居高临下、说一不二地下达了指令。

众人哭丧着脸趴在地上,开始写他们入学以来从未写过的作业。

当天晚上,南城大学新崛起的校园新势力,在体育器材室里做作业,做到东方天际发白。

据第一个来上班的校工叙述,整个晚上,体育器材室都回荡着学生会主席和学神的咆哮。

等到五点多钟,新组建的校园势力才全员背着书包出来。

当时,风纪部部长抽着烟,在晨曦的寒风中手插着裤兜道:"明天,啊不,是今天再到校的时候,把头发都染回来,不然,剃光你们的头!"

南城又恢复了宁静。

校园势力被一扫而空,随之而来的就是——原来南城"问题"学长陆容,他还没"死"啊!

"说的什么鬼话,哪怕你们都'死'了,我也会活到最后。"陆容神情冷淡地抽出了塞在他门缝下的信笺。他可是连世界末日都要活下去、以活下去为人生目标的男人，怎么可能轻易离开。

信笺是灰色设计，信封上没有任何文字和印记。

"呵呵，又是无聊的聚会。"陆容见怪不怪了。

这是灰色邀请函，用于一年只举办一次的盛大派对，参与人物，仅限于S城所有大学的问题学长。

这个聚会不知什么时候、由何人发起，并形成了传统，陆容在他的学生生涯中，统共参加过三届。

第一届，他是作为前任学长的小弟去的。

第二届，他作为代理学长出面。

第三届，也就是大一，他真真正正作为南城问题学长，露了一面。

陆容被邓特护着回来，意识到这是一群野蛮人，没有什么交流的必要，从此以后切断了全员恶人组与其他势力的联系。

说起来他们也确实不是一路人。

最近这两年，他跟霁温风有了弟弟云闲，自然更是半隐退的状态，去年的派对都没有去了（后来他听说纪念品是银质解毒保温杯，偷偷懊恼过一阵）。

不想霁温风昨晚雷厉风行，对新崛起的校园势力严厉打击，导致现在又有人想起了陆容。旁人看是霁温风厉害，有人却注意到了，当晚在现场的还有陆容！第二天他们就把信封塞到了他的门缝里。

还是人才辈出啊！

陆容这样想着，优雅从容地抽出灰色信封中的信纸。

下一秒，他手中空了，背后响起霁温风字正腔圆的声音："尊敬的南城大学校学长亲启，兹定于，本周六11点，于飞哥瑜伽会所白玉升阶厅，展开一年一度的学长工作研讨会。请务必准时参加。S城大学学生联合委员会敬上。"

陆容心中一惊：糟糕！被最不该看到的人看到了！

霁温风念完，呵呵一笑："谁是问题学长，都说了我是南城学子一人一票投出来的学生会主席。"

陆容："……"

不知道该不该高兴，霁温风以为这封信是寄给他的。

陆容："没错。他们肯定寄错了。"说着他伸手要把信纸抽回来。

霁温风大手一扬："我们南城学生会管理整个校园，寄给我没错。"

陆容语重心长道："咱跟这些落后分子不一样。"

霁温风辩解道："那些人能把邀请函寄给我，说明有向善之心，也不是全然没救了。"

陆容："你变了。"

霁温风语重心长地道："这是一支正在发展中的力量，如果能往好的方向指引，不容小觑啊！他们这次邀请我，也是因为听说了我在校园治理上有独到的经验，包括把校园混混改造成学习小组，这些实践得来的宝贵经验，都是可以在全S城推广的。"

陆容看他话说得一套一套的，脸一沉："不许去。"

霁温风道："陆容，我知道你是在担心我的安危。"

陆容："……"

没有，他完全没有。

霁温风："我对南城、对整个S城校园新势力的发展，都有责任。"

你还记得你是学生会主席吗？

霁温风正色道："如果我不去，新势力怎么看我们南城？是不是觉得我们很好欺负？以后我们南城学子走在街上都要被人看不起。我不能让这样的事情发生。"

不，不去也没有任何关系，我去年已经试过了。

面对霁温风期待的眼神，陆容阴沉地看了他一眼："我刚才说什么了？"

霁温风垂下了脑袋："去了我就别回来了。"

陆容眸光一闪："我不想说第二遍。"

霁温风：委屈。

"那好吧。"霁温风瘫在位子上，拿起纸笔，写起了回信，"我这就告诉他们你陆容不让我去。"

要死啊！他不要面子的啊！

陆容赶紧回身抽掉了纸笔,阻止了他的行为,道:"我想了想,你还是去吧!"

霁温风:"……"

霁温风:"……你刚才不还说……"

陆容:"是我太自私了,不让你把治理校园的经验带给更多学校。"

霁温风一脸蒙地开始鼓掌。

陆容:"我跟你一起去。"

没有他控场,但凡有人说漏一句,他瞒了三年的身份可就完了。

霁温风反对:"这太危险了!"

陆容:危险什么,就是一群人在那里喝酒,果汁也不好喝。

不过陆容当然不会这么说,他坚决地道:"你一个人去,就不危险了吗?我要跟你一起!"

这群问题学长,平日里在街上撞见,都要横眉竖目。不过一旦跨进了瑜伽会所的大门,就通通偃旗息鼓,觥筹交错,找准自己的粉红色塑料名牌,在相应的沙发上落座,打牌的打牌,喝酒的喝酒,互相吹嘘自己的业绩。

只不过,这群问题学长,明显注意力不集中,眼神时不时飞向大门。

他们在等一个人,一个传说中全S城最有钱的那位。

这个人在迟到半小时以后,准时到场。

诸多目光纷纷落在他身上。

南城问题学长果然不同凡响,他竟在校服外头,披了一件貂。

他不但自己穿貂,随身的保镖,也穿着貂!

一米八八的个子,宽阔的肩膀,天使般的脸蛋,酷酷的姿态,让人不禁想起三年前将南城问题学长救下来的闯王。

"保镖换人了啊……"

"这么多年就没有变过,他就喜欢闯王这样的。"

"看这结实的小腿肌肉和锥形的身材,新保镖不比闯王差劲啊!"

"南城真是人才辈出,我们求一个闯王还求不来,他还能换着来!

真是闷声发大财！"

"瞧见保镖脖子上的大金链子了吗？陆容还真舍得给手下人花钱。"

…………

席间不禁流传出种种钦羡之声。

面对众人友好的敬酒，陆容面无表情地点了下头。

而保镖举起了手，风度翩翩道："客气，大家慢喝。"

众学长："……"

陆容这么傲慢，不亲自跟我们寒暄，派个人打招呼，是不是看不起哥几个？

霁温风领着陆容在摆着南城大学名牌的卡座落座。

霁温风道："你看，我都跟你说了，没有什么危险。就是一次普通的经验交流，你看大家是不是都很友好？"

他抬头望向一干怒气冲冲的问题学长，冲他们嫣然一笑。

众问题学长盯着霁温风跟陆容有说有笑，快被吓死了。

这个保镖有点儿牛哦，居然可以跟南城问题学长谈笑风生。

陆容淡定地道："说了我是你的助理。"

霁温风一笑："哦！"

他把脚一跷，把手一搭，唇角疯狂上扬。

白玉升阶厅里回荡着这样的窃窃私语。

"你看他那小眼神，多么狐假虎威啊！"

…………

第十九章
陆容惊天逆风翻盘
Chasing the wind

农大学长作为牵头者，脖子上挂着照相机，坐到了陆容的卡座旁，递出酒杯："学长肯赏光，真是令本次研讨会蓬荜生辉……"

他还没递到陆容跟前，酒杯被"哐当"一碰。

霁温风一饮而尽："我干了，你随意。"

农大学长看着杯中酒："……"

陆容端着果汁，淡淡道："你随意，我不喝酒。"

霁温风道："对，他不喝酒。生完孩子，对身体不好。"

陆容、农大学长："……"

陆容解释："他妈刚给他生了个弟弟，他有点儿过于兴奋。"

农大学长认真看了霁温风半晌："哦……原来如此。"

这个保镖，好像脑子不太好使的样子，说话颠三倒四。

农大学长不再留意那个满脸酷炫的保镖，迂回一下，先打算吹捧陆容几句："最近南城的变化我们有目共睹，把乱校分子改造成学习小组，实在是天才的想法！"

霁温风谦虚地道:"一般般,一般般,也是一时兴起。"

农大学长尴尬了,你主子就坐在这儿呢,你说他一般般?

陆容:"……也是在我们霁主席的大力执行下才得以实现的。"

霁温风唉了一声:"别这么说。"

陆容:"这件事全是霁主席的功劳。"

霁温风哈哈一笑,指着陆容:"就爱夸我。"

农大学长看看扬扬得意的霁温风,又看看面无表情的陆容,心想学长啥都好就是眼神不大好,对这么个不着调的人还挺护着。

农大学长:"其实我们就是听说今年南城营收五十多万元,想把学长请来上上课,分享一下学习经验……"

陆容心肝脾肺肾齐齐一颤。

霁温风奇怪了,望向陆容:"五十多万元营收,哪里来的数据?"

陆容:"我做报表的时候瞒报的。"

霁温风啧了一声:"这你就没必要,真没必要。"说着他放下了腿,身体前倾,手肘撑着膝盖对农大学长严肃道,"我们前三季度收入,高达二百多亿元。"

虽然不知道为什么这个群体还要拼收益,不过众所周知,霁氏是他的,他又是南城的,所以南城的营收包括且不限于霁氏。

农大学长:"……"

农大学长把疑惑的目光投向了陆容:学长,您这个保镖,也太会吹牛了吧?!

陆容端起高脚杯,痛饮西瓜汁,使了个眼色:让他吹。

农大学长勉强扬起微笑,面对着一脸跃跃欲试的霁温风:"那具体怎样做到的呢?"

霁温风正色道:"靠继承。"

霁温风头一次窥见这不可名状的男人

席间有人来敬酒,低眉顺眼:"学长好。"

霁温风觉得这群人倒是很会做人，就是不知道为什么这群人每次递出去的酒杯都是冲着他的小助理去的。

一个两个倒还罢了，三番五次，霁温风就咂摸出不对来了，脸色一沉。

陆容看他面色不悦，心想他肯定起了疑心，端着果汁往他身后一躲，淡淡地冲来人说："我不喝酒。"

霁温风乘势而上："对，他不会喝酒。"说着霁温风与来人一碰杯子，大口干掉，脸上的疑云又烟消云散了。

农大学长见酒至半酣，小心翼翼地抛出了这次会议的唯一主题："学长，你既然这一年赚了二百多亿元……可不可以先富带后富，借我们一点儿启动资金。我们也想像南城这样产业升级，把普通的校团体运营成有限公司。"

霁温风没料到，竟然会有第一次见面的人问他借钱："呃，首先……"

霁温风的话还没说完，一旁的陆容就又狠又准地回道："不行。"

霁温风看他一眼，眼神中包含着"你怎么能跟我朋友这么说话"的意思。

农大学长哀求地看着陆容："我们会还利息的！"

霁温风刚张口想说"朋友之间说什么利息"，陆容就又狠又准道："不行。"

霁温风："……"

一旁的农大学长还在努力："我们会还比银行还高的利息！只要你派技术指导过来！这样，前三季度收入的一半归你！"

明明是三个人的对话，其他两人却彻底无视自己，霁温风忍不了了，挪了个方向面朝陆容："你怎么回事儿啊？"

陆容猛地起身："走了。"

这群人原来是要钱的，先礼后兵啊！不过凭什么要求他先富带后富？

霁温风见所有人盯着突然站起来的陆容，脸上火辣辣的。

他阴着脸大吼一声:"你敢走!你走到哪里去?"

全场鸦雀无声,然后窃窃私语。

"……这是被人吼了?!"

"真厉害哦,换成我,我就死了。"

陆容盯着闹脾气的霁温风,暗自一咬后槽牙:糟了。

霁温风最好面子,刚才因为事态紧急他逼不得已把农大学长顶了回去,没把表现机会留给霁温风,现在霁温风要闹了。

就在这时,陆容突然感觉胃部一阵不适,大概是刚才一口气喝了几杯冷饮,闹了肚子。

陆容当机立断,咬着牙弯下了腰,顺势给霁温风一个台阶。

霁温风果然小心扶着他道:"怎么了?"

"肚子疼。"陆容抓住他的胳膊。

霁温风有过上次的经历,吓得脸色一白:"那赶紧去医院!"

"不行,先上趟厕所。"

霁温风把陆容送进卫生间,眼见陆容进了隔间,关心地问道:"厉害吗?"

陆容:"还成。"

陆容闹肚子,霁温风也无心装酷:"那你出来我们就回去。我这就去跟他们道别。"

陆容:"你就待在这里!"

霁温风:"……"

陆容:"你每次上厕所还让我站门外给你唱歌来着!你也给我唱!"

霁温风:"……"

去厕所刺探的人回来禀报:"学长不舒服,他的保镖在厕所里一边唱歌,一边守着他,唱得还挺好听。"

众人:"学长可真会享受啊!"

谁能想得到人形CD机这种天才的想法!

这个男人,恐怖如斯!

农大学长到底不死心,偷偷溜进卫生间,招呼霁温风出来。

霁温风看到有熟人来了,赶忙闭嘴。不行,他不能让人看到他在这里唱歌,一点儿排面都没有。

歌声一停,陆容立刻竖起了耳朵:"怎么不唱了?"

霁温风看了眼还在门外疯狂招手的农大学长:"啊……我先下去发动车子。"

陆容:"……"

陆容:"霁温风、霁温风,你给我回来!"

反正陆容一时半会儿出不来,霁温风就大着胆子,不顾陆容的警告,蹑手蹑脚地跟农大学长走到走廊上,背着手肃然道:"找我还有什么事?"因为他刚被农大学长听见陆容闹,还有些不好意思。

"钱的事情,真的不能商量了吗?"农大学长可怜兮兮地问道。

霁温风蹙起了眉头。虽然陆容抢话了,可是主意半点儿没错。霁温风也很少借钱给人,救急不救穷。

不过他要说得委婉些:"应该不能了。"

农大学长:"那兄弟你能不能帮我们跟陆学长说说?我看你在他面前,还挺说得上话的。"

霁温风:"……"

他花了将近十秒钟,才理解了这句话的意思:"陆学长?谁?"

农大学长一脸"兄弟你的脑袋果然不太好使":"就里头那个,陆容啊——你不是他保镖吗?"

霁温风差点儿没跳起来:"谁是他保镖!我是南城学长。"

农大问题学长糊涂了。

"怎么会是陆容?你们明明把邀请函寄到了我家里……"霁温风说到这里,咂摸出了不对劲。

那张邀请函是他从陆容手上抢来的。

两人对上了目光。

农大学长怜悯道:"他把全员恶人组运营得有声有色,年入五十万元,我们这才请他来参加研讨会。"

霁温风的脑子里嗡的一声,他回忆进场之后的种种细节,难以置信地问农大学长:"所以我全场就是保镖?"

农大学长点了点头。

被命运无情玩弄的霁温风落魄地坐在了台阶上,掏出了烟。

他开始怀疑自己,怀疑人生,怀疑一切。

霁温风原地"黑化"

陆容上完厕所出来,外面已经变天了。

陆容敏锐地感觉到事情已经脱开了他的控制。就在他上厕所的这段时间里,霁温风窥见了真相。

陆容承受着霁温风烈焰般的目光,机智地弯下腰,装出一副又腹痛的模样,缩回了卫生间里,假装自己重新和病魔做起了斗争,实则偷偷扒着门缝偷窥外面的情况。

霁温风果然又转过头去,面色凝重地听农大学长说话,一边听,一边瞪圆了眼睛,看模样相当烦躁。

陆容心下一沉,该不会是真的暴露了吧……

不过因为以往几次错频对话的经验,他还想着,也许他没这么倒霉,也许他们讨论的不是他。

他有什么办法可以试探呢?

陆容拿起了手机。

陆容:我肚子痛还要一会儿。

外头的霁温风看了眼手机,没有回他。

陆容再接再厉:你跟那人坐在台阶上聊什么呢?他是不是又缠着你借钱啊?

霁温风这次回了。

霁温风:呵呵!

霁温风:学长不知道?

陆容捏紧了手机,不好,坏了,这个反应,绝对露馅了。

不过他还能抢救一下！

陆容趁霁温风不注意，蹑手蹑脚地从他背后走过，直奔楼梯下了楼。

陆容离开他的视线范围，就给邓特打了电话："一会儿霁温风打你电话问你我的事，你绝对不能泄露半句，明白吗？你不能背叛我。"

邓特酷酷地回道："收到。"

陆容依旧不放心，在路上拦了辆车，跳上以后跟司机说："去拳馆。"

霁温风听农大学长讲完一席话，胜过与陆容相处三年。他听完之后久久不能平静，只缓缓道："比鬼神更可怕的是人心。"

农大学长："我知道的也只有这些，他身边的人知道得多点儿。"

霁温风心念一动："他身边还有谁？"

农大问题学长："全员恶人组的其他成员，名字我记不得了，我就记得一个保镖叫闯王，应该也是你们学校的。"

霁温风："……"

霁温风："闯王邓特？！"

农大问题学长："对对对，就是这个名字，我印象很深刻。"

霁温风陷入了沉思。

邓特，是陆容的保镖？

这个问题大了。

他怀疑他的整个大学生活，都是被陆容一手操控的！

他走到厕所门前："出来。"

里面没有声响。

霁温风快步走进厕所，朝陆容所在的隔间一脚踹过去，帅气地把门踹开。

无辜的蹲厕路人："……"

霁温风："……"

霁温风："对不起，我以为里面是空的。"

陆容已经不知所终，他要去找邓特调查情况。

陆容刚从出租车上下来，就发现霁温风驾驶着超跑一个甩尾把车停在拳馆门前，杀气腾腾地走了进去。

陆容："……"

果不其然霁温风先找了邓特。邓特是他们全员恶人组里跟霁温风走得最近的，也是标志性的人物，他还没跟邓特会合，霁温风就打上门来了。

陆容只好再发了一遍微信：闯王，霁温风现在上门来问你我的事，你绝对不能泄露半句，明白吗？！绝对不能背叛我！

邓特酷酷地说道："明白"。

只要全员恶人组不承认，他还有瞒天过海的机会。哪怕就算是迫不得已承认自己是校问题学长，装装可怜也就混过去了。他就怕组内出了叛徒，把他干了什么桩桩件件抖出去，那是真的完了。

闯王虽然忠心耿耿，但头脑也简单。陆容不放心，偷偷摸摸跟在霁温风后头进了拳馆。

只见霁温风直奔邓特，阴着脸问："闯王，听说你是陆容手下？"

邓特酷酷地道："你休想从我嘴里套出一个字，我是不会说的。我答应过老大不会背叛他。"

陆容呐喊：啊！

闯王啊！

如果有一把剑，他恐怕当场就要架在脖子上自刎。

霁温风眉毛一挑："看来是真的了。"

邓特坚贞不屈："不要再问了，我是不会说的。"

霁温风："我难道不是你的朋友吗？你怎么能联合陆容骗我？！"

邓特涨红了脸，陷入了自古忠义两难全的困境当中。

霁温风看出邓特内心的挣扎，去前台给他买了一盒鳗鱼饭。

在柱子后面偷窥的陆容：霁温风！你真无耻，你竟然行贿！

邓特酷酷道："我不会为了一份鳗鱼饭，就做伤害老大的事。"说着他仅剩的右眼多看了几眼香喷喷的鳗鱼饭。

霁温风率先坐了下来:"我不是要伤害他——来,吃饭。"

邓特半信半疑地在对面坐下。霁温风将鳗鱼饭在他面前打开。

霁温风和颜悦色地道:"我只是很想了解一下他是什么样的人,配不配得上让你这么死心塌地。"

邓特一捶桌子,两眼放光:"我老大,他超好的!"

霁温风的嘴角绽放出狡猾的笑容,他掰开筷子,塞到邓特的手心里:"来,一边吃,一边说。"

陆容捂着脸,眼看邓特满眼冒着小星星跟霁温风夸他:"我老大超聪明,超会赚钱,对我超好的,很有威信,大家都服他。我这么没用,他还是把我安插在你身边做间谍,我这个体育部部长就是他帮我竞选的……"

霁温风脸上出现逐渐黑化的笑容:"原来你是他安插在我身边的啊,他可真是厉害!"

邓特酷酷地道:"不只我一个,梁闻道也是哦!"

说着,他竖起了赞许的大拇指,右眼绽放出崇拜的神情,仿佛在说:我老大厉害吧?

陆容:"……"

陆容眼看闯王把自己抖得差不多了,立刻抛弃了这枚棋子,奔向学校实验室。中途他故技重施给梁闻道打了个电话:"老梁,闯王泄密了,霁温风一会儿肯定来找你,你什么都不许说!"

邓特毕竟不参与具体事务,只抖出了间谍的部分,没抖出赚钱的部分。安插间谍完全可以用他关心霁温风掩饰过去,他还有瞒天过海的机会。他就怕梁闻道出问题,梁闻道可什么都知道。

梁闻道:OK。

陆容不怀疑梁闻道的智商,但对他是否能在威逼利诱下坚定立场持怀疑态度,打车回学校要先跟他碰头。

陆容刚从出租车上下来,就发现霁温风又开着超跑一个甩尾把车停在学校门前,杀气腾腾地走了进去!

陆容:"……"

以他的车速来推断怒气值已经蓄了 3/4 了。

霁温风手插裤袋、带着黑化的笑容直奔实验室,对梁闻道说:"告诉我陆容的所有事。"

梁闻道:"什么陆容我不认识。"

霁温风:"我将收回对'容珍'牌足贴的一切投资。"

梁闻道抽出一张纸:"全员恶人组的组织架构以及近三年运营项目都在这里了,具体账目我发你邮箱。"

霁温风匆匆一览:二手衣物转卖;秋游"与风同车""与风共骑"项目;G 城球鞋代购产业……他把纸捏在手心里。

"哈哈哈哈哈……"霁温风原地黑化!

早在梁闻道反水的一刹那,陆容就知道大势已去,当机立断回家拿上早已准备好的手提箱,拔腿就跑。这时候不跑不行,要被按在地上的。

方晴抱着云闲赶出来:"不说后天走吗?"

陆容:"来不及了!"

霁温风带着浑身的煞气回家,却只遇到天真无邪的方晴抱着老成持重的云闲。

霁温风:"陆容呢?"

方晴:"哦,你问容容啊,他回家了。"

霁温风:"回家?回哪里,他家不是这里吗?"

"你爸爸没有跟你说起过吗?"方晴叹了口气,不好意思道,"其实……容容不是我亲生的……"

霁温风:"……"

方晴:"严格说来,我是他婶婶……他家里出了变故,爸爸妈妈都养不了他,就交给了我。不过现在他家出了事,让他回去……"

"你就不会拒绝吗？"霁温风一把扣住她的肩膀摇了摇，想把她摇醒，"凭什么你把他养这么大，他们想要回去就要回去。高利贷还要利息呢，你白给人家养儿子的吗？"

方晴为难地笑道："嗯……是熟人，所以也不好意思一口回绝……"

这是熟人的事情吗？这又不是问你要土豆！

方晴："而且他们是喊容容回去继承遗产，这件事还是看容容的意愿……"

霁温风大惊失色："陆容家很有钱？"

方晴正色道："S城煤老板。"

霁温风原本以为问题学长就是陆容的最后一层面具，想不到他还有豪门小少爷的身份！

剧情来得太快他措手不及，一时之间心中十分混乱，想把陆容抓来揍一顿的冲动也慢慢平复了，呆坐在沙发上。

他原本只想拎着陆容问清楚，账本是怎么回事！给他整理房间，跟他一道秋游，跟他去DSN……陆容是不是利用他在赚钱？！

可是没想到他进门来就听到这么劲爆的消息——容容不是方晴亲生的！

霁温风觉得有什么东西在他俩之间轰然坍塌，陆容疯狂赚钱的行径却有了一个清楚明白的解释。

虽然是重组家庭，不过霁温风一直把方晴和陆容看作家庭的一分子。即使他刚开始会捉弄陆容，也是因为不得不接受他是自己的弟弟，霁家的小少爷，产生了一点儿不为人知的反抗心理。

可是陆容……恐怕完全不这么想吧？

他跟这个家之间，没有任何血缘上的关系，他喊妈妈的那个人，其实并没有把他带到这个世界上。他跟着方晴已经诚惶诚恐，更遑论来到完全陌生的霁家？他寄人篱下，随时都做好了被扫地出门的准备。

方晴向来不靠谱，所以陆容早熟。他既已有了准备，就立刻行动起来。

原本霁温风觉得自己被陆容彻头彻尾骗了，陆容接近自己，操控一切，跟自己真真假假地演戏，看着他取乐。因此霁温风感觉被深深地欺骗，产生了生气、愤怒的情绪，想把自己受的伤尽数回馈到陆容身上。

可是现在，这种尖锐的恨意，却随着方晴一席话，烟消云散了。

也许那个欺骗他的少年，未必有这样的想法。

他只是很认真地在那里一个一个数着硬币，准备着自己的行装。

霁温风回过神来，询问方晴："陆容的家在哪里？"

方晴确认了一遍："你刚才是说陆容的家吗？"

霁温风大吼："告诉我在哪里？"

方晴闭着眼睛抱着云闲，任凭霁温风咆哮："在 S 省 ×× 市骆驼镇。"陆容早不走晚不走，偏偏这个时候走，跟他有很大的关系。要不是事情暴露，陆容不会吓得跟兔子一样，一走了之，想躲起来。

是因为察觉到真相已经被揭穿，他觉得自己会跟他割袍断义，还是觉得爸爸妈妈知道以后会因他行为不端把他逐出家门？在他心里，他们就是这么一群没心没肺的人吗？

霁温风心烦意乱地砸了一下方向盘。

这次陆容搞错了，不是天底下所有的家人都像抛弃他的那两个人。

霁温风拎起包逆着人流冲进了火车站，买了最近的一班火车。

他不会让陆容再被抛弃一次了。

陆容跳下火车，收到了方晴的消息，说霁温风追着他过来了，让他在火车站等着。刚巧霁温风打来电话，陆容二话不说就挂断了。

过不了多久，微信亮起了霁温风的信息：我们谈谈。

平静的口气，带着一点儿无奈。

陆容翻到最上头，霁温风刚知道他身份时的微信：你死了。

陆容品着霁温风从盛怒到惶恐的心路历程，嘴角浮起一丝狡猾的笑容。

这一次，他又逃对了！

如果他只是待在家里欲盖弥彰地解释，哪怕他跪下来也会被霁温风揍死的！

如果他只是普通的离家出走，也只会被判定为可耻的逃跑，等回家以后，还是会被霁温风揍死的！

但恰到好处地发生的"因为自己是养子所以理所当然要回到亲生父母的身边"这样的事，就能逆转乾坤，营造出一种"是你亲手把我推开的"的悲情效果！

对方会措手不及，产生"他竟然拥有如此不幸的身世"的同情心，进而胡思乱想产生"他做问题学长也无可奈何吧，毕竟只是可怜的小孩""我发现了他的秘密，所以他只能回到并不爱他的家人身边""有罪的人明明是我啊"的愧疚心理。

霁温风留言的情绪变化，已经深深地验证了这一点！

陆容收起手机，背上行囊，搭上了前往骆驼镇的大巴。除了霁温风，他还有一场硬仗要打。他想到在前方等待着自己的人，嘴角就不由自主地沉了下来。

第二十章
生死事件

陆容到了村里，按着地址找到了家。好大一座房子，农村到处都有的毫无设计理念、只讲实际不讲感觉的房子，院落里摆着一口棺材，里面坐满了人。四个老人在桌子旁阿弥陀佛地闭眼念经，男人们坐成一排轻快地抽烟聊天，满地都是黑黢黢的孩子。两个孩子笑闹着跑过陆容身边，争夺一个玩具，陆容仔细看也看不出这里头哪一个是自己的便宜弟弟。土狗对着他一边摇尾巴一边叫。

有个男人叼着烟走到他身边："你是谁？"

陆容说："我姓陆，S城那里过来的。"

男人的表情一下就凝固了，打量了陆容两眼，跟他说："你妈妈快死了，她就在里面。"说着他伸手一指。

陆容一讶，很快就恢复了镇定，沉默地顺着他手指的方向往里走。

走到屋檐下，他回头，发现男人也正回头在看自己。

陆容从方晴嘴里断断续续听到家里一些消息，说前两年煤矿出了事故，死了人，赔了不少钱，后来又因为政策转手卖了，不挖煤，改做其他生意，起起伏伏。家里不太平，男的有了外遇，天天吵，人都老了不少。

陆容看那男人有点儿眼熟，但又不敢确定，这回头一对眼，便确定了，应该就是他的父亲。

他看上去确实老了不少，也没有记忆里意气风发的模样，很普通，很平凡。陆容不知是因为自己长高了，还是他确实人老了，连年轻时高大的个子和宽阔的肩膀也萎靡不振，逐渐变成了普通人。院落里到处坐满了这样的人，与年轻、干净、高挑又充满希望的陆容格格不入。

父子俩这样对了一眼，然后又都木然地挪开了，没有多说一句。男人在一大群男人中间坐下，继续抽烟。陆容进了门。

好大一个房，三层楼，房间数都数不清，那个女人躺在灶间后面的一个房间里，拥着红色大花被，床头摆着一身寿衣和一双绣鞋。脸很瘦，发灰，连呼吸都很弱，手上打着吊针，不像前几年裹着大貂给他塞美元的厉害女人。那个女人跟方晴一样，厉害得天不怕地不怕，从头到尾都是强劲的生命力。

有个妇女打着毛线看管着病人，看见他来，忙把凳子让给他，自己则不好意思地笑着跑出去吃点心。陆容在女人身边坐下。她似有所感地掀起眼皮："你来了。"

陆容想象过无数次他遇见父母时会说什么。他刚从方晴那里得知自己不是她亲生的时候，想得最多，夜深人静时一遍一遍打腹稿，想说的话能凑一本书。近年来他渐渐想得少了。事到如今，他更是没什么可说。

就跟霁温风发现他是校霸、他立刻给霁温风揭开自己的伤疤一样；他一回到这个怨恨不已的家里，他们就给他展示一场死亡。

死亡是最强有力的手段。

陆容回答："嗯。"

这个时候，外边响起了一阵骚动，陆容听见有一大群人的脚步声靠近了这个房间。很快，门被推开，男人把一个十一二岁的小孩推进了房间。

陆容从他长开了一点儿的眉眼，认出他才是当年自己揍过的小孩。

小孩子长得总是出人意料地快，上一回见面的时候他才到陆容的腰，此时已经像抽了穗的青秆一般，长长了，也瘦了，戴着红领巾，背着一个大大的书包，刚放学的模样，脚上还踩着一双新款运动鞋。

他被人推进了房间里。将死的女人身上的生命与情感迅速复苏了，哀痛地哭泣起来，伸出手叫他过去。他挨到妈妈身边，也一同流起了眼泪。女人指着陆容说："这是你哥，你亲哥。妈走了你有事找你哥，知道吗？"

小孩呜呜地哭："我不要你走。"

两个人哭成一团，感人至深。陆容坐在他们身边的小凳上，把腿收收，这个小房间拥挤得无处安放他的腿。

小孩越哭越小声，越哭越小声，后来眼泪也流光了，在女人怀里想着心事，跟陆容一起看女人哭。最后，他说："妈，我要去做作业了。"女人赶忙让他快去。他就起身走了。这个年纪的小孩，注意力最多集中二十分钟。而女人病了几个月了。他跨过陆容的腿时，陆容看到了他脸上生动的期待。

小孩离开以后，女人自怨自艾地跟陆容谈起她命不久矣，弟弟还小。臭男人在外面有了女人，一起拼下来的家业都要拿去养女人，弟弟那么小，弟弟怎么办？陆容成年了，是个好孩子，她做主把钱给陆容，陆容替弟弟保管到十八岁。当然，陆容也会有酬劳……

陆容默然地看她哭着讲弟弟，然后算钱。她把自己叫来，原来是为了说这些。

女人最后问："我知道我们都对不住你，可是你能看在妈妈快要不在了的分上，答应妈妈最后这个要求吗？"

陆容一哽，肝火顿起。

这时候门开了，之前看顾病人的妇女端着一碗红豆年糕进来，门外的声音全涌进了小小的房间里。陆容听到老人在敲着木鱼安详地诵经，男人们抽着烟百无聊赖地在聊天，黑黢黢的孩子们到处打闹、玩耍，他看见他的弟弟心事重重地驼着背坐在藤椅上玩游戏，脚上的运动鞋闪闪

287

发亮。

妇女对陆容友好地说:"饿了吧?快吃。"

陆容接下了那碗点心,转头对那个将死的女人温柔笑地道:"好。"

原来你也很可怜。

他现在明白为什么女人非得把他喊回来不可了。

因为她啊,看似在自己的家里,但门的对面,大家都凑在一起,快活地等着她死去……

雾温风一到村里,就找姓陆的人家。

村里人问:"你也是来奔丧?"

雾温风:"奔丧?谁死了?"

村里人:"当家的女人。"

雾温风心里一揪,含混道:"……我来找我弟,他是这家的大儿子。"

村里人:"哦!是那个S城来的、小时候被送走了的!"说罢村里人凑近他,脸色神神秘秘地说,"那个儿子,女的说要回去领,男的总怀疑不是亲生的,就为这件事俩人没少打架,闹到现在也没回去领。这次回来了,我看样貌蛮好的,人也很文静,比小的那个好。"

雾温风默了一会儿,决定先不去陆家了:"那个大儿子现在在哪儿?"

村里人:"我看他刚才在河边上站了蛮久,不知道是不是想不开要跳河。"

"想不开?!"雾温风大吃一惊。

村里人:"蛮可怜的,小小年纪就被送走了,回来又赶上奔丧……"

雾温风吓得脸色一变,拔腿就跑。

是啊,陆容从小就被抛弃;好不容易有个家,因为学校的事情,被哥哥无情抛弃;走投无路回到家里,又发现妈妈过世了……容容不跳河谁跳河?!

雾温风刚跑到河边,果然看到有个人扑通一下跳进了河里。雾温风把包一扔,鞋子一甩,大喊一声"容容",二话不说,紧跟着跳进了水里!

陆容收下遗嘱,就在河滩上散步透气,走着走着突然听到前方一阵喧哗,还听到霁温风的声音,好像在喊"容容""容容"。他眉头一蹙,快步向前,一脸疑惑地挤进了围观人群中。

只见霁温风浑身湿透,连拖带抱地从河里拽起一个人。他的身上滴滴答答全是水,头发都湿透了,抱着那个人一起滚到河岸边。他明明一点儿力气都没有了,还是使出吃奶的劲儿,用肩膀把人顶起来,双手用力挤压着溺水者的胸腔,嘴里喋喋不休:"不许死!""谁准你死了!""快把眼睛睁开!"凶悍的声音里带着浓重的哭腔。

霁温风正在那边状似疯癫地给人做心脏复苏,人群中突然挤出来一个中年妇女,扑通一声往地上一跪,趴在溺水者身上大哭起来:"老汉啊,你怎么想不开了啊!"她捶打着他的胸膛。

霁温风:"容容……"

妇人:"老汉啊!"

霁温风:"容容……"

妇人:"老汉啊!"

霁温风终于觉得有哪里不太对劲了,定睛一瞧:"……"

那老汉吐了两口水,醒转过来,妇人抓着霁温风的袖子:"谢谢你啊,恩人!"

霁温风挠头:"……"

他第一反应就是抬头环顾四周,找陆容的身影。陆容赶紧躲到了墙后面。

他捂着嘴、眼睛红红地想,如果要是被霁温风知道他看了全程,霁温风恐怕当场就要跳河吧!

过了几分钟,霁温风见义勇为的事情已经传遍了村里,陆容这才从墙后转出来,假装刚得到消息,挤进人群:"小风哥啊!"

霁温风:"……"

陆容大哭:"你怎么就这么冲动跳进河里去了,你要死了我可怎么办!"

霁温风的脸腾地一下红了,他装出一副形象很高大的样子,清了清嗓:"胡说八道些什么,有人跳河,当然要见义勇为。"

陆容哭哭啼啼地望着他:"那我担心你嘛!"

霁温风:"你骗我钱的时候怎么不担心我?"

陆容继续哭。

霁温风满意道:"回家哭去。"

今天的陆容和霁温风,双双蒙混过关,也让对方蒙混过关。

霁温风浑身湿透,陆容带着他回到一处房舍里换衣服。好在霁温风在包里带了一套换洗衣裤,拿了块毛巾把身上擦干,又是那个干干净净、容光焕发的霁少爷。

霁温风擦着头发问:"你家怎么样?"

陆容坐在床边,不咸不淡地说:"没怎么样。"

霁温风凶他:"学校的事还没算完!"

陆容的眼睛飞快地闪动几下:"我妈快不行了。"

霁温风早就已经知道了,但他想听陆容说。可是陆容说的时候,语气里有股小孩子似的委屈,霁温风又有点儿后悔,坐在陆容身边:"你要是想哭,我也不会嘲笑你。"其实他千里迢迢赶来,想跟陆容说的,无非就是这个。

学校也好,家里的事也好,都是这样。

"我没有想哭!"陆容倔强任性地说着,微微噘起了嘴。隔了半天,陆容对霁温风赌气说:"她找我来也不是为了看我,是想我以后帮衬我弟,帮他管着钱。"陆容把他们母子俩唯一也是最后一次交谈,原原本本地告诉了霁温风。

霁温风的反应简单粗暴:"谁管他们的死活。"

陆容:"算了。"

随着他一点儿一点儿把那个小屋子里的对话吐露给霁温风,他觉得胸中窝着的一团浊气也随之渐渐排出了，特别是霁温风的反应，他甚至都有点儿想笑。

这是陆容此生面对过最无解的乱麻。他被生他的人抛弃，现在给他生命的人走到了生命尽头；他收到一点点爱，还明码标价地捆绑着亲情的责任。聪明如他也理不出头绪，如此复杂的道义与事理；更不知道用什么样的表情面对这一切，仿佛人类的所有情感和情绪在心底里冲撞，总也找不出妥帖的出口。

换完衣服，两人去吃饭。

黄昏的水门汀庭院，一张大圆桌，大的小的十数人，菜不怎好，土豆丝、土豆片、土豆汤，随随便便。

留了两个位子，主人热情好客地招呼两人坐下。

陆容笑应了一声，往前走了一步，身边的霁温风没有动。

等陆容反应过来可能要坏事，背后已经响起一声惊天动地的冷笑。

霁温风："你们还吃得下饭？！"

霁温风这一发飙，是刚才他在屋子里反应的精神延续。如果说单独面对陆容，他还有点儿收敛，那么对着这帮人，他就半点儿薄面都不讲了。

他站在台阶上，横眉冷对，对着上首的男人："吃饭，吃饭，就知道吃饭。你妻子要死了，就躺在里面，你就高高兴兴吃饭。你有没有心？！"

男人被这平地一声雷炸醒，惊得饭碗都差点儿捧不住了。

霁温风："哦，我忘了。没有，你当然没有心。不然也不会这么多年对亲生儿子不闻不问。亲生骨肉，你都不问，老婆又算得了什么，反正你有了别的女人，对不对？你就吃着，继续吃着，我就不信老天没报应。抛妻弃子，一个男人连自己的家都不要，我看等你老了，你还剩下什么。"

男人身旁的小孩天真地扭过头问众人："这人是谁？"

"我是你哥哥的哥哥。"霁温风不等人回答，就手插着裤兜上前一步,神情是那么骄傲不可一世,仿佛做陆容的哥哥是世界上最光荣的事,"我听你哥说起过你。玩游戏,玩游戏,你妈妈都快不行了,你还玩游戏。没妈的孩子还不如草,马上就够你受的了。你小时候还打碎了我妈妈的眼霜,没规矩。你哥哥在你这么大的时候,都挣钱给妈妈买眼霜了,你比你哥可差得远了!"

小孩哇的一声哭了起来,被他吓哭了。

霁温风骂完在座的,又回身,冲着漆黑的屋里喊:"你也是,糊涂软弱!同样是儿子,怎么就只管一个?你心疼你儿子没有妈,你有想过容容从小没爸没妈?有生没有养,出了事找他,天底下哪有那么好的事?都到了这份上,你都匀不出多少力气心疼他,我看这什么母子情分也别喊了,没这种东西。你算算你惦念他多少,你就指望他惦念你儿子多少,其余什么都别多想了,没有!"

霁温风一个一个骂完。陆容不好说的话,他都要说,他要给陆容出口恶气。

等他痛痛快快骂完了,看到对面陆容已泪流满面。

陆容在知道自己被抛弃的时候没有哭,在小屋子里看着妈妈快咽气的时候也没有哭,但是这个时候哭得十分凶。

他哭着走到霁温风面前,嘴巴又微微翘着,看上去十分年幼。

陆容怯怯地说道:"我……我要跟你说一件事。"

"说吧!"霁温风站在鸦雀无声的院落里,渐阴的天色里像一尊无色的煞神,连飞鸟都怕他,从树梢上飞起来,落到更远的树枝上。

陆容揉着眼睛说:"这里不是我家……"

霁温风:"……"

陆容:"我出去散步时,遇到这位叔叔在卖自己的家具厂……谈了下初步合作意向……他很好心请我们来吃饭……"

霁温风沉默了。

几秒钟之后,霁温风从包里掏出一个手表,双手递给坐在上首的主人家:"一点儿心意,请您收下。"他原本是打算给陆容爸爸的。霁温风这次来给陆容全家都带了礼物。

陆容赶忙拦着他:"没必要,真没必要!"

霁温风经过"在隔壁邻居家骂人骂错了"这一事件,后来到陆容家就心平气和了,甚至还给陆容他爸递烟。他该骂的都骂过了,他们千错万错,毕竟把陆容带到这个世界上,霁温风感激涕零。

陆容妈妈过世以后,霁温风一起帮忙处理了后事,大家背后都说陆家大儿子的本家哥哥聪明能干,很会来事,出手大方,不愧是S城的大户人家;陆家的家里事也帮衬得这么紧,真是把大儿子当一家人了。原来所有人看陆容都觉得可怜,现在却都钦羡、敬畏,看他的眼神大不一样——这孩子也不是没人疼。

陆容站在霁温风身边,看他妈妈风光下葬。

他妈妈身后风光,他不一样。所有人都觉得他命好,他也觉得自己命好。

人还不都是这样,很多东西生不带来,死不带去。人的一生说到底都差不多。

但人的一生又都千姿百态,有的人幸福,有的人可怜。

这说到底,取决于有没有人陪你走,那个人又是谁。

料理完后事,霁温风陪着陆容处理遗产。他妈妈把遗产全留给了两个儿子,陆容一半,弟弟拿另一半,只不过这一半的财产也由陆容来监护。陆容跟爸爸说,钱是给弟弟成年用的,等弟弟成年自己来提。爸爸有点儿意见,不过因为霁温风在,爸爸也不好说什么。

陆容临走时,把自己的电话号码和住址写在一张纸条上,塞给弟弟:"以后走投无路,来找我。"

弟弟攥紧了纸,啪地扔在陆容胸口,没来由地叛逆:"我才不要你管!"

他刚死了母亲,好像此时才意识到没人管自己了,对这个世界乱发脾气。

"你还不知道你收到了什么。"霁温风捡起了地上的纸,在他面前举起,"在我们南城,有一句话,叫作'得黄金百斤,不如得陆容一诺'。"

说完,他不轻不重地往陆容弟弟胸口一推,带着陆容走了。

弟弟看看手中的纸,再看看那两个走远了的背影,看上去坚不可摧,强悍到能面对一切风雨。

后来,这个问题一直萦绕在他的小脑瓜子中:我哥哥,到底是什么?

霁温风和陆容回家以后,装作无事发生地认真学习。

原本霁温风打算去留学,包括陆容英语补上来以后,两个人申请名校都不是难事。可是经过慎重讨论,两人觉得日后发展主要放在国内,再加之政策人脉上的考量,远渡重洋求学镀金实属不必要,就安安心心留在 S 城学习。

结果考研时,两个都考上了,霁家大宅一时之间都是贺喜电话。

霁通和方晴找儿子谈心的时候,才发现霁温风和陆容早就填了 F 大某名教授的研究生。

无他,离家很近。

因为考得好,霁温风提出去国外度假时,霁通和方晴没有异议,兴高采烈地替两人安排好了旅程,然后去 F 大上学了。

又因为考得好,霁温风提出要跟陆容在外面住的时候,霁通和方晴没有异议,还要给他们俩各买一套房。霁温风断然拒绝:"不行,太奢侈了。我们要勤工俭学,靠着自己的双手创造财富,租房子住。"

霁通、方晴一脸欣慰:"小风哥真是长大了啊!"

霁温风转头就带着陆容搬进了临江豪宅。

两年以后,有一回霁通在外面跟人应酬。从别人口中听到了儿子的近况。

就找白助理去打听打听这件事。白助理第二天就把偷拍的照片摆在了他和方晴面前。

"霁小公子和一个男生住在一起,还和那个男生一起返回市中心的公寓。"

霁通心里咯噔一下。

白助理含蓄道:"致电F大,F大也确认霁小公子没有住过一天宿舍。"

方晴看了看豪宅的外景照:"住得还很高级。"

霁通痛心地道:"还说去勤工俭学,结果拿着钱在外面租这么贵的房子。"

白助理含蓄道:"霁总,据我们调查,豪宅不是租的,是买的。这套房就在霁小公子名下。"

"太纨绔了。"霁通一拍大腿。

方晴摇摇头:"现在的孩子太厉害了。"

霁通气急了,把照片拿过来,看看跟他儿子混的到底是哪个。

虽然照片十分模糊,也拍不到正脸,但是霁通越看越像……

"你说会不会是容容?"霁通冷不丁问。

这一问,二人打开了回忆的樊笼,过去的怀疑涌进了脑海。

可是方晴不承认,方晴还要挠他:"不要胡说八道。我家容容克勤克俭,是好孩子,不会跟小风住豪宅。"

霁通:"可是真的很像,你看这个衣服,容容上次来就穿过……"

"我不看。"方晴把胸一环,"你不要因为小风买了豪宅还跟别的孩子混玩在一起就想拉容容下水。"

霁通一开始只是想搞清楚真相,现在看方晴强词夺理,就一定要挖出"实锤"来:"我告诉你,这个就是容容,不信我们明天一早去看看。"

方晴:"我不去!"

霁通:"你不去就是心虚。"

方晴:"心虚?你去问问十里八街的街坊邻居老娘有没有怕过谁?我告诉你,这个不是容容!明天老娘去定了!"

霁通:"哼!"

夫妻俩度过了无眠的一晚上,第二天跟村里人赶集似的,天蒙蒙亮就起了,直奔城里。

第二天刚好是星期天，霁温风和陆容都没课，也没什么事。霁温风闷头睡着懒觉，陆容起早在吧台那里揉着太阳穴，打算一会儿下楼去市场里买几条新鲜小黄鱼中午蒸了吃。

门铃突然响了。

陆容心想今天阿姨来得那么早，慵懒地跳下吧台，走到门前，把门打开。

霁通、方晴："……"

霁通和方晴进了房子。

上下三层楼被打通成复式，进门就是大客厅，高高的挑空层和高达近九米的落地窗采光良好，视野无比开阔，毫无寻常公寓的压抑感，整个城市尽收眼底。

室内装修设计现代简约，用色却很大胆，莫兰迪粉的椅子，墨绿的墙板，黑白的地毯，黄金的走线，各式各样的撞色充斥在一个空间里，冲淡了现代简约很难避免的酒店风格，让人有家的温馨感觉。

除了这个房子是他们俩儿子的屋，挑不出其他毛病。

图书在版编目（CIP）数据

逐风．完结篇／漆环念著．—武汉：长江出版社，2023.3
ISBN 978-7-5492-8741-3

Ⅰ.①逐… Ⅱ.①漆… Ⅲ.①长篇小说—中国—当代
Ⅳ.①I247.5

中国国家版本馆CIP数据核字（2023）第045488号

逐风．完结篇／漆环念 著

出　　　版	长江出版社
	（武汉市解放大道1863号）
选题策划	奔跑的小狐狸制作组
市场发行	长江出版社发行部
网　　　址	http://www.cjpress.com.cn
责任编辑	陈　辉
特约编辑	奔跑的小狐狸制作组
印　　　刷	大厂回族自治县德诚印务有限公司
版　　　次	2023年3月第1版
印　　　次	2023年6月第1次印刷
开　　　本	640mm×920mm　1/16
印　　　张	19
字　　　数	300千
书　　　号	ISBN 978-7-5492-8741-3
定　　　价	49.80元

版权所有 盗版必究（举报电话：027-82926804）
（如发现印装质量问题，请寄本社调换，电话027-82926804）